U0942609

Yilin Classics

E. T. Seton

经/典/译/林

Wild Animals I Have Known

西顿野生动物故事集

[加拿大] E. T. 西顿 著

蒲隆 吴其尧 蔡予超 译

译林出版社

图书在版编目（CIP）数据

西顿野生动物故事集 /（加）E. T. 西顿
(E. T. Seton) 著；蒲隆，吴其尧，蔡予超译．— 南京：
译林出版社，2022. 1 (2025.2 重印)
（经典译林）
ISBN 978-7-5447-8942-4

Ⅰ. ①西… Ⅱ. ① E… ②蒲… ③吴… ④蔡… Ⅲ. ①
儿童故事—作品集—加拿大—现代 Ⅳ. ① I711.85

中国版本图书馆 CIP 数据核字（2021）第 230078 号

西顿野生动物故事集 ［加拿大］西顿 / 著 蒲隆 吴其尧 蔡予超 / 译

责任编辑 王 珏 柏丽娟
装帧设计 孙逸桐
校 对 孙玉兰
责任印制 董 虎

原文出版 McClelland & Stewart Inc., 1991
出版发行 译林出版社
地 址 南京市湖南路 1 号 A 楼
邮 箱 yilin@yilin.com
网 址 www.yilin.com
市场热线 025-86633278
排 版 南京展望文化发展有限公司
印 刷 南京新世纪联盟印务有限公司
开 本 880 毫米 × 1230 毫米 1/32
印 张 9.625
插 页 4
版 次 2022 年 1 月第 1 版
印 次 2025 年 2 月第 8 次印刷
书 号 ISBN 978-7-5447-8942-4
定 价 38.00 元

CONTENTS · 目录

译序

十九世纪末到二十世纪初，当加拿大的大多数作家都在死心塌地地追随英国的文学传统时，写实的动物故事却作为加拿大一种真正的“土特产”脱颖而出，在随后的半个多世纪内又得到蓬勃发展，其影响波及全世界。

加拿大三面临洋，幅员辽阔，森林茂密，河流纵横，大大小小的湖泊星罗棋布，面积大于我国，而人口稀少，至今尚不足两千六百万。这样，比起世界上的大多数国家来，加拿大人与大自然的关系显得更为密切。由于地广人稀，各种自然力至今仍在大部分地区起着主要作用，城市又离森林很近，所以，加拿大的美术、小说、诗歌都热衷于描绘大自然。动物则是大自然的组成部分。加拿大的土著居民至今还有以渔猎为生的，当然，他们长期以来跟野生动物有着难解难分的关系。欧洲人来到加拿大后，一开始主要从事皮货交易，自然还是以野生动物为基础。无论是猎取它们满足衣食之需，还是捕杀它们获取利润，不管是捕杀还是保护，都要对它们有充分的认识。所以加拿大人善于写动物故事，也绝非出于偶然。

描写动物的故事由来已久，因为人类与动物有着密不可分的关系。古代的神话传说中就不乏动物故事，后来又有伊索乃至拉封丹的动物寓言故事，中世纪时还有过《列那狐》之类的动物史诗。十八、十九世纪英国作家又为少年儿童创作了大量的道德动物故事，美国人安娜·休厄尔的《黑美人》是这类动物故事中的一部杰作，而加拿大人马歇尔·桑德斯（Marshall Saunders，1861—1947）的《美丽的乔》（1894）写的是一只狗苦难的一生，有意模仿《黑美人》，也获得了巨大的成功，可以说它是加拿大人写的第一个赢得国际声誉的动物故事。风靡全球的《米老鼠和唐老鸭》也是动物故事。然而上述各类动物故事里的动物只不过是披着动物外衣的人，这些故事的作者只不过是在利用动物，而不是在描写动物。

而加拿大作家西顿和罗伯茨却别开生面，创作出大量的写实动物故事。这里所说的写实的动物故事是指以小说形式写成的动物传记，它是在对动物的科学观察和深刻认识的基础上写成的。这种动物故事里的动物是地地道道的动物，不再是徒具动物外形的人。然而，这些动物也不是机械似的动物，受盲目的本能支配，而是具有理智的生灵，只不过那种理智并不是人的理智。这些动物故事的情节也仅仅是荒野里的生死搏斗，如果有人与它们作对，通常人总是胜者。所以西顿在《我所知道的野生动物》里说，野生动物的一生总是以悲剧告终。更富有诗人情调的罗伯茨则说，在野生动物中间，死亡总是追随着欢乐。

无论是西顿，还是罗伯茨，他们笔下的动物一般都不讲话，至于他们的交流方式，西顿在《豁豁耳，一只白尾兔的故事》里做了如下说明：

> 诚然，兔子没有我们能听懂的那种语言，但是他们有自己的一套方法，他们通过声音、记号、气味、胡须的触碰、行动以及能起到语言作用的示范等办法来传达思想。千万不要忘记：虽然在讲述这一故事时我把兔子的语言意译出来，可是我可不说他们不曾说过的话。

西顿（1860—1946）出生在英国，六岁时和家人一起来到加拿大。他从小就热爱大自然，悉心观察、研究大自然里的飞禽走兽。他是个博物学家、社会活动家和作家，他尤其欣赏印第安人的政治组织机构。他的《我所知道的野生动物》于1898年出版后获得了极大的成功。这本书使他在经济上获得了独立，并赢得了美国总统西奥多·罗斯福的友谊。据说英国作家吉卜林的《丛林故事》也是在这本书的启发之下才写成的。

如同传统悲剧描写的都是重要人物的重大事件一样，西顿动物故事的主人公也是“天赋不凡的个体”，因为只有这种悲剧性的受害者才能引起读者的同情。这种不凡的个体往往是体格出众、才智超群的天生的领袖，是一个代表悲剧命运的最合适的主人公。通观《我所知道的野生动物》，那里有可怜的老英雄、号称喀伦泡之王的老暴，他比其他的狼个头大，智谋多；乌鸦“银斑”是群鸦中最聪明、最强壮、最勇敢的；白尾兔毛丽是一名真正的“英雄母亲”，因为她不惜牺牲自己的生命来拯救自己的儿子；“跑侧对步的野马”是一匹完美无瑕的马，是大平原上古往今来最高尚的动物，没有一匹马像他那样强壮而又难以捉摸；松鸡“红颈毛”是一窝中最大、最壮、最漂亮的。西顿把他们的行为描写得十分高贵，从而确立他们的悲剧形象。奋不顾身的老暴遭遇不可避免的悲剧结局，因为他的伴侣被人杀害时，他不想只身逃往异乡。“银斑”和白尾兔毛丽都毫无保留地把自己的智慧传授给子女。虽然“好爸爸在松鸡世界里难得一见，但‘红颈毛’却是一个模范父亲”。“疤脸母狐”设法把自己被人捉获的幼崽毒死，因为她不忍看见他的自由被人剥夺。同样，跑侧对步的野马异常珍视自己的自由，一旦被人抓获，就设法跳崖自杀。主人精心喂养的黄狗巫利虽然对人的虔诚“就连世界上最英明伟大的人也想不到”，最终却在咬碎了主人女儿的双手之后，惨死在主人多利的柴钩下。我的爱犬宾狗机智敏感，是令人钦佩的良种，在作者被自己设下的捕狼机夹住、差点儿葬身狼口之时，宾狗勇敢地救了他的命，自己却中毒而亡。

西顿采用第三人称的叙事方法，使读者感到信服。他描写的都是一些真实的动物，而不是徒有动物外表的人。他展示动物的心理时，强调的是仇恨、寂寞、饥饿、痛苦这些最基本的感情，而不是更为复杂的人类的思想情绪。他抓住动物的生存

斗争这个关键，突出动物的个性，避免笼统的叙述。他的文笔简练，语言朴直，无论是传递信息还是构成紧张的戏剧冲突，效果都十分明显。西顿是位多产作家，仅动物故事就写了三十来本。他还擅长绘画，自己给自己的书画插图。

当今的地球上，野生动物越来越少，人却越来越多，也许人类比以往任何时候更容易认识到动物的魅力。正因为如此，《我所知道的野生动物》的不朽价值就显得更加突出。

蒲隆

2006年3月

序

这些故事都是真实的。尽管我在许多地方离开了严格的史实界限，但本书所有的动物没有一个是虚构的。它们过的是我所描述的生活，所表现的英雄气概和个性特征比我诉诸笔端的要鲜明得多。

我相信，那种司空见惯的含混笼统的论述大大损伤了博物学的元气。一篇描述人类风俗习惯长达10页的概述，会取得什么令人满意的效果呢？如果用同样的篇幅来专写某个伟人的一生，收益不是要大得多吗？以下是我描写这些动物时努力遵循的原则：个体的真实个性及其生活图景才是我的主题，而不是漫不经心、充满敌意的人的眼睛所看到的某一类动物的一般情况。

由于我把一些动物拼凑在一起，上述观点听上去好像与具体的做法自相矛盾，但是，记录的不完整性迫使我不得不这样处理。无论如何，在老暴、宾狗和野马身上，几乎一点儿也没有背离事实。

农场主们一清二楚，1889 年到 1894 年间，老暴在喀伦泡地区过着狂放的传奇般的生活，按照他们的准确说法，他死于 1894 年 1 月 31 日。

1882 年至 1888 年，宾狗是我的爱犬，尽管在此期间，我曾到纽约进行过几次长期访问，关系时有中断，这一点我的马尼托巴省的朋友都会记得的。我的老朋友，坦恩农场的主人，会从文中得悉他的狗到底是怎么死的。

野马生活在 19 世纪 90 年代初期，离老暴的时代不远。这篇故事是一篇严格的纪实文学，除了对他的死亡方式尚存争议。根据某一证据表明，他第一次被赶进畜栏时扭断了脖子。“老火鸡爪印”现在何处，不得而知，因此无法向他请教，加以断定。

从某种意义上说，巫利是两条狗的混合体；他们都是杂种狗，带有大牧羊犬的血统，被培养成了牧羊狗。《巫利》的前半部分是一篇实录，至于那条狗后来的事，人们只知道他变成了一个凶残狡诈、杀羊成性的凶手。故事后半部分的细节实际上是根据另外一只狗写的。那是一只黄狗，与前一只相类似，他长期过着两面派的生活：白天是只忠实的牧羊犬，夜里便成了嗜血好杀、大逆不道的怪物。这样的事情并不像人们所想的那么罕见。自从着笔写这些故事以来，我就听说了另一只过着双重生活的牧羊犬，他凶残地虐杀附近的小狗，把这种登峰造极的暴行当成他夜间的一项娱乐活动。待主人发现了他的行径时，他已杀死了二十条狗，把他们统统藏在一个沙坑里。他死时的情况和巫利一模一样。

红颈毛曾生活在多伦多北部的唐河谷地，我的很多同伴都记得他。他于 1889 年在宝塔山和法兰克堡之间的某个地方被害，我隐去了凶手的名字，因为我想揭露的是整个人类，而不是某个人的行为。

银斑、豁豁耳和雌狐都是根据真实的动物塑造的。虽然我把他们同类中不止一个动物的冒险经历都集中到他们身上，但他们的传记中的每一件事都来源于生活。

这些故事都是真的，这一事实就可以说明为什么书中所有的故事都是悲剧。野生动物的一生总是以悲剧告终。

这样一本故事集自然要暗示一个共同的思想——上一世纪会被称作道德寓意。毫无疑问，每个人都会找到一个自己中意的寓意，但我希望一些人会从中发现，一种同《圣经》一样古老的寓意表现得十分突出：我们和动物同属一个家族。人类所具有的东西动物不会一点儿没有，动物所具有的东西在某种程度上也为人类所分享。

既然动物都是有情有欲的生灵，只不过同我们在程度上有所差异而已，那么，他们理所当然地应有他们的权利。这一事实白人世界才开始认识到，但是佛教徒早在两千多年前就已经加以强调了。

本书由我的妻子格蕾丝·加勒廷·汤普森整理成册。虽然全书自始至终由我执笔，但是封面、扉页的设计以及总体编排主要是她的功劳。此外，她还对全书进行了校订，并承担了付印过程中机械单调的监印工作，在此我一并表示感谢。

欧内斯特·西顿·汤普森

纽约市五马路144号

1898年8月14日

喀伦泡之王老暴

一

喀伦泡是新墨西哥北部的一片大牧区。那儿有丰美的牧草、成群的牛羊，还有绵延起伏的高坪和银蛇般蜿蜒的流水，这些流水最后都汇入了喀伦泡河，整个地区就是因这条河而得名的。而在这一带威震四方的大王却是一只老灰狼。

老暴①，墨西哥人又管他叫大王，是一群出色的灰狼的大头领。这个狼群在喀伦泡河谷残杀洗劫已经多年了。所有的牧人和牧场工人对老暴都非常熟悉，而且，不管他带着他那忠实的帮凶出现在哪儿，牛羊都会吓得失魂落魄，牛羊的主人也只能干生气无奈何。在狼群中间，论身材，老暴高大无比；论狡诈和强壮，他也毫不逊色。他在夜晚的叫声老少皆知，所以很容易同他的伙伴的声音区分开来。一只普通的狼，哪怕在牧人的营地周围叫上半夜，充其量也不过是秋风过耳，但是当大王低沉的嗥叫声回荡在山谷里的时候，看守人就会提心吊胆，惶惶不安，眼巴巴地挨到天亮，看看羊群又遭受了什么严重的祸害。

---

① 原文 Lobo，西班牙文，意思是“狼”，译为“老暴”，不仅音相近，也反映了狼的性格。

老暴统帅的那群狼数目并不多。这一点我始终不大明白，因为，在一般情况下，一只狼如果有了像他这样的地位和权势，总会随从如云，前呼后拥。这也许是因为他只想要这么多，要么就是他暴虐的脾性妨碍了他那个群体的扩大。有一点是可以肯定的：老暴在他当权的后半期只有五个追随者。不过，这些狼每一只都威震四方，其中大多数身材也比一般的狼大，特别是那位副统帅，可真算得上是一只巨狼了。但即便是他，无论看个头，还是讲勇武，在狼王面前就小巫见大巫了。除了两个头领，狼群里还有几只也是超群绝伦的。其中有一只美丽的白狼，墨西哥人管她叫“白姐”，想来该是只母狼，可能就是老暴的伴侣。另外还有一只动作特别敏捷的黄狼，按照流行的传说，他曾好几次为狼群捕获过羚羊。

待会儿就会知道，牛仔和牧人们对这些狼真是了如指掌。人们常常看到他们，而听到他们的次数更多，他们的生活和牧人们的生活息息相关，可牧人们却巴不得除之而后快。在喀伦泡，没有一个猎人不愿意出一笔相当于很多头牛的好价钱，来换取老暴狼群里随便哪一只的脑袋。可是那些狼好像受到了神鬼的保佑，尽管人们千方百计要捕杀他们，但都无济于事。他们蔑视所有的猎手，嘲弄所有的毒药。至少有五年光景，他们接连不断地要喀伦泡牧民进贡，很多人说，一天没有一头牛是不行的。这样估算下来，这群狼已经杀死了不下两千头最肥壮的牛羊，因为大家都知道，每次他们总是挑最好的下手。

人们认为狼老是饥肠辘辘，因此就饥不择食，这种旧观念对于这群狼完全不适用，因为这伙强盗总是毛色光滑，体质健壮，吃起东西来挑剔得不得了。凡是老死的、有病的或是不干不净的

动物，他们连碰都不肯碰一下。就连牧人宰杀的东西，他们也绝不沾边。他们挑选的日常食物，是刚刚杀死的一周岁的小母牛，而且只吃比较嫩的部位。老公牛和老母牛，他们根本瞧不上眼。虽然他们偶尔也逮个把牛犊子或小马驹，但是很显然，这群狼并不欣赏小牛肉或马肉。大家也知道，他们对羊肉也不热衷，虽然他们时常杀羊取乐。一八九三年十一月的一天夜里，“白姐”和黄狼就杀死了两百五十只羊，但一口肉也没有吃，一目了然，他们这么干纯粹是为了开心取乐。

这些只不过是很多故事中的几个例子而已，我可能还要重复以表明这群恶狼为非作歹的劣迹。为了消灭这群狼，人们每年都试用许多新招，但是，尽管人们竭尽了全力，这群狼还是活得越来越健壮。人们出了一笔很高的赏金，悬赏老暴的脑袋。于是有人采用了几十种妙诀，投放毒药来捕捉他，但全都被他发觉避开了。他只怕一样东西，那就是枪，他心里明白，这一带的人个个都带枪，因此从来没有听说过他向人发起攻击或跟人对峙的事情。的确，这群狼的既定方针就是：在白天，只要发现有人，不管距离多远，撒腿就跑。老暴有个习惯，他只允许狼群吃他们自己杀死的东西，正是这个习惯一次又一次救了他们的命。他嗅觉敏锐，能发现人手的痕迹或者毒药本身，这就保证他们能够万无一失。

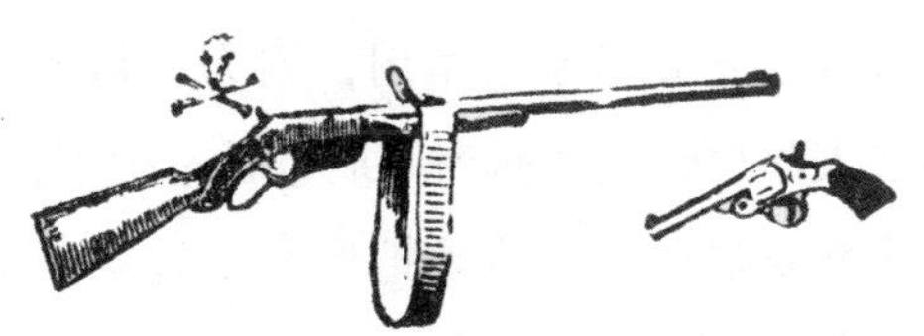

有一次，一个牧人听见了老暴耳熟能详的战斗呼号，便蹑手蹑脚地溜过去，发现喀伦泡的这群狼正在一块洼地上围攻一群牛。老暴远远地蹲在一个土岗子上，“白姐”和其余的狼正拼命要把他们相中的一头小母牛“揪出来”，可是那些牛紧紧地挤在一起站着，牛头朝外，以一排牛角阵对着敌人，要不是有一头牛面对这群狼的又一次冲击而怯起阵来，想钻到牛群中央去，这个防线是无法突破的。狼群只有这样乘虚而入，才把相中的那头小母牛咬伤了。可那头小母牛还远远没有失去战斗能力。终于，老暴似乎对他的部下失去了耐心，于是他奔下山岗，大吼一声，向牛群猛扑过去。经他这么一冲，牛群便张皇失措，阵线立即土崩瓦解了。他接着飞身一跳，冲进牛群当中。这一下，牛群就像一颗爆炸了的炸弹的弹片，溃散开来。那个被相中的倒霉蛋也逃开了，可还没跑出二十五码远，就叫老暴逮了个正着。他抓住小母牛的脖子，竭尽全力把她猛地往后一拉，将她狠狠地摔在地上。这次打击真有迅雷不及掩耳之势，小母牛被摔了个脑袋杵地，后蹄朝天。老暴自己也翻了个跟头，但他马上就站起身来，他的部下扑到这头可怜的小母牛身上，一刹那工夫就结果了她的小命。老暴把这个倒霉蛋撂倒之后，并不跟大伙儿一起去杀死她，好像在说：“瞧，你们怎么就没有一个能马上把这事儿处理掉，偏偏要浪费这么多时间?”

这时，那个人一路吆喝着骑马赶来，这群狼便照例撤退了。此人有一瓶马钱子碱，他飞快地在死牛身上下了三处毒，下完就走了。他知道这群狼还要回来吃牛肉，因为这是他们亲自杀死的动物。可是第二天早晨，当他回到原地想看看中了毒的倒霉鬼时，却发现这群狼虽然吃过牛肉，可是把所有下过毒的部位都小心翼翼地撕扯下来，扔在了一边。

老暴向群狼演示如何宰牛

牧人们对这只大狼的恐惧心理逐年加剧，悬赏他的脑袋的赏金也逐年提高，到最后竟达到一千美金，这肯定是一笔前所未有的捕狼赏金，就是悬赏捉人，许多都达不到这个数目。一个名叫坦拿利的得克萨斯牧人，受到这笔赏金的诱惑。一天，他策马向喀伦泡山谷疾驰而来。他有一套专门捕狼的优良装备——最好的枪、最快的马，还有一群大狼狗。他曾经带着他的狼狗，在锅把儿形的平原上捕杀过许多狼，所以他现在深信不疑：不出几天，老暴的脑袋就会挂在他自己的鞍头上了。

夏天的一个清晨，他们披着灰蒙蒙的曙光，气势如虹地前去打狼了。没过多久，那群大狼狗就欢声雷动，传来喜讯：他们已经找到猎物的踪迹了。走了不到两英里，喀伦泡的灰狼群就闯进了视野，这场追猎顿时紧张激烈起来。狼狗的任务只是牵制住狼群，好让猎人策马赶来击毙他们。在得克萨斯的开阔平原上，这一般是容易做到的；可是在这儿，一种新的地形发挥了作用，也说明老暴是多么善于选择他的阵地。喀伦泡河岩石嶙峋的峡谷和众多支流把大草原切割得支离破碎。此刻，老狼王马上朝最近的那条支流跑去，过了河，就把骑马的猎人甩开了。然后，他的狼群分散开来，狗群也就被引开了。可是当他们在远处重新集结起来时，狼狗却一下子聚不齐了。这样一来，狼就扭转了寡不敌众的局面。他们杀了个回马枪，不是把追猎者杀死，就是把它们咬成重伤。当晚，坦拿利清点狗数，发现狗只回来了六只，其中两只还被扯得浑身稀烂。后来，这个猎人又做了两次尝试，想拿下这颗狼王头，可是，这两次跟头一次一样都是空手而回。在最后一次追捕中，他那匹最好的马也摔死了。因此他气急败坏，放弃了追捕，一甩手回得克萨斯去了，留下老暴待在该地，比以往更加猖狂。

第二年，来了另外两个猎手，乔·卡隆和拉洛谢，他们下定决心要拿到这笔赏金。他们俩都深信自己能把这只威名远扬的狼消灭掉。第一个人用的是新配的毒药，投放的方法也跟以前截然不同；另一个是法裔加拿大人，除了毒药，还要画符念咒来增强效力，因为他坚信，老暴是一个十足的“狼人”，绝不是用普通的方法可以消灭的。但是，对这只灰色祸首来说，什么配方绝妙的毒药呀，什么符咒魔法呀，统统无济于事。他还是和从前一样，照常每周四处巡视，每天大吃大喝，没过几个星期，卡隆和拉洛谢都心灰意懒，干脆拉倒，去别处打猎了。

一八九三年春天，卡隆在捕捉老暴失败后，又有过一次丢脸的经历，这就表明，这只大狼根本不把他的敌手放在眼里，并且有着绝对的自信。卡隆的农场位于喀伦泡河的一条小支流上，在一个风景如画的峡谷里。那个季节，就在这个峡谷的岩石中间，在离卡隆家不到一千码的地方，老暴和他的伴侣选定了他们的窝，开始养儿育女。他们在那儿整整住了一个夏天，咬死了卡隆的牛、羊和狗，安安稳稳地待在洞穴满布的岩壁深处，嘲弄他设放的那些毒药和机关。卡隆绞尽脑汁想用烟把他们熏出来，或者用炸药炸死他们，但都是枉费心机，他们都安全避开了，连一根毫毛都不曾损伤，并且一如既往，继续行凶施虐。“去年整整一个夏天，他们就住在那儿，”卡隆指着那块岩壁说，“我对他一点儿办法也没有。在他眼里，我真像一个大傻瓜。”

二

这段历史是从牛仔们那儿搜集来的，我一直难以相信，直到一八九三年秋，我亲自结识了这个诡计多端的强盗，终于对他有了比别人更深刻的了解，我才相信那并非空穴来风。几年前，宾狗活着的时候，我曾当过捕狼的猎人，可是后来换了另一种职业，就把我拴在写字台上了。我急需改弦易辙，所以当一个也在喀伦泡做牧场主的朋友要我去新墨西哥，试试看我能不能对付一下这帮劫掠成性的狼的时候，我就接受了他的邀请。由于我迫不及待地要见识见识这位大王，所以就尽快赶到了该地的高坪上。我花了些时间，骑着马四处奔走，想了解了解这一带的情况，我的向导时不时指着一具还粘着皮子的牛骨头架子说：“这就是他干的好事。”

我心知肚明，在这个崎岖坎坷的地区，想用马和狗来追捕老暴纯属徒劳。因此，毒药和机关是唯一有效的办法。目前，我们的捕狼机还不够大，于是我就先从毒药入手。

坦拿利领着大狼狗奔向峡谷

捕捉这个“狼人”的办法数以百计，我就用不着一一赘述了，凡是含有马钱子碱、砒霜氰化物或者氢氰酸的东西，没有一种我没试过。凡是能用来当诱饵的肉类，没有一样我没用过。但是，一个早晨又一个早晨我骑着马前去查看结果，却发现这纯粹是枉费心机。对我来说，这位老狼王太狡猾了。只举一个例子就可以看出他的绝顶聪明。有一次，我根据一个老猎手的指点，把一些奶酪跟一头刚宰的小母牛腰子上的肥肉拌在一起，放在一只瓷盘里煨烂，再用一把骨头刀子把它切开，免得沾染上金属味儿。等这盘食饵凉了以后，我把它切成块儿，在每一块的一面掏一个洞，再塞进大量的马钱子碱和氰化物，这些毒药是放在绝不透气的胶囊里的，最后，我又用奶酪把洞封起来。操作期间，我始终戴着一副在小母牛的热血里浸过的手套，连大气都不敢朝这盘食饵出一口。等一切就绪，我把它分装在一只涂满了牛血的生皮口袋里，又在一根绳子头上拴上牛肝和牛腰子，骑着马把它们拖在地上。我这样兜了一个十英里的圈子，每走四分之一英里，就扔一块毒饵，而且总是小心翼翼，绝不让手去碰它一下。

一般来说，老暴总在每个星期的头几天光顾这个地区，后几天，估计是在格兰德山山麓附近度过的。这天是星期一，就在当

天晚上，我们正要睡觉的时候，我听见了大王陛下低沉的吼声。一听到这声音，有个伙伴简短地说了句："他来了，等着瞧吧。"

第二天早晨我出发了，急着想知道结果如何。不久我就发现这帮强盗踩的新爪子印，老暴在最前头——要看出他的爪印总是很容易。普通的狼，前爪只有四英寸半长，大的也不过四又四分之三英寸。可老暴的爪印，根据多次测量，从前爪到后跟，足有五英寸半长。后来我发现，他的其他部位也比例匀称，从脚跟到肩头的高度为三英尺，体重达一百五十磅。所以，他的爪印虽然被他的追随者踩模糊了，但是并不难认。这群狼很快就发现了我拖牛肝和牛腰子的路线，并且照例跟踪而去。我看得出，老暴到第一块食饵这儿来过，还在周围嗅过一阵子，最后总算把它捡起来了。

这时的我欣喜之情溢于言表。"我总算逮住他啦，"我大声喊道，"不出一英里，我就能找到他的僵尸啦。"接着，我快马加鞭往前飞奔，一路上又眼巴巴地盯住尘土上又大又宽的爪印。后来我又发现第二块毒饵也不见了。我好高兴啊——这下可真的逮住他了，说不定还能逮住狼群里的另外几只哩。宽大的爪印还是继续出现在路线上。我站在马镫上把前面的平原仔细地搜索了一遍，可是连死狼的影子也没看见。我又跟着往前走——发现第三块食饵也不见了——循着狼王的脚印，走到第四块食饵那儿的时候，我才知道他实际上一块也没吃过，只不过是把它们衔在嘴里带走了而已。然后，他把前三块食饵堆在第四块上面，还往上撒了一泡尿，以表示对我的伎俩的极端蔑视。然后，他离开了我投饵的路线，领着被他守护得万无一失的狼群，忙自己的事情去了。

这只是我许多类似经历中的一例。这些经历使我相信，要消灭这个强盗，毒药是绝对不可取的。可是我一边等待捕狼机运来，一边还在继续使用毒药，这也不过是因为，要消灭许多草原上的狼和其他有害动物，放毒在当时是一种可靠的手段。

大约就在这个时候，在我的眼皮底下发生了一件事情，进一步说明了老暴的残暴狡猾。至少有一件事，这些狼纯粹是为了寻开心才干的，那就是惊扰虐杀羊群，不过他们很少吃它们。平时，绵羊总是一千头到三千头合成一群，由一个或几个牧民来看管。到了夜里，它们就集中在能找到的最隐蔽的地方，羊群的每一边都睡着一个牧人，严加防范。绵羊是一种没有头脑的动物，哪怕一丁点儿风吹草动，也准能把它们吓得东逃西窜，但是它们天性中有一种根深蒂固的——也许是唯一的——大弱点，那就是紧跟领袖寸步不离。牧民们也就充分利用了这个弱点，在绵羊群里安插了五六只山羊。绵羊认识到了它们有胡子的表亲的聪明优越，所以在夜里遇到警报的时候，就把这些山羊团团围住。通常，它们都是因为这样做才没有被冲散，也容易得到保护。但是，情况并不总是这样。去年十一月末的一个晚上，有两个佩里科牧人被狼群的袭击惊醒了。他们的绵羊群挤在山羊周围，山羊呢，既不傻，也不怕，它们坚守着阵地，摆出一副临危不惧的架势。但是天哪，这回带头攻击的可不是一只普通的狼啊。山羊是羊群的精神支柱，这一点老暴知道得和牧人一样清楚。他飞快地跃过密密匝匝的绵羊背，直扑那些山羊，转眼之间，就完全结果了它们的性命，于是这群倒霉的绵羊，就向四面八方逃窜开来。以后几个星期，差不多每天都有焦急万分的牧人跑来问我："近来你见到过失散了的有 OTO 标记的羊吗？"我往往只好说看见过的。有一次是这么说的："见过，在钻石泉那儿见到过五六具残骸。"另一次大概是这么回答的："我见过一小'股'在玛尔佩坪上乱跑。"要不，我就说："没见过。不过两天前，胡安·梅拉在塞德拉山见过二十来只刚刚被杀死的羊。"

捕狼机总算来了，我和另外两个人埋头苦干了整整一个星期才把它们安装好，我们不辞劳苦地工作着，凡是我能想到的有助于捉狼的办法我都采用了。捕狼机安装好的第二天，我就骑马出去巡察，没有多久，就碰上了老暴从每架捕狼机旁边跑过的爪印。从尘土上，我能看出他那天晚上全部所作所为的底细。他摸黑一路小跑而来，尽管捕狼机隐藏得不露痕迹，但第一架马上就被他察觉了。他立即叫狼群停止前进，并小心翼翼地把捕狼机四周的土扒开，直到捕狼机、链条和木桩全部暴露无遗，只剩下上面的弹簧没有触发。一路走去，他用同样的办法处理了十几架捕狼机。不久，我注意到，他一发觉有可疑的行迹，就立马停住脚步，拐到一边。于是我立即想出了一个哄他上当的新招儿。我把捕狼机安置成H形，也就是说，在路的两边各放一排捕狼机，再在路中间安置一架，权当H中间的横杠。可是没过多久，我发现这个计划又泡汤了。老暴顺着这条路小跑而来，而且在发觉那架捕狼机以前，就已经完全深入到平行的两排机关中间了。可他及时刹住了脚步。至于他为什么或是怎样洞见症结的，那我可说不上来。我看准是有什么野兽守护神在伴随着他。这时候，他寸步不偏，谨慎缓慢地沿着自己走过的爪印又退了回来，每一步都分毫不差地重叠在原来的爪印上，直到离开这个危险地区。接着他绕到一边，用后爪一个劲儿地扒土块儿和石子儿，最后把捕狼机全部触发了。还有很多次，他也是这么干的，虽然我变了花样，加倍小心，但他从来也不上当。他的聪明好像永远万无一失。要不是后来那桩不幸的联姻毁了他，并把他的名字添到那长长的英雄榜上，那么直到今天他也许还在干着他那强取豪夺的勾当哩。这些英雄，独自一身时，总是所向无敌，但都由于可信的同盟者的轻率而死于非命。

三

有一两次，我发现了一些迹象，表明喀伦泡狼群里有些事情不大对头。譬如说，从狼的爪印上可以看得明明白白，有只较小的狼有时跑在统帅前头，这一点我搞不懂，直到后来，有个牛仔发了一通议论，才把事情解释清楚了。

“今天我见着他们啦，”他说，“离开狼群撒野的那只狼是‘白姐’。”这时，我才恍然大悟，说：“我知道了，‘白姐’是只母狼，因为要是一只公的这么干，老暴马上就会宰了他的。”

这一发现便诱发了一个新方案。我宰了一头小母牛，把两架捕狼机显而易见地安放在死牛旁边，然后把牛头割下来，因为它被看成一件废物，狼也不屑一顾。我便把它扔在离死牛不远的地方，再在牛头周围安置上六架强劲的钢制捕狼机，彻底清除气味，隐蔽得不露痕迹。安置的时候，我的双手、皮靴和工具都用新鲜的牛血抹过，随后还在地上洒了一些血，活像是从牛头里流出来的。捕狼机在土里埋好以后，我又用郊狼皮在上面扫了一遍，再用一只郊狼爪子在捕狼机上面压了一些印子。牛头扔在一簇乱草丛旁边，中间留着一条窄窄的通道，在这条通道上，我又埋藏了两架最好的捕狼机，把它们跟牛头拴在一起。

狼有个习惯，只要一嗅到有什么死动物的味儿，为了探个究竟，就是不想吃，也要走近去瞅瞅的。我希望这种习惯会把喀伦泡狼群带到我最新的圈套里来。我并不怀疑老暴会发现我在牛肉上做的手脚，阻止狼群去接近它。可是我对牛头却寄予了厚望，因为它看上去好像是被当作废物扔在一边的。

第二天一早，我迫不及待地赶去查看那些机关，哟，真叫人高兴！有狼群的爪印子，原来放牛头和捕狼机的地方，现在空无一物。我赶紧把爪印研究了一下，发现老暴尽管不让狼群走近牛肉，可是，一只小狼显然跑过去看过放在一边的牛头，并且正好踏进了一架机关。

我们开始追踪，不到一英里，就发现这只倒霉的狼竟然是“白姐”。但她立马跑开了，虽然拖着一个五十多磅重的牛脑袋，但还是很快就把我们这一伙步行的人远远甩在后面了。但她跑到岩石地带时，我们追上了她，因为牛角给挂住了，死死地拽住了她。我从来没有见过像她这样美丽的狼。她浑身油光油光的，几乎可以说是白亮白亮的。

她转过身来搏斗，扯着嗓子喊起了战斗口号。远处的高坪上，传来了老暴的一声深沉的回答。这是“白姐”最后的呼唤。因为这时候，我们已经逼近她的身边，她也鼓足全部力气，准备拼死一战了。

接着，不可避免的悲剧发生了，后来我想起这个主意，比当时还要害怕。我们每个人都朝这只注定要遭殃的狼的脖子扔过去一根套索，再赶着马朝相反的方向狠拉，直到她嘴里喷出

了血，眼睛发了直，四条腿也僵硬了，瘫软无力地一下子倒在地上才住手。然后，我们带着死狼骑马回家，为能给喀伦泡狼群第一次致命打击而欣喜若狂。

在悲剧发生的当时以及后来我们骑马回去的时候，我们时不时听到老暴的嚎叫声，这时他正在远处的高坪上游荡，似乎在寻找“白姐”。他从来没有真正地遗弃过“白姐”，可是他一向对枪怀着根深蒂固的畏惧，所以当我们靠近的时候，他就知道已经没法搭救“白姐”了。那一整天，我们都听见他一边四处寻觅，一边不住地哀嚎，最后我对一个牛仔说：“这回我可真的明白了，‘白姐’的确是他的配偶。”

黄昏来临的时候，他好像在朝他安家的峡谷走来，因为他的叫声越来越近了。他的叫声里有一种明白无误的悲凉音调。那不再是一种无畏而响亮的嗥叫，而是一种悠长、痛楚的哀嚎了。他好像在喊：“白姐！白姐！”当夜幕降临的时候，我注意到他就在离我们追上“白姐”不远的地方。终于，他好像发现了痕迹，当他走到我们杀死“白姐”的地点时，他那伤心欲绝的哀叫声，听起来着实让人可怜。那种悲伤我简直难以相信，连那些铁石心肠的牛仔听了也说：“从来没有听见一只狼像这样叫过。”他好像知道了发生过的一切，因为在“白姐”死去的地方，鲜血染红了地面。

后来，他跟随着马蹄印，走到牧场的屋子跟前。他上那儿去是想找到“白姐”呢，还是寻机报仇，我不得而知。但事情的结果，却是他报了仇。他在屋子外面撞见了我们那条不幸的看门狗，就在离门口不到五十码的地方，把它撕了个粉身碎骨。这一回他显然是独自来的，因为第二天早上我只发现了一只狼的爪印。他一路狂奔乱跑，这在他可是件异乎寻常的事儿。我对这一点也有所预料，所以在牧场周围又加设了一些捕狼机。后来我发现，他的确踏中了其中的一架，可是他力气太大，挣脱了出来，并把捕狼机抛在一边。

我相信，他还要在附近这一带继续找下去，至少是不找到“白姐”的尸首誓不罢休。于是，我全力以赴干起这件大事来，也就是在他离开这个地区以前，趁他心乱如麻的当儿，把他逮住。这时我才意识到，杀死“白姐”已经铸成了大错，因为我要是拿她来做诱饵，第二天晚上满可以把他逮住。

我把所有能够动用的捕狼机都集中起来，总共有一百三十架强劲的钢制捕狼机，再每四架编成一组，安置在每一条通往峡谷的路线上；每一架捕狼机都分别拴在一根木杠上，再把木杠一根一根分开埋好。埋的时候，我小心翼翼地扒起草皮，把挖起来的泥土一点儿不漏地全部放在毯子里，所以在重新铺好草皮，一切就绪的时候，看不出一丝人工的痕迹。捕狼机隐藏好以后，我又拖着可怜的“白姐”的尸体，到各处去走了一趟，还在牧场周围绕了一圈，最后我又砍下她的一只爪子，在经过每一架捕狼机的路线上，打上了一串爪印子。凡是我知道的预防措施和计策，我全用上了，一直干到很晚才歇下来等待结果。

那天夜里有一次，我想是听见了老暴的声音，但没有十分的把握。第二天我骑马出去巡察，可是还没走完峡谷北部的圈子，天已经黑下来了，所以我没有什么好汇报的。吃晚饭的时候，有个牛仔说："今天早晨，峡谷北面的牛群闹得可厉害啦，恐怕那边的捕狼机逮住什么了吧。"第二天下午，我还没有走到牛仔所说的那个地方，当我靠近那儿的时候，一只硕大的、灰扑扑的东西从地上挣扎起来，妄图逃走。原来站在我面前的正是喀伦泡之王老暴，他已经叫捕狼机结结实实地夹住了。这可怜的老英雄，他无时无刻不在寻找着自己的心上人，一发现她的尸体留下的痕迹时，就不顾一切跟踪而来，于是就钻进了为他布置好的圈套。他躺在那儿，被四架捕狼机的铁夹紧紧夹住，一点儿能耐也没有了。在他周围有好多蹄印，说明牛群是怎样围到他旁边，侮辱这个落难的暴君，但又不敢跑到他还可以够得着的地方。他在那儿躺了两天两夜，现在已经挣扎得筋疲力尽了。可是，当我走近他的时候，他还是爬起身来，竖起鬃毛，扯开嗓子，最后一次使山谷震荡起他那深沉洪亮的吼声。这是一种求救的呼声，是召集他的狼群的呼号。但是没有一点儿回音。尽管陷入孤立无援、走投无路的境地，他还是竭尽全力转动着身子，拼命向我扑来。这纯属徒劳，每一架捕狼机都有三百多磅，把他死死地拖着，四架捕狼机把他无情地抓着，每一只爪子都被大钢齿咬着，那些沉重的木杠和铁链全都纠缠在一起，他是一筹莫展了。他的象牙色的獠牙怎样磨啃着那些无情的铁链啊，当我壮起胆子用枪管去碰他时，他在枪管上面留下了一道又一道槽，直到今天都还没有磨平呢。在他白费气力、想抓我和我那匹吓得发抖的马的时候，他恨入骨髓、怒火万丈，眼睛绿光闪烁。他张开大嘴，"咔嚓"一声咬下去，却咬了个空。但是，饥饿、挣扎和不断流血，耗尽了他的气力，不久他就精疲力竭地瘫在地上了。

他可真是血债累累！但当我准备惩处这个罪魁祸首的时候，却感到有些于心不忍。

"无法无天的亡命徒啊，上千次非法袭击的枭雄啊，过不了几分钟，你也不过是一大堆腐肉了。也只有这样一种下场了。"说罢，我就挥起套索，嗖的一声朝他的脑袋扔了过去。但事情可没那么顺当，他还远远没有被制服呢。那柔韧的套索还没有落在脖子上，就被他咬住了，他狠劲儿一咬，就咬穿了又粗又硬的绳索，然后扔在他的脚下，绳索成了两截。

当然，我还有最后一招，就是开枪，但是我不想损坏他那张宝贵的毛皮。于是，我骑马赶回宿营地，带来一个牛仔和一副新套索。我们先把一根木棍朝这个倒霉蛋扔过去，他一口咬住了，然后，趁他没来得及吐掉的时候，我们的几根绳索已经嗖嗖地飞了过去，紧紧地把他的脖子套住了。

然而，在亮光没有从他凶狠的眼睛里熄灭之前，我连忙喊道："等等，咱们别忙着勒死他，把他活捉到营地去。"现在他毫无还手之力了，所以我们轻而易举地把一根粗棍子横穿过他的嘴巴，挡在他的牙齿后边，然后用粗绳绑住了他的嘴巴，再把绳子系在木棍上，于是木棍拽着绳子，绳子扯住木棍，这样，他就没法伤人了。他一感到自己的嘴巴已被绑住，就再也不反抗了。他一声不响，只是冷眼注视着我们，好像在说："好啦，你们到底把我给逮住了，怎么处置随你们的便吧。"自此之后，他再也不理睬我们了。

我们牢牢地绑住他的腿脚，但是他一声不哼，一声不叫，连脑袋也不转动一下。接着，我们两个人一齐用力，刚刚能够把他抬到马背上。他呼吸均匀，好像睡着了一样。他的眼睛又变得明亮清澈了，可是并没有瞅我们。他目不转睛地盯着远处一大片起伏的高坪，他正在逝去的王国，那里有他名扬四方的狼群，现在已经四零五散了。他一直这样盯着，直到小马下了坡，进了峡谷，岩石把他的视线切断了。

我们一路慢慢悠悠地走着，平平安安地到达了牧场。我们先给他戴好项圈，拴上一根粗链子，然后，把他拴在牧场的一根桩子上，才把绳子解掉。这时候，我算头一回能仔细审视他的尊容了，而且也证实：当人们谈及一位活着的英雄或暴君的时候，流行的传说是多么靠不住啊。他的脖子上没有金项圈，肩头上也没有什么表示他和撒旦结盟的反十字。不过，我在他的一条腿上，倒是发现了一块大伤疤。据传说，这是坦拿利的狼狗头领朱诺的牙印——是朱诺被他放倒在峡谷沙地上丧命之前的那一刻给他留下的印记。

我把肉和水搁在他身边，可是他一眼也不瞅。他平心静气地趴在那儿，那对坚定不移的黄眼睛从我身旁望过去，从峡谷入口凝视着远方空旷的平原——他的平原——我碰了碰他，他的肌肉动也不动。太阳落山的时候，他还是死死盯着那片大草原。我以为夜里他会把他的狼群召唤来，所以为他们做好了准备。可是，他在陷入绝境的时候曾经叫过一次，但一只狼也没有来，他就再也不肯叫了。

一头耗尽了气力的狮子，一只被剥夺了自由的老鹰，一只丧偶的鸽子，据说都会伤心而死。谁能断言，这个冷面强盗能够经得起这三重的打击，一点儿都不伤心呢？这一点，只有我才知道。第二天天亮的时候，他还是以他平静的休息姿势趴在那里，不过，他的魂儿已经走了——老狼王死了。

我把他脖子上的铁链取了下来，一个牛仔帮我把他抬到安放“白姐”尸体的小屋里。当我们把他放在她身旁时，那个牛仔大声说：“嗨，你不是要找她吗，现在你们俩又到一起了。”

喀伦泡之王老暴

银斑，一只乌鸦的故事

一

我们中间有多少人真正了解过一只野生动物呢？我并不是指仅仅见过一两次，或者在笼子里养过那么一只，而是指当他生活在野外时，对他真正有过长期的了解，对他的生活和历史有一种真知灼见。麻烦就在于通常很难把一只动物与他的同类区别开来。一只狐狸跟另外一只狐狸，一只乌鸦同另外一只乌鸦何其相似，我们下次见到他时，很难肯定他就是上次我们见到的那一只。但是，偶尔会冒出那么一只动物来，他比他的同类更强壮、更聪明，他变成了一个大头领，按我们的话说，是个天才。如果他生得高大，或者带有人们可以用来识别他的某种标记，那么，他很快就在他那个地区出了名，并且向我们表明：一只野生动物的生活也许要比许许多多人的生活生动有趣得多。

在这一类动物中，有断尾狼科特兰，他在十四世纪初期有十年光景曾使整个巴黎城到了谈狼色变的程度。有跛足灰熊“瘸子”，在两年之内他毁了上萨克罗门托河谷所有养猪户的家业，逼得一半的农民废弃了耕作。还有新墨西哥的狼王老暴，五年来他每天咬死一头牛，还有黑豹索尼，不到两年，他就使近三百人丧生。银斑也是这样一只出类拔萃的动物，现在我就尽我所知，把他的历史做一简要介绍。

银斑是只聪慧的老鸦。人们管他叫银斑，是因为他的眼和嘴角之间有一块五分币大小的银色斑点。正是由于这块斑点，我才能从鸦群中认出他来，并且把我所知道的他的历史片段汇集到一起。

你肯定知道，乌鸦是我们见过的最聪明的飞鸟。俗话说“聪明得像只老乌鸦”，这并非无稽之谈。乌鸦深知组织的重要性，并且像士兵一样训练有素——实际上比有些士兵的素质要好得多，因为乌鸦总要值勤，总要打仗，为了生命与安全，总要相互依赖。他们的领袖不仅是鸦群中年龄最大、智慧最多的，而且是最强壮、最勇猛的，因为他们必须随时做好准备，全凭武力镇压那些大逆不道的家伙。年幼无知、天赋平庸的乌鸦只有做普通一兵的份儿。

老银斑是一支庞大的鸦群的首领，他们的总部离加拿大的多伦多不远，设在弗兰克堡，那是城市东北郊一座松林覆盖的小山。这支鸦群有两百来只，我真不明白是什么原因，这个数目一直没有增加。在比较温和的冬天，他们逗留在尼亚加拉河河畔，遇到严寒的冬天，他们便飞往更远的南方。可是每年二月的最后一个星期，老银斑总是率领鸦群，不畏艰险，飞过尼亚加拉河和多伦多之间四十英里宽的水面。然而，他并不带领鸦群做直线飞行，而总是绕个弯子向西飞去，在那里他一直能看到他所熟悉的地理标志——邓达斯山，最后飞到能看见松林覆盖的小山为止。他每年率兵前来，在小山上扎营六个星期左右。从此以后，每天早晨鸦群分三队出征办理粮草。一队南下，飞往阿什布里奇湾；一队北上，飞向唐河；剩下最大的一队，由老银斑亲自率领向西北的深谷飞去。其他两队由谁带领，我一直没有发现。

早晨没有风的时候，他们便高高飞起，径直向远方飞去。遇到刮风的天气，鸦群就飞得很低，沿着河谷好避风。我的窗户俯视着河谷，所以，在一八八五年我第一次注意到了这只老鸦。那时，我还是个当地新客，一位老住户告诉我："那只老乌鸦在这条河谷中已经飞了二十多年了。"我只能在河谷中观察到他。虽然现在河谷两旁建起了房舍，上面架起了桥梁，银斑还是死心塌地地沿这条老路飞行，因而成了我的老相识。每年从三月到四月上旬，他每天总要往返一次，然后到夏末和秋天，也是如此。这就使我有机会观察他的行动，听他对鸦群发号施令，于是，我逐渐看清了这样一个事实：这群乌鸦虽然是个小小的种族，却极其聪明。这是一种有自己的语言和社会制度的鸟，在许多重要的方面具有人类的特征，甚至在某些方面执行得比我们还好。

有一天风刮得正大，我站在横跨河谷的那座高桥上，看见老银斑正率领着他那长长的、散乱的队伍飞回家。在半英里之外，我就听到他那心满意足的叫声了，好像我们所说的"一路顺风，继续前进"。他那殿后的副官也这么重复着。

为了避风，他们飞得很低；然而为越过我站着的那座桥，又不得不飞高一些。银斑发现我站在那儿，并且紧盯着他看，便有点儿不太放心。他暂停向前飞行，喊道："注意警戒。"

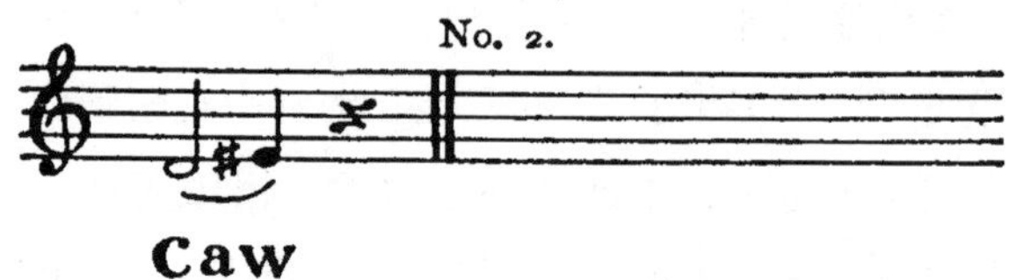

于是一下子飞向高空。他看见我手里没拿什么武器，便在我头顶大约二十英尺的地方飞过。他的部下也依次跟在后面，过了桥之后，他们又降到原来的高度。

第二天，我站在桥上同一个地方，看见他们靠近时，就举起手杖指向他们。老银斑立刻喊道："危险！"

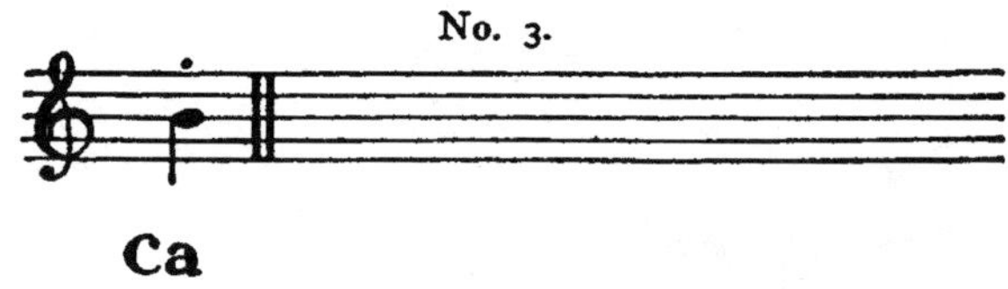

然后腾空跃起，比原先高了五十英尺。他看清我手里拿的不是枪，便悍然飞了过去。但是第三天，我带了一支枪，他立刻叫起来："很危险！枪！"副官立即重复他的叫声。

鸦群便向上腾飞，纷纷散开，一直到了枪打不着的地方，才

平平安安地飞了过去。接着又降低高度，寻求河谷的庇护，那时早已飞出了枪的射程。还有一次，当这长长的、散乱的队伍沿着山谷飞下来时，有一只红尾鹰落在他们预定路线旁边的一棵树上。头领高声喊道："鹰，鹰！"

他停在半空中，每只乌鸦一靠近他，便都停下来，最后便挤成密密匝匝的一团。这时候，他们再也不怕那只老鹰了，于是便继续朝前飞去。可是又飞了四分之一英里，下面出现了一个带枪的人。

"危险极了——枪，枪；散开逃命！"这呼号立即使鸦群疏散开来，向高空飞翔，远远超出了枪的射程。他发号施令的别的许多用语，我是在与他长期结识的过程中了解到的，我发现有时候声音非常相近，意思却截然不同。因此，尽管图五的意思是"鹰"或任何大而危险的鸟，而图七的意思是"转身"，但它显然是基本意思是

“危险”的图五和基本意思是“撤退”的图四的结合。而图八则是对一个来自遥远的地方的同伴的问候，意思是“你好!”。

图九通常是讲给队伍听的，意思是“注意”。

四月初，鸦群开始忙碌起来。似乎总有些新鲜事儿使他们兴奋不已。他们在松林里度过半天的时光，而不是从早到晚地筹集粮草。三三两两的乌鸦相互追逐嬉闹，时而还显示一下各自不同的飞行技巧。他们最喜欢的一项游戏就是从很高的地方突然向一只栖止着的乌鸦俯冲下来，就在迫在眉睫眼看要碰上的当儿，突然又反弹回空中，速度极快，使得扑击者的双翅呼呼作响，好像远方的雷鸣。有时，一只乌鸦会低下头来，把每根羽毛都竖起来，走近另一只乌鸦时，发出这样长长的咯咯声。

这是什么意思呢？我不久就知道了。他们在配对做爱。雄鸦向雌鸦卖弄自己矫健的双翅和洪亮的歌喉。他们肯定是两情缱绻。

因为到了四月中旬，他们都结成配偶，飞往乡村度蜜月去了，留下那沉郁而古老的弗兰克堡松林，显得冷冷清清。

二

糖塔山孤零零地耸立在唐河谷地里。山上长满了森林，与四分之一英里外的弗兰克堡山上的森林连成一片。两山之间的树林里有一棵松树，树顶上有一个废弃了的鹰巢。多伦多的每一个小学生都知道这个鹰巢。除了有一次我在巢边打到一只黑松鼠外，没有人看见过在它周围有什么生命的痕迹。过了一年又一年，这巢变得破旧不堪，眼看就要垮了。可是说来非常奇怪，它一直没有像别的老巢那样垮掉。

五月的一个早晨，天刚蒙蒙亮，我就外出了。我悄悄地穿过这片森林，脚下的败叶湿漉漉的，发不出一点儿沙沙的声响。我碰巧从这个老巢下经过，看见一支黑色的尾巴从巢里伸出来。我感到非常惊奇，狠狠地砸了一下树，飞出了一只乌鸦，这一下真相大白了。很久以来，我一直怀疑有一对乌鸦每年在松林中筑巢，现在我才明白过来，那对乌鸦正是银斑和他的妻子。这个旧巢原来是他们的，他们又极为聪明，使得这巢看上去像每年没有清理的样子。他们在这个巢里已经居住了很长时间，尽管每天都有持着枪、渴望打乌鸦的猎人和孩子从他们的家底下经过。我再也没有碰见过我的老朋友，尽管有好几次，我用望远镜看见过他。

有一天，我正在观察，看见有一只乌鸦嘴里衔着一个白花花的东西从唐河河谷上空飞过。他先飞到玫瑰谷溪口，再飞了一小段，飞到“河狸榆树”上。在那儿，他把那个白东西丢下来，他在环顾四周时才给我机会认出他正是我的老朋友——银斑。不一会儿，他又捡起那个白花花的东西——是一个贝壳——然后走过小溪，就在这里，在酸模草和臭菘的下面，挖出一堆贝壳和其他白色闪亮的东西。他把它们摊开晒一晒，一会儿翻过来，一会儿一个一个地用嘴衔起来又放下；一会儿又卧到上面，好像孵蛋似的，一会儿又玩弄着，欣赏着，活像个守财奴。这是他的喜好，他的脾性。他说不清为什么喜爱这些东西，就好像一个男孩儿说不清为什么喜爱集邮，一个女孩儿说不清为什么喜爱珍珠而不怎么喜欢红宝石一样。而银斑从中得到的乐趣却是实实在在的，半小时后，他用泥土和树叶把它们重新覆盖好——包括新衔来的那一个，然后就飞走了。我立刻走上前去，查看他的收藏品。那些东西差不多能装一帽子，主要是些白卵石、蚌壳，还有一些罐头盒片儿，还有一个瓷杯把儿，这一定是其中的珍品了。这也是我最后一次看到这些东西。银斑知道我已经发现了他的珍藏，便立刻转移了；究竟转移到哪儿去了，我永远也不知道。

在我密切注视他的那一段时期，他有过许多小小的冒险和脱逃。他曾受到一只雀鹰的欺负，也常常遭到必胜鸟的追逐和惊扰。

收藏的珍品：瓷杯把儿

并不是这些鸟给他造成了多大的伤害，而是他们都是些聒噪的家伙，他躲都躲不及呢，就像一个大人避免跟一个闹闹嚷嚷、厚脸皮的小孩子发生冲突一样。他也有一些穷凶极恶的做法。他有一个习惯，每天早晨去察看那些小鸟的窝，把新下的鸟蛋吃掉，就像一个医生看望他的病人那样有规律。但是我们切不可凭这一点就给他下结论，我们自己不也是时常去谷仓前边的院子里摸一两个母鸡下的蛋吗？

他常显示出一种随机应变的本领。有一天，我见他沿着河谷飞过来，嘴里衔着一大块面包。他下面的那条溪流这时正被人用砖围砌成一条暗沟。两百码的一段已经完工，这时，正当他从还未封顶的一段溪流上方飞过时，面包从嘴里掉了下来，接着就被流水卷进了暗沟，看不见了。他飞下来，朝黑洞洞的洞穴里瞅了瞅，那还不等于白搭。然后他灵机一动，沿着水流的方向飞到暗沟的另一端，等着那块漂在水上的面包再次出现，当面包被流水冲下来时，他一下子叼住，便扬扬得意地衔走了。

银斑是只老于世故的乌鸦，也是一只万事亨通的乌鸦。他生活的地区虽然险象环生，但食物非常丰富。在这个年久失修的老巢中，他和妻子每年都要养育一窝小鸦。当群鸦又集合在一起的时候，他便成为公认的首领。顺便说一句，我从未认出群鸦中的哪一只是他的妻子。

他们重新集合的日期大约是六月底，这时的幼鸦几乎长得与他们的父母一般大了。他们一个个翘着短短的尾巴，拍着娇嫩的翅膀，细声细气地聒噪着，在父母的带领下，进入这老松林里的社会，这座树林既是他们的城堡，也是他们的大学。在这里，他们发现群居才有安全，栖息在高而隐蔽的地方才有安全；在这里，他们开始上学，他们学习生活中成功的种种秘诀。在他们的生活里，最小的失败并不仅仅意味着重新开始，而是意味着死亡。

到松林以后的头一两个星期，是幼鸦们相互认识的时间，因为每一只乌鸦都必须熟悉鸦群里别的成员。趁此机会，他们的父母也可以在完成抚养他们的任务后，稍事休息。况且这些小家伙们已经能够自食其力了，他们排成一排，栖息在一根树枝上，酷似一些大鸟。

一两周之后，换毛的季节来到了。这时候老鸦们常常显得焦躁不安，但这并不妨碍他们开始训练自己的孩子。幼鸦一直是妈妈的宝贝蛋，当然不大喜欢这种惩罚与责骂。不过，诚如一只啄剥着鳝鱼皮的老雌鸦所说：“这都是为了他们好。”况且，老银斑是一位出色的老师。有时候，他好像在给鸦群面授机宜。我虽猜不出他在说什么，可是，从大家接受的样子来看，准是讲得妙趣横生。每早都有一次集训，按照年龄和体力，幼鸦们很自然地分成三队。一天里剩下的时间，他们就跟随父母筹集粮草。

九月终于来了，我们发现了一个巨大的变化。这一群乱哄哄、傻乎乎的小鸦已经开始懂道理了。他们眼球中那种淡蓝色的虹彩已经转变成了深褐色，这标志着他们不再是傻小鸦，已经变得老成持重了。这时，他们懂得了自己训练，也学会了值班放哨。他们接受了有关枪和罗网的教育，上了讲线虫和嫩玉米的专门课程。他们知道一个又老又胖的农妇没有她十五岁的儿子那么危险，尽管个头要大得多。他们还能把男孩和女孩区分开来。他们知道雨伞不是枪，还能够从零数到六，虽然老银斑能一直数到三十，可这对小鸦们来说已经挺不错了。他们能嗅出火药味儿，能分辨出一株铁杉树的南面，他们开始为成为乌鸦世界中的一员而感到自豪。落下来以后，他们总是收三下翅膀，以保证把动作做得干净利落。他们懂得如何把一只狐狸搅得忍痛割舍只吃了一半的大餐，然后就跑掉；也懂得遭到必胜鸟或紫燕袭击的时候，必须逃进灌

幼鸦们排队栖息，酷似一些大鸟

木林，因为不可能再跟这些小无赖斗，就像卖苹果的胖老婆子无法抓住掀翻她筐子的小孩子们一样。所有这些事情幼鸦们都懂。只是由于没到季节，他们还未曾上捕食鸟蛋的课程。他们还不了解蛤蜊，从未品尝过马的眼睛，也没看见过新发芽的玉米。关于旅行他们一无所知，更不懂得旅行是一项最好的教育。两个月前他们没有想到这件事情。两个月后，他们就想到了，不过他们也学会了等待，直到他们的长辈们做好了出发的准备。

一到九月，老鸦们也变得面目一新。换羽期结束了，他们的羽毛又丰满了，因此一个个为自己美丽的外衣而感到骄傲。他们的身体又强健起来，脾气也好了许多。就连那严厉的导师老银斑，也变得非常快活，那些早就学会了尊敬他的小鸦们也真心喜欢起他来。

银斑一直不断地加紧训练，他给小鸦们讲解各种常用的暗号和口令，现在在清晨看见他们真是一件乐事。

“一中队！”老队长常常这么呱呱地喊道，一中队的乌鸦便大声响应。

“起飞！”老队长率先，鸦群就紧跟着向前飞去。

“升高！”顷刻间，他们就垂直向上飞去。

“靠拢！”他们就聚集成黑压压、密匝匝的一群。

“散开!”他们就像风扫落叶，四处散开。

“排队!”他们便排成通常飞行的一长溜儿。

“下降!”鸦群几乎坠落到地面上。

“采集粮草!”他们便飞落下来，四处散开，各自去觅食。这时候，哨兵班里有两只就会去站岗——一个在右边的树上，另一个在左边老远的山丘上。不一会儿，银斑突然喊道：“有个带枪的人!”随着哨兵重复口令，鸦群立即以最快的速度散开，飞进树丛。一旦训练全部结束，他们便重新排队，平安地返回他们安家的松林。

并不是所有的乌鸦都轮流上哨的，只有少数警惕性高的乌鸦才长期担任上哨的任务，他们不仅放哨，还要采集粮草。我们也许认为这样做对他们未免有些苛刻，但这种做法非常管用，所有的鸟都承认：乌鸦的组织性是最强的。

最后，到每年十一月，鸦队在英明的银斑的领导下，开始南下学习新的生活方式，识别新的陆地标记，寻找新的食物。

三

只有在一个时间，乌鸦才是傻瓜，那就是夜里。也只有一种鸟，才使乌鸦感到恐怖，那就是猫头鹰。因此，每当这两种东西一同来临时，对这些黑色的鸟来说真是件不幸的事情。入夜以后，一听见远处猫头鹰唬唬的叫声，乌鸦便不敢把头埋在翅膀下安睡，他们只好哆哆嗦嗦挨到天明。天气严寒的时候，这样把脸暴露在外面，常常把乌鸦的一只眼睛甚至双眼都冻坏，结果就造成了失明，然后死去。因为病了的乌鸦又没有地方去就医。

可是一到早晨，他们的勇气又来了。他们打起精神，在林中方圆一英里内细细搜寻，直到发现那只猫头鹰。即便他们要不了他的命，至少也会把他折磨个半死，然后把他赶到二十英里以外的地方去。

一八九三年，这群乌鸦照例又来到了弗兰克堡。几天以后我在林中漫步，偶然发现雪地上有一只兔子全速奔跑并在树木中间东躲西藏的足迹，好像是遭到了追捕。说来奇怪，我却看不到追捕者的足迹。我沿着这串足迹走，不久就看见雪地上有一滴血，再往前走一点儿，便发现一只吃剩的小褐兔的残骸。谁杀了他，这还是个谜。后来经过一番仔细搜寻，我才在雪地上发现一块很大的双趾爪印和一根有彩色细纹的棕色羽毛。这一下全都明白了——原来是一只角鸮。半个小时以后，我又经过这个地方，就在离他的牺牲品的残骸不到十英尺的一棵树上，待着那只目光凶恶的角鸮。凶手还在犯罪的现场周围流连呢。这一回可是铁证如山了。当我快要接近他的时候，他的咽喉里发出“咕咕”的叫声，然后懒洋洋地低低地飞走，到远处阴森的树林中出没去了。

两天以后，天刚刚亮，鸦群就大声聒噪起来。我一早就出去查看，发现一些黑色羽毛还在雪地上飘动。我迎着把这些羽毛吹来的风向前走，不久就看见一只乌鸦血淋淋的尸体和一溜很大的双趾爪印，显而易见，凶手就是那只角鸮了。周围是一片搏斗过的痕迹，可是那残暴的凶手太强壮了。这只可怜的鸟是在夜间从栖息处被拖下来的，黑暗把他投入了绝境。

我把这只乌鸦的残骸翻过来，无意间掀开了他的头——我惊了一跳，发出一声悲叹。天哪！这是老银斑的头。他漫长的一生对自己的部落做出了很大贡献，现在结束了——他曾谆谆教导千百只幼鸦小心提防猫头鹰，到头来他却被猫头鹰夺走了性命。

糖塔山上的那座老巢如今废弃了。到了春天，鸦群仍旧来到弗兰克堡。可是他们失去了自己著名的领袖，数目便逐渐减少了。不久，在那座老松林周围就再也看不到他们了，就是在这里，他们祖祖辈辈生活、学习了很久很久。

凶手的痕迹

银斑之死

豁豁耳，一只白尾兔的故事

豁豁耳也叫豁豁，是一只小白尾兔的名字。这个名字来自他那只被扯豁了的耳朵，这是他第一次冒险时留下的终生难以磨灭的印记。他和妈妈住在奥利芬特的沼泽地，我在那里认识了他们，并千方百计搜集了一些鸡零狗碎的证据和事实，最终才写成了这段历史。

那些对动物不甚了解的人可能会认为我把他们人格化了，而那些十分接近他们，因此多多少少知道他们的习性和思想的人却不会这样想。

诚然，兔子没有我们能听懂的那种语言，但是他们有自己的一套方法，他们通过声音、记号、气味、胡须的触碰、行动以及能起到语言作用的示范等方式来传达思想。千万不要忘记：虽然在讲述这一故事时我把兔子的语言意译出来，可是我可不说他们不曾说过的话。

一

豁豁的妈妈把他藏在安乐窝里，沼泽地茂盛的野草把窝掩盖起来。她用一些垫草盖住了他的半个身子，然后同往常一样发出最后的告诫：“不管出什么事，趴下别吱声儿。”他虽然蜷缩在床上，但没有一点儿睡意，亮晶晶的眼睛将他头顶上方的绿色小世界看得清清楚楚。蓝背樫鸟和红松鼠这两个臭名昭著的小偷正在互相指责对方偷了东西，有那么一段时间，豁豁家所在的灌木丛成了他们的主战场。在离他鼻子只有六英寸的地方，一只黄色的小鸟捉住了一只蓝蝴蝶；一只红黑花瓢虫正安详地晃动着他那多节的触角，沿着一片草叶往上长途跋涉，然后又从另一片叶子上爬下来，经过兔子窝，从豁豁的脸上方爬过去——而他却纹丝不动，连眼睛也不曾眨巴一下。

过了一会儿，他听见附近灌木丛中的树叶响起了一阵奇怪的沙沙声。这是一种古怪而连续不断的声音。虽然那声音一会儿在这边，一会儿又在那边，但离得越来越近，却没有伴随嗒嗒的脚步声。豁豁一生都生活在沼泽地里（他出生已有三个星期了），可从来没有听见过这样的声音。不用说，他的好奇心被大大地激发起来了。妈妈叮嘱他要趴下，但他认为那只是在危险的情况下，而这种没有脚步的怪声并没有什么可怕的。

低哑刺耳的声音从近处经过，然后传到右边，随后又传回来，似乎又离开了。豁豁觉得自己知道该做什么了，他已经不是个小不点儿了，了解一下情况也是责无旁贷的。他毛茸茸的小腿慢慢地把那胖墩墩的身子支撑起来。他抬起圆圆的小脑袋，顶开遮窝的杂草，向树林子张望。他一动，那声音马上就停止了。他什么也没有看见，于是就往前迈了一步，好看得清楚一些，这会儿他才发现自己跟一条大黑蛇打了一个照面。

他吓得要命，大声尖叫了一声：“妈咪！”

那怪物向他冲过来时，他吓得要命，大声尖叫了一声："妈咪!"豁豁使尽全身的气力打算跑开，可是那蛇闪电般地咬住了他的一只耳朵，随即把他缠起来，然后馋涎欲滴地盯着这只被自己抓来要当饭吃的无可奈何的小兔崽子。

这个残忍的怪物开始慢慢地把他往死里勒，可怜的小豁豁耳气息奄奄地叫着："妈——咪——妈咪。"很快，那小小的叫喊声就要停止了，妈妈却像离弦的箭，嗖地穿过树林跳了出来。她不再是一只见了影子就飞快逃窜的、胆小无能的小白尾兔毛丽了，母爱在她身上是十分强烈的。孩子的哭喊给她填满了英雄的勇气，于是——一跳，她就从那可怕的巨蛇身上跃过去。正好从巨蛇身上经过时，她用自己尖利的后爪狠狠地把蛇抓了一下，蛇挨了这么一下剧烈的打击，痛得直扭身子，气得嗞嗞直叫。

"妈——呵——呵——咪——"小兔子发出微弱的叫声。妈咪连蹦带跳，朝大蛇踢得越来越凶狠。最后这可恶的爬虫松开了小兔子的耳朵，企图趁老兔子从他身上跳过的当儿咬她一口，可是他每次得到的只不过是一嘴兔毛。毛丽猛烈的攻击初见成效，黑蛇的鳞甲上被撕出了一条长长的血口子。

情况看来对黑蛇不妙，他强打精神准备再发动一次袭击，所以松开了小兔子。小兔子马上从蛇圈里挣脱出来，跑进了灌木丛，上气不接下气，吓得失了魂儿。不过除了左耳被那条可恶的蛇的牙齿扯破以外，他倒也没伤着。

毛丽如今如愿以偿了，就无心为荣耀或复仇而恋战。她嗖地跑进树林，雪白的尾巴就像闪闪发亮的指路明灯，小兔子紧跟在后面。她一直把他带到沼泽地的一个安全的角落。

二

老奥利芬特的沼泽地是一片崎岖不平、荆棘丛生的再生林，有一片湖沼，一条溪流从中间流过。古老的森林还残留下一些参差不齐的树木，一些更古老的树干已成枯木，横陈在灌木丛中。湖沼周围长着细柳和芦苇之类的东西，猫和马总是躲着走，牛却不害怕。稍干一点儿的地带长满了荆棘和小树。与外面的田野相连的边缘地带，长着枝繁叶茂、树干上渗出胶液的小松树。在空中摇曳的活针叶和落在地上的死针叶发出缕缕清香，沁人心脾。但是这香气对那些与松树争夺它们赖以生长的瘠薄肥料的小树苗来说，却是一种致命的气味。

周围就是一望无际的平坦的田野，田野上唯一的野物的足迹是由一只住得很近的狐狸留下的。这只狐狸真是恶劣透顶，无耻至极。

沼泽地的主要居民就是毛丽和豁豁。他们最近的邻居也离得很远很远，最近的亲属都死了。这里就是他们的家。在这里，他们一起生活。在这里，豁豁接受训练，从而使他在生活中能够取得成功。

毛丽是一位很好的小妈妈，抚养孩子真是体贴入微。豁豁所学的第一套本领便是“趴下，别吱声儿”。他与蛇的险遇使他学会了这一门学问。豁豁永远忘不了这个教训。从此以后他都照着妈妈说的去做，这就使别的一些事情来得容易多了。

豁豁所学的第二课是“待着”。这是从第一课引导出来的，他一会儿也就学会了。

“待着”就是什么也不做，像泥塑木雕似的。一只训练有素的白尾兔一发现附近有敌人，不管正在干什么，他都会原地不动，停止一切活动。因为树林里的动物和植物都是一个颜色，只有在活动的时候才会被看见。所以如果仇人狭路相逢，先看到对方的一方就会“待着”，这样就有了选择时机进攻或逃跑的有利条件。只有林中居民才知道这样做的重要性，每一个野生动物和猎人都必须学会这种本领。虽然他们都掌握了这种本领，但身体力行起来谁也赶不上白尾兔毛丽。豁豁的妈妈是通过示范教会他这一诀窍的。当她总是带着当坐垫的白棉花似的尾巴忽闪忽闪穿过树林时，豁豁就使出吃奶的力气追赶。但是当毛丽停下来“待着”时，模仿的天性又使他做出同样的动作。

但是豁豁从妈妈那里学来的最好的一课还是荆棘丛林的秘密。这是一个非常古老的秘密。为了弄清楚这个秘密，你首先得听听为什么荆棘林要跟动物们过不去。

很久以前，玫瑰长在不带刺的灌木上。但是麻雀和老鼠总是爬上去摘花儿，牛总是用角把花儿抵掉，负鼠用自己长长的尾巴把花儿扫下来，鹿还用尖利的蹄子把花儿踢下来。就因为这个缘故，小灌木才用又长又尖的刺把自己武装起来，

保护他的玫瑰花，并且对所有的爬树的、长角的，或者有蹄子的，或者有长尾巴的动物永远宣战。这就使荆棘只能和白尾兔毛丽和平共处，因为她不会爬树，不长角，不长蹄子，简直可以说没有尾巴。

实际上，白尾兔也从来没有伤害过长在荆棘上的玫瑰花。玫瑰由于树敌过多，便跟兔子特别要好。当可怜的小兔子面临危险时，他就会飞奔到最近的荆棘丛中，荆棘丛当然会准备好千千万万锋利而有毒的匕首来保护他了。

所以豁豁从妈妈那里学来的秘密就是："荆棘丛是你最好的朋友。"

那个季节的很多时间都花在熟悉地形和荆棘丛林里弯弯曲曲的小路上了。豁豁学得棒极了，所以他可以通过两条不同的路径在沼泽地里四处活动，无论在哪个地方，也从不离开友好的荆棘丛五个蹦子远。

不久以后，白尾兔的敌人发现人类带来了一种新的荆棘，并且把它栽成一条条长线，遍布整个地区，他们感到非常讨厌。这种荆棘很坚固，哪一种动物都拉扯不下来，它又非常锐利，连最坚韧的皮也能被它划破。这种荆棘一年比一年多，对这些野生动物造成的影响也一年比一年严重。但是白尾兔毛丽并不害怕它。她没有白白地在荆棘丛中长大。狗和狐狸、牛和羊，甚至连人自己都可能被这些可怕的尖刺划伤，可是毛丽了解这种尖刺，而且在它的保护下生活，并茁壮成长。它蔓延得越远，白尾兔的安全地带就越广。这种新的可怕的荆棘叫有刺铁丝网。

三

毛丽如今没有别的孩子需要照看，所以豁豁得到了她全心全意的呵护。他不仅长得健壮，而且敏捷机灵得不一般，又有不寻常的好机遇，因此他生活得十分如意。

整个季节，她都让他埋头钻研足迹的学问，还学习该吃什么、该喝什么、什么东西不该碰等等。她天天辛苦地训练他，一点一点地教他，给他灌输了许许多多的思想，这些思想都是她自己生活经验的总结，或者早年所受的训练在脑海中留下的记忆。她还用那些对他们生活有用的知识来武装他。

在苜蓿地或灌木丛中，豁豁紧挨着她蹲着，她翕动着鼻子，“以保持嗅觉畅通”，他就会照着模仿。他还会从她嘴里扯出一点点食物，或者尝尝她的嘴唇，以便肯定自己是否吃着同样的东西。他还模仿她，学会了用爪子梳梳耳朵，整整外衣，从衬衣和袜子中把那些刺儿咬出来。他还知道，只有灌木丛上清亮的露珠才适合兔子喝，因为水一接触土地肯定就沾染上了脏东西。就这样他开始学习那门最古老的科学——森林知识。

豁豁一长大，能够单独外出时，妈妈就把通信密码教给了他。兔子打电报的办法是用后爪在地面上扑腾，声音会沿着地面传得很远。离开地面六英尺扑腾一声，二十码之外就听不见，如果接近地面的话，至少可以传一百码远。兔子的听觉非常敏锐，所以同样的扑腾声他可以在两百码的地方听得见。这就等于从奥利芬特沼泽地的这一头到另一头的距离。扑腾一声的意思是“小心”或者“待着”，慢慢的“扑腾—扑腾”的意思是“来”，快速的“扑腾扑腾”的意思是“危险”，急速的“扑腾扑腾扑腾”就是指

“逃命”了。

还有一次，天气晴和，蓝背樫鸟正在斗嘴，这表明附近没有危险的敌人，豁豁就开始学习一种新本领。毛丽抿起双耳，示意他蹲下，然后她跑到远远的灌木丛中，发出“来”的扑腾信号，豁豁跑了过去，但是找不到毛丽，他扑腾一下，却没有得到回应。他开始仔细搜索，发现了她的脚留下的气味，于是就跟着这个奇怪的向导。臭迹是所有的动物都熟悉的东西，可是人却一无所知。他弄清了臭迹，也就找到了她藏身的地方。就这样，他学会了跟踪的第一课。正是他们玩的这种捉迷藏的游戏成了严肃的追逐教育，在他以后的生活中，是少不了这种追逐的。

第一期教育还没结束，豁豁已经学会了兔子赖以生存的主要本领，而且在不少问题上都表明自己是一个真正的天才。

他善于利用“树木”，善于“躲藏”、“蹲伏”和“滚圆木”，“巡风”“兜圈子”的功夫又是那么娴熟，因此他几乎不再需要什么别的本领了。他虽然还没有试过，但知道怎么玩“铁丝网”，这可是一种高明的新招呢。“沙子”往往会毁掉所有的臭迹，所以他就对“沙子”专门研究了一番。他精通“变向”“篱笆”“急转弯”，就像精通“蛰居”一样。“蛰居”是一种需要更长时间注意的本领，而他也永远不会忘记“趴下”是万智之源，“钻荆棘丛”是万无一失的绝招。

他还学会了用来识别所有敌人的足迹以及挫败敌人的方法。因为老鹰、猫头鹰、狐狸、猎狗、杂种狗、水貂、黄鼠狼、猫、臭鼬、浣熊和人，各有各的追捕方法，针对以上种种祸害，他学会了不同的对策。

怎么会知道敌人来了呢？他明白怎样首先依靠自己和妈妈，然后再依靠蓝背樫鸟。“千万不要对蓝背樫鸟的警告充耳不闻，”毛丽说，“他总是挑拨离间，坏别人的事儿，一向又爱小偷小摸，但是什么事也逃不过他的眼睛。伤不伤害我们他才不在乎呢，不过多亏了荆棘丛，他也伤不着我们，可是他的敌人也是我们的敌人，所以多注意点儿他准没错。啄木鸟非常诚实，如果他发出警报，你尽可以相信他，但是和蓝背樫鸟比起来，他可是个大傻瓜。虽然蓝背樫鸟常常撒谎捉弄人，但当他带来坏消息时，相信他就能保你平安无事。”

过铁丝网这一本领需要非凡的勇气和最佳的腿力。过了很久，豁豁才冒险玩起铁丝网来。不过当他年富力强时，玩铁丝网就成了他最喜爱的活动之一了。

“对会玩者来说，这是一项绝妙的游戏。”毛丽说，“首先你诱着追你的狗直扑过来，把他撩拨得心急火燎的，眼看就要抓住你了。然后仅仅落他一个蹦子远，领着他在长长的斜坡上全速奔跑，突然冲进了齐胸高的铁丝网。我见过很多狗和狐狸都被扎成了残废，还有一只大猎狗当场就给扎死了。但是我也见过不少兔子试着往前冲时丧了命。”

豁豁很早就学会了有些兔子永远也学不会的东西，他很早就知道“蛰居”看上去是个绝技，实际上并不是这样。也许对一只聪明的兔子来说，这样做很安全，但对一个傻瓜来说，它迟早是一个死亡陷阱。小兔子总是首先想到“蛰居”，老兔子却要等其他方式都失败了才肯试一试。“蛰居”可以逃过人或狗、狐狸或猛禽，但是如果敌人是雪貂、水貂、臭鼬或者黄鼠狼，“蛰居”则意味着暴死。

沼泽地上只有两个地洞。一个在阳坡上，阳坡是南头一个草木覆盖的干土岗子。它开阔而向阳，天气晴朗的时候，白尾兔就在这里接受日光浴。他们四仰八叉地躺在散发着缕缕清香的松针和鹿蹄草中间，姿势十分古怪，就像猫一样。他们慢慢地翻转着身子，像在烧烤什么东西似的，希望身体上每个部位都能够晒到。他们眨巴着眼睛，喘着粗气，辗转不安，好像疼得厉害似的；而这正是他们所知道的最舒服的享受之一。

土岗子顶上是一个大松树桩，它的根奇形怪状、盘绕扭曲，像一条条巨龙蜿蜒在黄沙滩上。在它们有保护作用的龙爪下面，一只郁郁不乐的老土拨鼠很久以前就挖了一个窝。时间一周又一周地过去，他的情绪越来越低沉，脾气也越来越暴躁。有一天，他等着和奥利芬特的一只狗吵架而没有进窝，一小时之后白尾兔毛丽就把窝据为己有了。

这个松根洞后来被一只年轻气盛的臭鼬厚着脸皮占据了。他如果不是那么胆大妄为的话，也许还可以颐养天年，因为他想着即便是带枪的人见了他，也会逃之夭夭的。所以，他把毛丽拒之洞外并没有得到什么好处，他的统治就像某个希伯来国王的统治一样，只维持了四天就垮台了。

另一个是蕨洞，在苜蓿地旁边的一个蕨草丛里。这个洞又小又湿，除了做最后的避难所外毫无用处。它也是一只土拨鼠的杰作。土拨鼠是个亲切友善的邻居，不过也是个浮躁的小家伙，他的皮被制成鞭梢，如今正在奥利芬特的牲口中产生越来越大的力量。

“道理很简单，”老人说，“那种皮是靠吃偷来的饲料长成的，所以牲口就会产生力量。”

白尾兔如今是这两个洞的唯一占有者，如果不是百般无奈，他们是不会靠近这两个洞的，省得踩出小路之类的痕迹把这些最后的避难所暴露给敌人。

那儿还有一棵空心的山核桃树，树虽然快倒了，却依然翠绿，它的一个大优点就是两头都开着。长期以来，这个空洞一直是一只独居的老浣熊洛特的住所。他公开的职业是捕捉青蛙，他应该像从前的和尚一样，按说是不吃荤的。不过毋庸置疑他想有个机会美餐一顿兔肉。最后在一个漆黑的夜晚，他在潜入奥利芬特沼泽地上的鸡窝时被杀死了。毛丽不但没有丝毫的悲痛之情，反而产生了一种无限的欣慰之感，她把那个安乐窝据为己有了。

四

早晨，八月灿烂的阳光在沼泽地上漫延。万物好像沐浴在这温暖的光辉中。一只沼泽地的褐色小麻雀正在池塘里一根长长的灯芯草上摇曳。他下面是一片一片的脏水，映出星星点点的蓝天。蓝天和黄色的浮萍构成一幅精美的镶嵌图案，图案中央是小鸟的一帧反面小像。后面池塘边上长着繁茂的金黄翠绿的臭菘，在沼泽地褐色的草丛中投下了浓荫。

沼泽地麻雀的眼睛虽然没有受过训练去观赏绚丽的色彩，但是他能看见我们可能看不见的东西。在臭菘叶下，有数不清的绿叶覆盖着的褐色的凸起，其中两个是毛茸茸的活东西，在别的东西一动也不动的时候，他们的鼻子却一个劲儿地上下翕动。

那就是毛丽和豁豁。他们在臭菘下面伸展四肢趴着，并不是因为喜欢那股臭味儿，而是因为长翅膀的扁虱无法忍受这种臭气，这样就不会给他们造成困扰。

兔子没有固定的上课时间，他们时时刻刻都在学习。不过上的是什么课，那就要看眼下强调的是什么了，而这些重点总是来了以后才知道。他们来到这个地方想安安静静地休息一会儿，但没过多久，时刻警惕着的蓝背樫鸟突然发出一声警报，毛丽的鼻子和耳朵顿时向上一扬，尾巴也紧紧地贴在背后。沼泽地的那边有条奥利芬特的大花狗，正径直朝他们跑来。

“嗯，”毛丽说，“蹲下，我去把那个傻瓜引开，免得他胡闹。”她向狗迎上去，向他跑的那条路上，毫不畏惧地冲了过去。

“汪——汪——汪”，狗狂吠着，跳过去追赶毛丽，可她总是把他落下一点点儿，把他诱到那个利剑如林的地方，把他柔嫩的耳朵扎了个皮开肉绽，最后又引他冲进一张隐蔽着的铁丝网，结果被划开了一道血口子，痛得嗷嗷叫着，朝家跑去。毛丽又来了个急转弯，跑了一圈才停下来，以防狗再回来。毛丽回去时发现豁豁正站得笔直，伸长了脖子眼巴巴地瞅着这场游戏。

这样不听话可把她气坏了，她用后腿狠狠地踢了他一下，把他踹到泥汤子里去了。

一天，他们正在附近的苜蓿地里吃草，一只红尾鹰向他们猛扑过来。毛丽踢起后腿跟他开了个玩笑，然后就沿着一条他们常走的小路跳到灌木丛中去了，老鹰当然不可能追到那里去。这条小路是从滨溪林到烟筒林的主干道。路上长满了爬山虎之类的植物，毛丽一只眼睛盯着老鹰，开始把这些植物往开扯。豁豁瞅了瞅她，然后跑到前面，把那些横在路上的爬山虎又扯掉了一些。

“这就对了。”毛丽说，“要经常保持道路畅通无阻，你随时都会用得着它们。路不一定要宽阔，但是一定要畅通。要把那些像爬山虎一样横在路上的东西都扯掉，有一天你会发现你已经切断了一个圈套。”“一个什么?”豁豁一边用左后爪搔着右耳，一边问道。

“圈套的样子像爬山虎，但它不会生长，比世界上所有的老鹰还要坏。”毛丽说着，扫了一眼老远老远的红尾鹰，“因为它白天黑夜都藏在路上，时机一到，就把你逮住了。”

“我才不相信它能逮住我呢。”豁豁说着，就年轻气盛地踮起后脚跟，在一株光洁的小树上摩擦起他的下巴和胡须来。豁豁这样做完全出于无意，但是他妈妈看见了，知道这是一个信号，就像男孩子的声音改变一样，说明她的小家伙不再是个小不点儿了，他很快就要长成一只成年的白尾兔了。

五

流水具有魔力。谁不了解它，对它没有感觉呢？铁路工人无所顾忌地把他们的堤坝推向宽阔的泥塘、湖泊或海里，可是对涓涓细流却毕恭毕敬，研究它的愿望和路线，满足它的一切要求。

在有毒的碱性沙漠中，口干舌燥的旅人看到一个芦苇荡总是畏缩不前，后来他发现一片沙丘的中心有一条清亮的细线，隐隐约约有什么东西在流动，那是流动着的活水的迹象，于是他感到大喜过望，便喝了起来。

流水具有魔力，任何邪恶的符咒都越不过它。汤姆·奥桑特[①]在生死攸关的时刻证明了它的神力。野林子里的动物由于死敌不知疲倦地追随着臭迹，便意识到自己的末日将临，并感觉到一种可怕的符咒。它的力量消耗殆尽，它出的花头全部落空，正当山穷水尽的时候，善良的天使却把它领到水边，那是流动着的活水。于是它冲入水中，随着那清凉的溪流漂荡，等到恢复了精力，便又奔向树林。

流水具有魔力。猎狗们来到这里便停下来搜索，停下来搜索也无济于事。他们的法术被欢快的溪流破了，所以野物依然活下来了。

这是豁豁从妈妈那里学来的又一大秘诀——“除了多刺的玫瑰，水就是你的朋友”。

一个闷热的八月的夜晚，毛丽领着豁豁穿过树林。她尾巴下面带着的棉花白坐垫在前面闪闪烁烁，那就是他的指路明灯。不过她一停下来坐在垫子上时，这盏灯就熄了。他们跑一跑，又停一停，听听动静，不一会儿就来到了水池边。树蛙正在他们头顶的树上吟唱着“睡吧，睡吧”。远处，在一根沉入深水中的圆木上，有一只鼓着肚子的牛蛙把下巴伸到清凉的水面上，高唱着“一壶美酒”的颂歌。

---

① 汤姆·奥桑特：苏格兰诗人彭斯的一首同名叙事诗里的主人公。诗中写汤姆·奥桑特被一群妖精紧追不舍，最后他骑的驴拼命冲过桥，把妖精甩开。诗中写道：“只要冲到桥中间，你就可以不再怕，妖精遇河即止，见了流水只能发傻。”

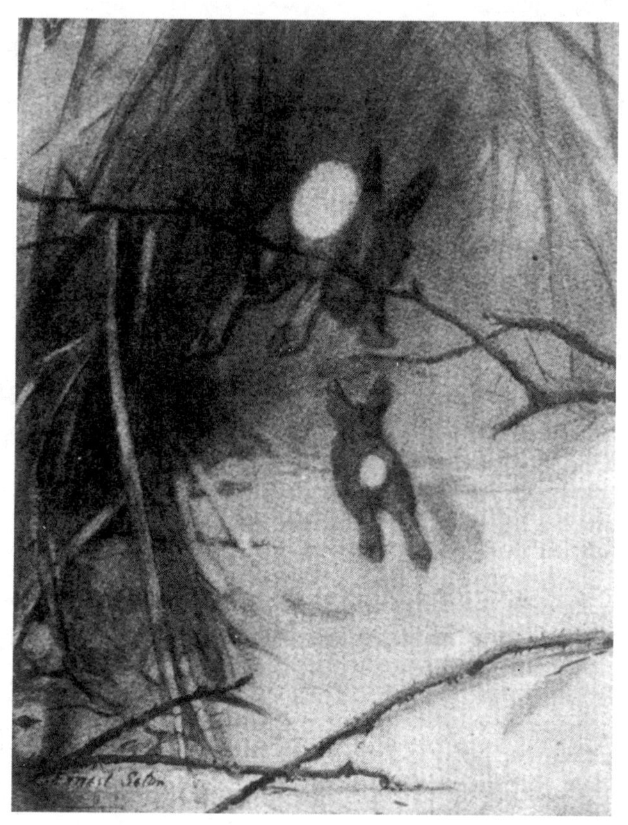

豁豁跟着雪亮的指路明灯

“跟我学。”毛丽用兔子的语言说，然后“扑通”一声跳进池塘，用力朝沉在池子中央的圆木游去。豁豁畏缩了一下，不过还是轻轻地“哎哟”了一声，跳入水中。他气喘吁吁，鼻子呼哧呼哧地急速翕动，但还是学着妈妈的样子。他的动作和在陆地上没有两样，这使他从水里穿了过去，这样，他发现他会游泳了。他继续朝前游，一直游到那根沉入水中的圆木旁。妈妈浑身湿淋淋的，正蹲在圆木露出水面的那一头，他爬上去蹲在妈妈身边。周围的灯芯草构成了一道屏障，四面的水也绝不会泄露他们的秘密。从此以后，在温暖漆黑的夜里，当那只老狐狸从泉原来到沼泽地四处觅食时，豁豁就会注意牛蛙发出声音的地点，以便在紧急关头把它当作通往安全地带的向导。因此，以后牛蛙所唱的歌词便成了：“来吧，来吧，遇到危险时就来呀。”

这是豁豁跟着妈妈所从事的最后的研究——那的确是一门研究生的课程，因为许多小兔子从来都没有上过这门课呢。

六

野生动物没有一个是老死的。它的一生迟早都是一种悲惨的结局，问题只是它能和它的敌人对抗多久。但是豁豁的一生证明，兔子一旦过了青春期，就有可能活过壮年期，只会在生命的后三分之一阶段被杀死，这段走下坡路的三分之一阶段我们就称为老年期。

白尾兔四面八方都有敌人。他们的日常生活就是一系列的逃避。因为狗、狐狸、猫、臭鼬、浣熊、黄鼠狼、水貂、蛇、鹰、猫头鹰、人，甚至昆虫都密谋杀死他们。他们有千百次的冒险活动，一天至少得逃一次命，靠腿和机智保住自己的性命。

那只可恶的泉原狐曾不止一次地把他们赶到泉水旁的那张铁丝网围成的破猪圈下面躲避。不过有一次，他极力想抓住他们，不但够不着他们，反而刺伤了自己的腿，他们倒是可以平平静静地把他瞧个够。

有一两次，豁豁遭到猎狗的追捕，但他引诱猎狗和一只臭鼬斗起来，自己却脱了险，那只臭鼬看上去和狗一样凶险。

有一次，一个猎人靠了猎狗和雪貂的帮助把他活捉了。可是豁豁十分幸运，第二天居然逃脱了。从此他对地上的洞更加不信

任。有好几次他被猫撵进水里，有好多次又遭到鹰和猫头鹰的追捕，不过对每一种危险他都有一种防范措施。他妈妈把最重要的窍门都教给他了，随着他渐渐地长大，他对这些窍门都加以改进，而且还发明了一些新窍门。他年龄越来越大，脑瓜越来越聪明，为了求安全，对于腿的信任日益减少，对智慧的信任却与日俱增。

附近有一只年轻的猎狗名叫“漫游者”。为了训练他，他的主人曾让他追捕一只白尾兔的臭迹。他们追逐的几乎总是豁豁，因为这只小雄兔跟他们一样喜欢奔跑，给他们加一点儿危险这样的调料正好可以增加一些滋味。他常说：

“噢，妈妈！那只狗又来了，今天我得跑一跑了。”

“小豁豁，你太冒失了，孩子！”她常这样回答，“我就怕你又要跑了。”

“但是，妈妈，逗逗那条傻狗真是太好玩了，再说这也是很好的训练呀。如果把我逼得太紧，我就扑腾一下，这样你就可以来换换我，我就可以趁机喘口气。”

于是他就跑起来，“漫游者”便循着臭迹紧追不舍，最后豁豁跑疲倦了。这时候，他要么扑腾一下发个电报求援，让毛丽把狗看住，要么耍个小聪明把狗甩掉。下面对他的一次表演做一番描述，就足以显示他对森林技艺掌握得多么娴熟。

他知道他的臭迹在贴近地面处最明显，他全身发热时最强烈。所以，如果他能离开地面，有半个钟头不受干扰，让全身凉下来，使臭迹消散，他就会平安无事了。所以，当他被追乏了的时候，他就会冲进滨溪林的荆棘地，在那里“兜圈子”——也就是忽左忽右往前跑——最后他留下一条弯弯曲曲的小路。狗要理出个头绪来，肯定要大费一番周折。然后他一个蹦子跃上高高的倒树的上风 E 点，直奔林中的 D 点。在 D 点停留片刻，他又顺原路返回 F 点，在 F 点往旁边一跳，跑向 G 点。然后，又顺原路回到 J 点等猎狗追踪，追过 I 点。之后豁豁就会顺着原路返回 H 点，再沿着原路回到 E 点。在 E 点，他把臭迹截断，或者向旁边跳个大蹦子，再跃上那高高的倒树，并且跑到比较高的那一头，像个大木头疙瘩一样一动也不动地蹲在那里。

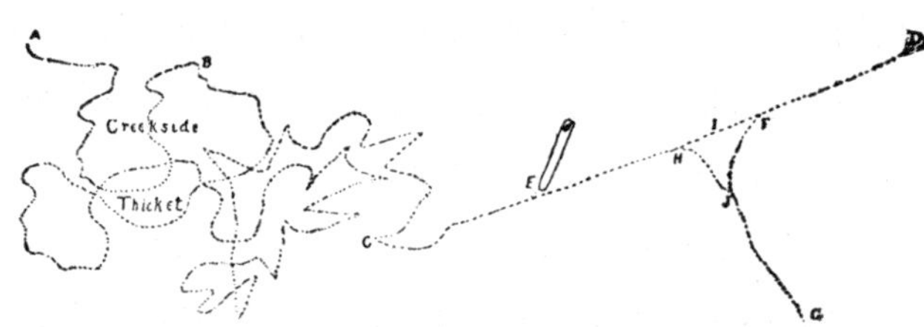

“漫游者”在荆棘丛生的迷宫里浪费了很多时间，当他弄清头绪到达 D 点时，臭迹已经很微弱了。在这里他开始绕来绕去，好重新找到臭迹，费了很大功夫总算找到了，但在 G 点又突然中断了。他又一次失去了臭迹，只好再绕着圈子寻找。圈子越兜越大，最后，他正好从豁豁蹲着的那根倒树下面经过。但是大冷的天，已经变淡的臭迹是不会有多大劲儿向下扩散的。豁豁纹丝不动，眼睛也没有眨巴一下，猎狗就这样过去了。

一会儿狗又绕回来了。这一回他经过倒树较低的那一头，就

猎狗顺着倒在地上的树闻过来

停下来闻一闻。“没错，很明显是只小兔崽子。”臭迹这时已经走味了，他还是爬上了倒树。

这可是考验豁豁的时刻。大猎狗一边哧哧地嗅着，一边顺着倒树走了过来。但是豁豁仍然能沉住气儿。风向也正对劲儿，他已下定决心一旦“漫游者”走到倒树中间，他撒腿就跑。但是他没有过来。一只杂种狗都能看见兔子就蹲在那儿，而这只猎狗却没看见，而且臭迹好像也淡薄得很，他就从倒树上跳下来走了，豁豁赢了。

七

除了妈妈，豁豁从来没有见过任何别的兔子。实际上他几乎没有想到还有别的兔子。如今他离妈妈越来越远，却从来没有孤独的感觉，因为兔子并不渴望有伙伴。但是十二月的一天，他正在红山茱萸林子里开辟一条通往大滨溪林的新路，突然看见阳坡那边的天空映衬出的一只陌生的兔子脑袋和耳朵。那位新客由于有所发现，便喜出望外，于是很快沿着豁豁的这条路，来到他的沼泽地。他觉得一种前所未有的感觉涌上心头，也就是怒火冲天和恨之入骨的感情交织在一起，这种混合物被称为嫉妒。

这位生客停在豁豁的一棵摩擦树旁——就是他常常踮起后脚跟直立起来，把脑袋尽力往上伸，抵住摩擦下巴颏儿的那棵树。他认为他这样做仅仅是因为他喜欢；但是所有的牡兔都这样做，而这样做可以达到几个目的呢：这样做就给这棵树挂上了一家兔子的招牌，别的兔子就知道这片沼泽地已经属于某一个兔子家

族，是不许外族移居此地的；它也使后来的兔子根据臭迹知道先来的是不是一位相识；摩擦点到地面的高度也会显示出兔子的身高。

豁豁感到厌恶的是，他发现这位新客比自己高一头，而且是一只强壮的大牡兔。这完全是一种新鲜的经历，使豁豁充满了一种全新的感觉。他心中顿时涌起一股杀气。他嘴里什么东西都没有，却在使劲儿地嚼呀嚼。他往前跳了一个蹦子，跳到一块平滑坚实的地面上，慢慢地击了三下："扑腾——扑腾——扑腾"，这是兔子打的电报，意思是"从我的沼泽地滚出去，要不，就拼个你死我活"。

新来者把双耳竖成一个大大的 V 字，直撅撅地蹲了几秒钟，然后，把前脚放下来，在地面上发出更加响亮的"扑腾——扑腾——扑腾"。

他们就是这样宣战的。

他们抄捷径走斜线迎到一起，双方都力图占上风，瞅着有利时机。那位生客是一只体格健壮、肌肉发达的大牡兔。当豁豁站在低处时，他就直打前失，无法靠近，像这样的一两次闪失就表现出他不够灵活，仅仅指望靠他的身高和体重来打胜仗。最后，他扑过来了，豁豁气势汹汹地迎了上去。他们冲到一起，跳起来，用后腿出击。"砰砰"，他们干上了，可怜的小豁豁倒在地上。转眼之间，生客的牙齿已经逼近豁豁的身子，咬将起来，豁豁还没有翻过身来，几撮毛已经掉了。但他腿脚灵便，一挣脱开，马上又冲了上去，但又一次被打翻在地，被狠狠地咬了几口。他不是敌人的对手，很快就面临着逃命的问题。

他尽管受了伤，但还是一蹦一跳地跑开了，生客奋力追赶，下定决心不仅要把豁豁从他的老家沼泽地撵出去，而且还要杀死他。豁豁的腿很棒，气也不短。生客个头大，身子重，很快就放弃了追赶。这对可怜的豁豁来说，可是求之不得的，因为他又累又有伤，快动不了啦。从那天起，豁豁的恐怖时期就开始了。他所受的训练都是针对猫头鹰、狗、黄鼠狼、人等敌人的，遭到另一只兔子追赶时该怎么办，他可不知道。他所知道的就是趴下，一旦被发现，就逃跑。

可怜的小毛丽可给吓坏了，她帮不了豁豁，只有找个地方躲的份儿。可是这只大牡兔很快就发现她了。她试图跑掉，可她现在已不像豁豁那样敏捷。生客无意杀她，而是要向她求爱，可是因为恨他，她就试图逃跑，他却死皮赖脸纠缠不休。她到哪儿他就跟到哪儿，天天如此，她真是烦透了。而他却对她这种旷日持久的憎恨感到怒不可遏，所以常常把她掀倒在地，把她那柔软的兔毛扯掉几口，一直到他的盛怒平息下来，他才会把她松开一会儿。他的既定目标就是杀死豁豁，所以豁豁好像是没有希望逃跑了。他没有别的沼泽地可去，就连打盹儿的时候，也要时刻做好逃命的准备。每天总有十多次，那个大块头的生客偷偷摸摸地来到他睡觉的地方，可是日夜警惕的豁豁每一次都会及时醒来逃走。不过逃不逃都是一回事。命倒是保住了，可是那条命已经变得多么苦啊！他无依无靠。眼看着他的小妈妈每天挨打受咬，眼看着他最喜欢的草地、他的安乐窝，以及他辛辛苦苦开出来的道路统统被这只可恨的畜生抢走了，真是把他气疯了。不幸的豁豁认识到：只有胜者窝赃，所以比恨狐狸和雪貂还要恨他。

这种情况该如何结束呢？奔跑，警戒，又吃不好，豁豁日渐消瘦下来。由于长期遭受迫害，小毛丽的体力和精神也垮了下来。

生客准备要竭尽全力除掉豁豁，最后竟堕落到犯兔子世界的滔天大罪的地步。兔子们不管相互间多么憎恨，但当他们共同的敌人出现时，所有的好兔子都会捐弃前嫌。然而有一天，一只巨大的苍鹰从沼泽地上空猛扑下来时，那个生客把自己藏得好好的，却一次又一次地想方设法把豁豁赶到旷野上去。

有一两次，老鹰眼看着要抓住豁豁了，最终还是荆棘丛救了他。只有大牡兔自己险些被抓住时，他才放弃了豁豁。豁豁又一次逃脱了，但是境况并没有好转。他决定，如果可能的话，第二天夜里带上妈妈离开这里，到世界上闯荡一番，找一个新的安身立命之所。正在这个时候，他听见猎狗老雷在沼泽地上哧哧地嗅着，寻寻觅觅，他决定孤注一掷了。他故意从猎狗的眼前经过，随即就开始了一场迅猛的追逐。他们绕沼泽地跑了三圈，一直跑到豁豁肯定他妈妈藏得很安全，而他的仇敌待在他原来的窝里。于是他冲进窝里，进行突然袭击，从生客头上跳过时用一只后腿踢了他一下。

“你这卑鄙的傻瓜，我宰了你。”生客大叫一声，跳了起来，才发现自己夹在豁豁和猎狗中间，成了这次追逐的替死鬼。

猎狗汪汪汪叫着，紧随照直前进的臭迹追来。这只牡兔的重量和个头在兔战时具有很大的优势，可如今成了致命的弱点。他

会的本领不多，只有一些每只小兔子都会的简单招数，如“急转弯”、“兜圈子”和“钻洞蛰居”之类。但是这次追得太紧，急转弯、兜圈子都行不通，钻洞嘛，他又不知道洞在哪儿。

这是一场全力以赴的竞赛。带刺的玫瑰对所有的兔子都一视同仁，十分友善，这次也尽了力。可是没有用处。猎狗汪汪地叫个不停。灌木丛的哗啦声和每一次荆棘丛划破猎狗柔软的耳朵时他发出的狂叫，都传到这两只缩成一团的兔子耳朵里。可是突然间，这些声音都停了。先是一阵扭打，接着传来一声可怕的大声尖叫。

豁豁知道这意味着什么，他打了个冷战，但这一切过去以后，他很快就忘了。他自己又一次成为亲爱的老沼泽地的主人，因此感到十分欣慰。

八

老奥利芬特无疑有权烧掉沼泽地东部和南部所有的灌木丛，有权清除泉水下方那个铁丝网围成的破猎圈。这样一来豁豁和他妈妈的日子就不好过了。前者是他们不同的住宅和哨所，后者则是他们的大要塞和安全避难所。

长期以来，他们拥有着沼泽地，所以觉得它的每个旮旮旯旯儿都是他们的领土——包括奥利芬特的房屋院落。所以哪怕别的兔子出现在邻近的仓前空场周围，他们也不由得无名火起。

他们的权利要求，也就是长期有效占领的权利要求，与大多数国家对领土的权利要求完全一样，很难找到一种更好的权利。

一月份解冻期间，奥利芬特一家把池塘周围大片树林的剩余部分都砍掉，从四面八方蚕食鲸吞白尾兔的领地。但是他们依旧坚守这片日趋缩小的沼泽地，因为这是他们的国家，他们可不愿意去他乡异地。豁豁他们继续过着成天提心吊胆的日子，可他们仍旧脚快气足，仍旧聪明机灵。最近有一只水貂逆流漫游而来，打破了他们安乐窝的宁静，一种小小的神力把这个令人不快的访客引到奥利芬特的鸡舍来了。不过兔子们还不十分有把握他是否受到跟踪。眼下他们不用地洞了，因为不用说，地洞是危险的死胡同。他们便比原先更贴近那些剩余的荆棘林和灌木丛了。

第一场雪已经下过了，到现在天气一直晴暖。毛丽觉得有点不对劲儿，好像是得了风湿病，便在低矮的灌木丛中寻觅一种叫茶莓的补药。而豁豁正蹲在东边一个斜坡上享受着柔弱的阳光。从奥利芬特家那熟悉的山墙烟囱里冒出了缕缕轻烟，弥漫到下层丛林里形成了淡蓝色的烟霭，在灿烂的天空的映衬下，呈现出一片暗褐色。被阳光镀得金灿灿的山墙将堤坝一样的荆棘丛拦腰截断，这样一来，阴影中的紫色便像火红的捅条和阳光下的金子那样闪耀。房舍那边的谷仓像挪亚方舟般巍然屹立，它的山墙和屋顶也像房舍一样被镀成了金色。

从谷仓那里传来的声音，尤其是轻烟中夹杂着的芳香，告诉豁豁：仓院里的动物们正在吃白菜呢。一想到这种盛宴，豁豁就馋得直流口水。他眨巴着眼睛，鼻子一抽一抽狠命地吸着白菜的香气，因为他太喜欢吃白菜了，可是他已经在前一天夜里去仓院搜寻过一点儿鸡零狗碎的苜蓿叶了，聪明的兔子是不会连着两个晚上到一个地方去的。

因此他干的就是聪明事儿。他转移到闻不见白菜味儿的地方，吃了从草垛上吹下来的一簇干草权当晚餐。后来，正当他打算找个安全的地方过夜时，毛丽来了。她吃过了茶莓，随后又在阳坡上将就着吃了点儿甜桦，就算一顿饭了。

这时候太阳已经到别的地方办事去了，随身带走了他所有的金色光芒。东方远远地推起了一扇大百叶窗，而且越升越高。它遮住了整个天空，把所有的光明都关在了外面，给世界留下了一片阴暗。然后，另一个捣蛋鬼——风，在太阳西沉后乘虚而入，登上舞台，开始表演一场恶作剧。天气越来越冷，好像比大雪覆盖地面时还要恶劣。

“冷得够呛，不是吗？我们要是有像火炉烟囱管那样的灌木丛该多好啊。”豁豁说。

“在松根洞里能好好过一夜，”毛丽回答道，“可是我们还没有在谷仓头上看见那只水貂的皮呢，如果看不见它的皮，就不会有安全。”

那棵空心的山核桃树不见了——其实呀，就在这会儿，它那躺在堆木场上的树干正窝藏着他们害怕的那只水貂呢。于是，这两只白尾兔蹦蹦跳跳来到池塘南边，选了一个灌木堆，便爬到下面，舒舒服服地蜷伏在地上打算过一夜。他们的脸朝着风，鼻子却朝着不同的方向，这样万一遇到警报，好向不同的方向跑开。一个又一个钟头过去了，风刮得越来越猛，越来越冷，大约半夜的时候，一场冰雪吧嗒吧嗒地打在枯叶上，嗖嗖地呼啸着飞进了灌木堆。这个晚上似乎并不适合狩猎，可那只从泉原来的老狐狸还在外面呢。他在沼泽地的掩护下迎风而来，想在灌木丛的庇护下碰碰运气。恰巧在这儿他闻出了睡大觉的白尾兔的气味。他停留了片刻，然后就偷偷摸摸地朝灌木丛走过来，他的鼻子告诉他：兔子正蜷缩在那儿呢。风雪交加，所以他可以不声不响地接近毛丽，等毛丽听见枯叶在他爪子下发出沙沙的声音时，他已经到了眼前。她碰了一下豁豁的胡须，正当狐狸要扑到他们身上时，他们都完全醒了。他们睡觉时，四肢总是做好蹦跳的准备。毛丽冲进了迷眼的暴风雪。狐狸扑了个空，但仍然像个赛跑者那样紧追不舍，这时豁豁却朝另一个方向逃窜。

毛丽只有一条路可走，那就是顶风前进。她拼命一跳，刚刚跳过了那个尚未封冻的泥淖，而狐狸走到上面就会陷下去的。她一口气跑到池塘边。现在连拐弯的余地都没有了，她只好照直前进。

哗啦！哗啦！她在草丛中前进，然后跳进深水里。

狐狸也紧跟着跳进水里。但是在这样的夜里，狐狸有点儿吃不消，所以他又转身回去了。而毛丽呢，因为看到只有一条道可行，便奋力穿过芦苇丛进入深水区，然后尽力朝对岸游去。可是顶头风刮得很猛，她游的时候，冰冷的细浪冲击着她的脑袋。水里夹杂着雪花，所以像软冰或浮泥一样挡住了她的去路。对岸那条黑线看上去很远很远，说不定狐狸还在那儿等着她呢。

她抿起双耳以避开大风，竭尽全力勇敢地迎着风浪前进。她在冰冷的水里游了很长一段距离，感到疲惫不堪，眼看就要游到前面的芦苇丛时，一大片漂雪挡住了她的去路。这时候岸上的狂风发出一种狐狸似的奇怪的声音，顿时使她丧失了所有的力气。水把她往后冲了很长一段距离，才算摆脱了漂雪的阻挡。

她又一次奋力向前游，可是速度很慢——现在竟如此缓慢。当她最后抵达高高的芦苇丛找到一个栖身之地时，她的四肢已经麻木，气力已经耗尽，而勇敢的心也在下沉，她再也顾不得狐狸是不是在那儿了。她确确实实地穿过了芦苇丛，可她的进程一旦在芦苇丛中动摇、变慢，她那虚弱无力的划水动作就再也没法把她送到陆地上，她周围结起了冰，完全挡住了她的去路。没过多久，她那冰冷衰弱的四肢就动不了啦，白尾兔小妈妈毛茸茸的鼻尖不再翕动了，浅褐色的眼睛一闭，就死了。

然而，并没有什么狐狸垂涎三尺等着撕咬她。豁豁逃脱了敌人的第一次袭击，头脑一冷静下来，就跑回分手的地方去帮助妈妈。他碰见了那只绕着池塘跑着去截毛丽的老狐狸，就把他引到很远很远的地方。然后他又诱着狐狸撞到铁丝网上，让他的脑袋被划了一条长长的血口子，才算把他打发掉了。他回到岸边四处搜寻，又是跟踪臭迹，又是扑腾，然而这一切都无济于事，他找不到他的小妈妈了。他再也没有见到她，而且永远也不知道她的去向。因为她在她的朋友，也就是那永不泄露秘密的水的冰冷的怀抱里长眠不醒了。

泉原狐逼着毛丽跳进水里

可怜的白尾兔毛丽！她可是个真正的巾帼英雄，然而只是那数不清的千千万万个巾帼英雄中的一个，这些英雄在自己小小的世界里生活，竭尽全力，最后死去，从来没有想过什么英雄主义。她在战斗的一生中打了个漂亮仗，她是一块好料，这种好料是不朽的。因为她的肉中肉、脑中脑就是豁豁，她仍然活在他的身上，并通过他，给她的种族遗传一种更为优良的品质。

豁豁仍旧在沼泽地生活，老奥利芬特在那年冬天死了，那些不知节俭的子孙们不再清理沼泽地，不再修理铁丝网。不到一年，它就成了一个比以往更宽广的天地。新树和荆棘长起来了，倒下的铁丝网为白尾兔建造了许许多多堡垒和最后的避难所，狗和狐狸是不敢袭击它们的。豁豁一直活到今天。现在他长成了一只健壮的大牡兔，对任何对手都无所畏惧。他有了一个自己的大家庭，还有一个谁也不知道他从哪儿弄来的灰褐色的漂亮妻子。毫无疑问，在未来的许多年里，他和他的子子孙孙将在那儿繁衍生息。如果你知道了他们的信号密码，无论在哪一个阳光灿烂的黄昏，都可以看见他们。在地面上选择一块好的地点，你就会了解他们是怎样扑腾，以及什么时候扑腾来发信号的。

宾狗，我的爱犬的故事

弗兰克林的狗儿跃过了栅栏台儿头，
你管他叫小宾狗，
宾狗，宾狗，
你管他叫小宾狗。

弗兰克林的老婆酿了栗色麦芽酒，
被称作罕见的好烈酒，
烈酒，烈酒，
被称作罕见的好烈酒。

这怎么不是一支动听的好歌谣，
谢谢老天来保佑，
保佑，保佑，
谢谢老天来保佑。

一

那是一八八二年的十一月初，马尼托巴刚刚入冬。吃完早饭后我歪在椅子上，一时间百无聊赖，忽而透过小屋的一块窗玻璃向外凝望，它刚好框着一点儿草原和我们家牛棚的一头儿，忽而瞅瞅钉在附近木头上的那首古谣《弗兰克林的狗儿》。然而，我看见一只硕大的灰色动物穿过草原冲进了牛棚，后面有一只小一点儿的黑白花动物紧追不舍，顿时，歌谣与景致的那种梦幻般的糅合被一扫而光。

“狼！”我惊叫一声，顺手抓起一杆枪冲出去给狗帮忙。但我还没赶到，他们就已经离开了牛棚，在雪地里跑了一阵后，狼走投无路，只好又转过身来，而狗，也就是我们邻居家的牧羊犬，转着圈儿，瞅着下口的机会。

我乱放了两枪，无非是想把他们又赶到草原上去。又跑了一阵子，无可匹敌的狗逼近了狼，一口咬住了他的后腰，但是，为了避免狼回头反咬一口，他又退后了。接下来，他们时而停下来撕咬，时而在雪地里追逐，这一幕每隔几百码就要重演一回。狗在想办法每发起一次新的进攻，就应当把问题解决掉。狼却千方百计想杀个回马枪，于是冲向东边那片黑沉沉的树林里，但枉费心机，这样打一阵儿，跑一阵儿，一英里路过去了，我终于撵上了他们。狗看到自己有了强大的后盾，就逼上前去，准备结束战斗。

过了几秒钟，扭斗的动物旋涡变成了一只狼，鲜血淋漓的牧羊犬趴在他的背上死死地咬住他的喉咙不放，这时候我轻轻松松走上前去一枪打穿狼的脑袋，从而结束了这场战斗。

后来，这只直喘粗气的狗看到敌人已经死了，再没有瞅他一眼，只管轻轻松松跑四英里雪地回农场去了，因为狼一出现，他就离开了主人。他是一只很棒的狗，即便我不出面，他自个儿把狼干掉也不在话下。因为我知道他已经干掉过这类的另外一些狼，虽然这只狼属于小个头种或者草原种，但比他还是大得多。

我对这只狗的勇猛佩服极了，所以立即想无论出价多少都要把他买下来。他的主人却挖苦我说："你干吗不想办法买一只他下的崽儿呢？"

既然弗兰克买不来，我只好退而求其次，买了一只所谓的他的后代，也就是他太太的儿子。这位疑似名公之后是个黑毛圆肉球，看上去与其说像只狗崽，不如说像只长尾巴熊崽。不过，他身上有一些黄褐色的标记，和弗兰克身上的一模一样，我希望这是他前程远大的保证。他的鼻口中间还有一圈特别的白环儿。

狗有了，下一步就是给他起名儿了。其实这个问题已经解决了，"弗兰克林的狗儿"这首歌谣完全是我们相识的基础，所以我们不无夸耀地叫他"小宾狗"。

二

那年冬天剩下的日子，宾狗是在我们家的小木屋里度过的，这只胖乎乎、笨嗤嗤的小狗整天胡吃海塞，一天比一天长得大，却一天比一天笨。即便是悲惨的经历也没有教会他鼻子一定要远离老鼠夹。他对猫主动做出最友好的表示，但完全遭到了误解，结果只是导致了一场武装中立。这种局面尽管因偶尔的恐怖统治而有所变化，但却持续到底了，最后老早就显得很有主见的宾狗冒出了一个念头：干脆躲开小木屋睡在马棚里，才把它结束。

到了春天，我开始正儿八经地训练他，我很费劲，他也辛苦，但他总算学会了接到命令就去寻找我们家那头在没设栅栏的草原上随意吃草的老黄奶牛。

一旦知道了自己的职责，他就非常敬业，再没有什么事情比命令他去追回老黄牛更让他高兴的了。他常常猛冲出去，欢快地叫着，高高地跃起，好把草原看得更清楚，来寻找他的目标。不一会儿他就会赶着牛在他的前面没命地跑了回来，老黄牛气喘吁吁，但不把她安全地赶到牛棚顶头，他是不会让她安闲的。

如果他的精力小些，我们满意的程度就会大些。不过我们迁

就着他，直到他对这项半日一次的搜寻极其喜欢，不用我们开口就开始去找“老东西”。后来，这个精力充沛的“牛倌”不是一天一两次，而是一天十几次出去履行自己的职责，去把老黄牛赶回牛棚。

最后，事情到了这样的地步：不管什么时候，只要宾狗想稍稍活动一下，或者有几分钟的空闲，甚至是一想起，他就会撒腿疾驰过草原，几分钟后又跑了回来，赶着那头快快不乐的老黄牛在他前面拼命奔跑。

刚开始这并没什么大不了的，因为他这样做使得牛不会走得太远；但是过了不久，我们发现他害得她没办法吃草。她瘦了，产奶也少了，好像老是心情沉重，因为她总是神经紧张地提防着那只可恶的狗，而且每天早晨她只在牛棚附近转悠，仿佛害怕冒险走远，让自己立刻遭受攻击似的。

这太不像话了。他简直在拿这事儿寻开心，我们千方百计想让宾狗有所收敛，但都泡汤了，所以只好强迫他彻底放弃这项工作。此后，尽管他再也不敢把牛往家撵了，但他对她的兴趣依然不减，她挤奶的时候他就趴在牛棚的门口。

夏天来了，蚊子成了灾，挤奶的时候，“老东西”的尾巴猛摆不止，这甚至比蚊子还让人心烦。

挤奶的那位老兄弗雷德，善于发明创造，性子却十分急躁，他发明了个简单的法子来阻止牛尾巴摆来摆去。他在牛尾巴上拴了一块砖头，就高高兴兴地开始干

活去了，他对这非同寻常的舒适办法很放心，但我们其他人却心存疑虑、冷眼旁观。

突然，从蚊群当中传来了一声沉闷的击打声和一阵“谩骂”声。老黄牛安安静静地嚼着草，弗雷德却忽地站起来，恼羞成怒地举着挤奶的凳子朝她砸过去。让这头蠢笨的老母牛一砖头打在耳朵上就够糟的了，旁观者还又是起哄又是取笑，更让人忍无可忍了。

宾狗听到了喧闹声，以为需要他到场，于是就冲过去从另一侧向“老东西”发起进攻。等到事情平息下来，牛奶也洒了，盆子和凳子也砸了，奶牛和狗都被狠狠地揍了一顿。

可怜的宾狗怎么也搞不明白是怎么回事。他老早就学会了鄙视这头牛，现在干脆是深恶痛绝，所以决定连牛棚的门都不进了。从那时起，他一心一意地守着马群，守在马厩旁。

牛是我的，马是我兄弟的，宾狗把忠心从牛棚转向马厩，好像连我也不想见了，他不再每天跟着我，但是，只要有紧急情况出现，宾狗总会来帮我，我也会去帮他，我们俩似乎都感觉到人与狗之间的这种联系是要持续终生的。

另外还有一次唯一的场合宾狗扮演了牛倌的角色，那是在同年秋天一年一度的卡伯里骡马大会上。引诱人把牲口送去比赛的奖励真让人眼花缭乱，其中除了会大出风头外，还说要给“训练有素的最佳牧羊犬”奖“两元”的现金。

我交友不慎，受了他的误导，把宾狗送去参赛。比赛规定的日期到了，奶牛老早被赶到了刚出村的草原上。时间到了，有人指着她给宾狗下达了命令——“找牛去”。当然，意思是他应该把她带到坐在裁判台上的我的面前来。

但是这两个动物都学乖了。他们没有白练一个夏天。“老东西”看见宾狗撒腿猛冲的架势，知道她安全的唯一希望就是回到自己的牛棚里去，宾狗也同样清楚他一生唯一的使命就是加快她朝那个方向奔跑的步伐。所以，他们跑过草原，就像狼在追逐小鹿，向两英里以外的家直奔而去，一直跑到再也看不见他们的身影。

裁判和评委们再也没有看见过牛和狗。奖金发给了另外一个唯一的参赛选手。

三

宾狗对马的忠心非同一般。白天他陪着马儿跑，夜里就睡在马厩门口。马到哪儿，宾狗就到哪儿，没有什么东西可以让他离开马群。他俨然一副主人翁的样子，这种关系很有意思，也使后来发生的这件事情更显得意味深长。

我不是个讲迷信的人，而且迄今为止我也不相信什么前兆，不过倒有一件怪事给我留下了深刻的印象，在这件事情上宾狗扮演了一个主角。那时只有我们兄弟两个人住在德温顿农场。一天早上，我兄弟要到沼泽溪去买一车干草，来回需要一整天的时间，所以我兄弟一大早就动身了。说来也怪，那是宾狗一生当中唯一没有跟着车去的一次。我兄弟叫他，他却远远地站在逮不着他的地方，冷眼看着车马，一动也不动。突然，他鼻子朝天，发出一声忧郁的长嚎，他看着马车越走越远，直到再也看不见了，甚至还跟着跑了一百来码，他时不时地扯着嗓子嚎叫两声，真是凄凉透顶了。那一整天，他都待在马房周围，这是他唯一心甘情愿和马儿们分开的一次，他过一会儿就像哭丧似的嚎几声。我一个人待着，狗的表现给我一种大祸临头的预感，而且随着时间的推移，我的心越来越沉重。

六点左右，宾狗的嚎叫变得让人无法忍受，所以我没有多想，抓起一个东西扔了过去，叫他走开。但是，天哪，恐怖的感觉填满了我的心田！我怎么让我兄弟一个人去了呢？我还能看见他活着回来吗？我本来可以从狗的行为当中觉察到有什么可怕的事会发生。

终于熬到了约翰该回来的时候，他坐在一车干草上。我照料着马群，大大地松了一口气。我装出一副若无其事的样子问道："一切还顺利吧？"

"挺好。"他简短地回答。

不过，过了好久，我把这件事告诉了一个精通秘学的人，他表情严肃地说："宾狗总是在危急时来帮你吗？"

“是的。”

“那就别笑了。那天是你有危险，他留下来救了你的命，尽管你永远不知道他帮你避开了什么危险。”

四

刚一入春我就开始了对宾狗的教育。不久以后他就开始教育我了。

在我们的小木屋和卡伯里村之间有一片连绵两英里的草原。草原的中间立着农场的角界桩，这根粗壮结实的柱子插在一个小土丘上，老远就能看见。

我很快就注意到，不经过仔细查看，宾狗是绝不会从这根神秘的柱子旁走过去的。后来我知道不仅邻近的狗群出没此地，草原狼也经常光顾。最后借助望远镜，我进行过多次观察，从而帮我了解了这件事情。而且让我更充分地进入了宾狗的私生活。

这根柱子是犬科动物共同认定的一个登记处。他们嗅觉灵敏，个个都能马上从爪印上判断出别的什么动物最近到这根柱子附近来过。一下雪，暴露出的东西就更多了。于是我发现这根柱子只是涵盖这个地区的一个系统的一部分，简单地说，整个地区每隔一段合适的距离，就有一个信号站。这些信号站都是以任何刚好出现在理想地点的显眼的柱子、石头、野牛的头骨或其他东西为标志的。广泛细致的观察表明：这是一个非常完备的获取、提供信息的系统。

每只狗或狼总是到离他的旅行路线不远的信号站去看看，了解一下最近有谁来过，就像一个人一回城就到俱乐部去查查那儿的登记册一样。

我看见过宾狗走近柱子，先是四下里闻一闻，看一看，然后嚎叫几声。紧接着鬃毛竖起，两眼放光，用后爪凶狠轻蔑地猛扒一阵，最后才硬撅撅地走开，时不时地回头扫上一眼。凡此种种举动，翻译过来就是："呃，汪汪！麦卡锡家的杂种癞皮狗就在这儿，汪汪！我今儿晚上再来伺候他。汪汪！汪汪！"

另外还有一次，初步检查完了以后，他对一只郊狼来回的爪印产生了浓厚的兴趣，便研究了一番，于是心里嘀咕起来，后来我明白了他说的是："一只郊狼的印儿从北边来，散发出一股死母牛味儿。真的？波尔沃思家的老'灰斑'准是最后死了，这倒值得调查一下。"

平时，他常摇着尾巴，在周围跑来跑去，来来回回跑是为了让自己到访的痕迹更为明显，也许是为了让他那刚从布兰登来的兄弟比尔知道。所以有一天夜里，比尔出现在宾狗家里绝非偶然，比尔被带到山里，那儿有一匹美味的死马提供了一个庆祝重逢的机会。

另有一些时候，他会突然被新闻搞得兴奋起来，就会循着足迹跑到下一个信号站去获取更新的信息。

有时候，他的考察产生的只是一种严肃专注的神情，好像在对自己说："我的天，这到底是谁？"或者是："好像去年夏天我在波蒂奇山遇见过那家伙。"

一天早上，宾狗向柱子跑去的时候，每一根毛发都竖了起来，尾巴耷拉着，直打哆嗦，显出突然胃不舒服的样子，这都是恐惧的明确表现。他没有表示想一追到底或知道更多情况的愿望，而

是回到家里。半个小时以后，他身上的鬃毛仍然竖着，一脸的仇恨或恐惧。

我把那可怕的踪迹研究了一番，发现在宾狗的语言中，那种半恐惧的低沉的咕噜声“汪——呜呋”的意思就是“狼”。

这只是宾狗教给我的很多东西中的一些。以后我要是碰巧看见他从马厩门边结霜的窝里出来，伸伸懒腰，抖抖又粗又密的毛上的雪，一路稳健地小跑，小跑，小跑，消失在幽暗中的时候，我就常常在想：“呵，老狗，我可知道你到哪里去了，也知道你为什么要躲开小木屋的庇护。我现在还知道你为什么夜里要定时定点在这一带溜达，知道你怎么知道要到哪里去找你要的东西，也知道什么时候去找，怎样去找。”

五

一八八四年的秋天，德温顿农场的小木屋关了门，宾狗把家搬到了固定的住处，也就是说，搬到了我们最亲密的邻居戈登·赖特家的马厩里，而不是房子里。

从他小时候的那个冬天起，除了雷雨天，其他任何时候他都不愿意进屋。他非常害怕打雷打枪——毫无疑问，对前者的恐惧来源于对后者的害怕，而且这也是一些不快的开枪经历引起的，其中的原因过会儿就可以知道。他夜里总是卧在马厩外面，即使在天气最冷的时候，所以看得出他非常喜欢夜里自由自在，无拘无束。宾狗的夜游远到穿过平原好几英里的地方。这有许许多多的证据。很远的地方的几个农民给老戈登捎话说，如果他夜里不把狗关在家里，他们就要动枪了，宾狗害怕枪，说明他们的威胁不是随便咋呼咋呼的。一个住在远至佩特罗的人说，一个冬天的黄昏他看见一只大黑狼在雪地里咬死了一只郊狼，但他后来又改口说："估计那准是赖特家的狗。"冬天每当有被咬死的牛或马的尸首抛在野外，宾狗就一定会在夜里赶去，把草原狼统统轰走，独自享受一顿大餐。

有时候，夜袭的目标只不过是对某个远邻的狗施一下虐，而且尽管有遭到报复的威胁，但似乎没有理由担心宾狗这样的狗会绝种。有人甚至宣称说他曾见过一只母狼领着三只和妈妈一模一样的小狼，只是他们个头很大，毛色黑，鼻口周围有一道白圈。

不管此话是真是假，我知道三月下旬我们乘着雪橇外出时，宾狗就小跑着跟在后面，一只草原狼从一个洼地里出现了。它跑开了，宾狗奋起直追，不过那只狼并没有全力逃跑，没跑多远就被宾狗堵住了，然而，说来奇怪，没有厮打，也没有搏斗！宾狗和善地跑在狼的身边，还舔着它的鼻子。

我们惊呆了，大声吆喝着让宾狗加紧追，我们的吆喝好几次把狼吓得飞快地跑开了。宾狗又开始追，一直到追上了它，不过他的温情是显而易见的。

“这是只母狼，他是不会伤她的。”我惊叫道，终于明白了真相。戈登说：“唉，我真该死。”

就这样，我们把我们那只不愿意离开的狗叫了回来，继续赶路。

此后的几个星期里，一只草原狼屡屡骚扰，让我们不得安宁。她咬死了我们的鸡，偷走了房头上的几块猪肉，还有好几次趁人不在时向小木屋的窗户里窥探，可把孩子们吓坏了。

宾狗好像防不住这只狼。最后这只狼让人打死了，后来宾狗举起爪子清清楚楚地向奥立佛表示他永久的敌意，因为这事儿是奥立佛干的。

六

一个人和他的狗不管遇到任何艰难险阻都会互相依赖，这真是一件神奇美妙的事情。巴特勒曾讲过一个原本很团结的印第安人部落的故事，那个在遥远北部的部落因为一个人的狗让邻居杀了就结下了宿怨，相互残杀，结果部落里的人差点儿都死光了。在我们中间也有官司，有争斗，有深仇大恨，这一切都强调了一个古训：爱我，就爱我的狗。

我们的一个邻居有一条非常好的长腿猎狗，他认为这是世界上最优秀、最珍贵的狗。我爱他，所以我也爱他的狗，因此有一天当可怜的“棕棕”血肉模糊地爬回家，死在家门口时，我也和他的主人一起扬言要报仇雪恨，而且从那时起，就没有放过任何查找凶手的机会，又是悬赏又是搜集蛛丝马迹的证据。最后我们查明了三个住在南边的人当中有一个下了毒手。线索逐渐明朗，至少我们应该很快就能向那个杀死可怜的老“棕棕”的坏蛋讨回公道。

后来出了一件事，立即改变了我的想法，并让我相信把老猎狗搞得血肉模糊根本就算不上是个不可饶恕的罪过，而且，再仔细一想，反倒觉得是件值得称赞的事情。

戈登·赖特的农场就在我们的南边，有一天当小戈登知道我在追查凶手时，他鬼鬼祟祟地把我拉到一边，用悲天悯人的口气对我悄声说：“是宾狗干的。”

事情到这儿就撂下了。我承认从那一刻起我就想方设法来阻止正义的伸张，而以前我却是费了大力气来促进的。

我早就把宾狗给人了，但我还是觉得我是他的主人，这种感情仍未了却。不久，他又一次用重大行动显示了人与狗之间割不断的情谊。老戈登与奥立佛既是近邻又是密友，他们约定合伙伐木，而且合作得非常愉快，一直干到冬末。后来奥立佛的老马死了，他决定要尽可能地废物利用，就把死马拖到平原上，撒下了毒药诱杀周围的狼。唉，这简直是给宾狗放的！他过的是像狼一样的生活，尽管这使他一次又一次地陷入狼所遭受的厄运之中。

他和任何一只他的野生同类一样喜欢死马。就在那天晚上，他和赖特家的狗科利一起来到死马身旁。看情形宾狗好像主要忙着轰赶狼群，而科利却放开肚皮大吃特吃。从雪地上的爪印可以看出那次盛宴的情形，看出毒药发作时筵席中断的状况，也可以看出两只狗在回家的路上乱跑乱撞、疼痛得剧烈抽搐的景象。回到家里，科利就倒在戈登的脚下抽搐，痛苦万状地死去了。

宾狗与母狼

宾狗看着科利放开肚皮大吃特吃

“爱我，就爱我的狗。”任何解释或道歉都是不能接受的，再怎么说这只是事出偶然也没有用。大家都把宾狗与奥立佛之间的深仇大恨当作一大趣闻，至今记忆犹新。伐木的契约被撕毁了，友好的关系从此荡然无存，科利垂死时的嚎叫立即煽动人们帮派对立、兵刃相见，时至今日，还没有一个县大得可以容纳这么多帮派。

宾狗中毒几个月以后才真正康复过来。我们真以为他再也不会是从前那个健壮的宾狗了，但是，到了春天，他的体力开始恢复，而且随着春草的生长，情况也越来越好。几个星期后，他又长得身强体壮，虎虎有生气，又一次成为朋友的骄傲、邻居的害群之马。

七

因为一些变故，我离开马尼托巴去了很远的地方。到一八八六年我回来时，宾狗依然是赖特家的一员。我以为两年不见，宾狗可能把我忘了，但情况并不是这样。初冬的一天，在失踪了四十八个小时后，宾狗爬回了赖特家，一只脚上夹着一具捕狼夹子，拖着一根很重的木头，另一只脚已经冻得像石头一样硬了。当时没有人能走近他、帮助他，那时我已经是个生人了，当我弯下腰，一手抓住捕狼夹，一手抓住他的腿时，他凶得不是一般，一口就咬住了我的手腕。

我一动也没动，说道：“宾，你不认识我了？”

他没有咬破我的皮，马上就松了口，尽管取下捕狼夹时他呜呜直叫，但他再没有反抗。虽然他换了住处，我又离开了很长时

间，他还是把我当成主人，尽管我放弃了主人身份，但我还是觉得他是我的狗。

虽然很不情愿，但宾狗还是让人抬进了屋，他那只冻僵了的脚慢慢消开了。在那个冬天剩下的日子里，他瘸了，最终冻掉了两个脚趾，不过，在天气转暖之前，他的健康和力气就完全恢复了，随便瞟一眼，丝毫看不出那次套上钢制捕狼夹的可怕经历给他留下的痕迹。

八

同一个冬天，我捕获了许多狼和狐狸，他们可没有宾狗那么幸运，能从捕狼夹里逃出来。我把捕狼夹一直留到春天，因为就算皮毛不太好，奖金也挺可观。

肯尼迪平原一直是设陷阱捕捉野兽的好地方，因为这一带人迹罕至，而且处在茂密的森林和居民点的中间。我在这里一直运气很好，捕到过很多皮毛兽，所以一直到四月底我都在我的一条固定巡行线路上骑马巡视。

捕狼夹是用重钢材做的，上面有两根弹簧，每一根弹簧的弹力都有一百磅。这些捕狼夹四个一组，安装在埋藏好的诱饵周围，紧紧地拴在埋起来的木头桩子上后，再盖上棉花和细沙，以便看不出任何痕迹。

一只草原狼夹在捕狼夹中，我用木棒把他打死，扔到一边后，就像我以前安装过几百次那样，把夹子重新安上。一切很快就绪，我把夹子扳手扔到小马驹那边，看见周围有些细沙，便伸出手去抓一把盖在上面，就算安置好了。

唉，这真是个倒霉的想法！长期不出事就会麻痹大意！那细沙是盖在下一个捕狼夹上的，所以眨眼之间，我成了夹中囚。因为夹上没有齿，而且我戴着厚厚的捕兽专用手套也减少了咬合力，所以没有受伤。但我的手从指关节以上被紧紧地夹住了。我并没有大惊失色，而是试着用右脚去够夹子的扳手，我的脸朝下，身子伸得展展的，向扳手移过去，尽可能把那只被夹住的胳膊伸得又长又直。我无法同时又看扳手又去够它，只能靠脚趾来告诉我什么时候碰着了可以打开我的镣铐的那把小铁钥匙。第一次努力失败了，尽管我使劲儿拽着链子，但我的脚趾并没碰着铁东西。我慢慢地转动固定桩，但还是失败了。后来我费了好大的劲儿才看清楚，我太靠西边了。我开始转过来，脚趾乱碰来找那把钥匙，我用右脚瞎摸一气，忘了还有左脚，直到突然“当啷”一声脆响，三号夹的铁颚紧紧合上，夹住了我的左脚。

刚开始我还没有认识到形势的恐怖，不过，我很快就发现我的任何挣扎都无济于事。我既不能从任何一个夹子里脱身，又不能同时挪动这两个夹子，我平展展地躺在那里，被牢牢地拴在地上。

现在我会有怎样的下场呢？冻僵的危险倒不是很大，因为寒冷的天气已经过去了，但是除了冬天的伐木人之外，再没有人会到肯尼迪平原上来。没有人知道我去了哪里，除非我自己想法脱身，否则要么是让狼吃掉，要么是饥寒交迫死去，除此之外，再没有任何其他指望。

我躺在那里，一轮红日从平原西边云杉沼地上沉落，几码之外的一个地鼠堆上，一只水鹨吱吱啾啾地唱着夜曲，就像是前一天夜里我们小木屋门口的一只鸟儿那样唱着。尽管麻疼麻疼的感觉慢慢地爬上了胳膊，尽管我全身冷得要命，我还是注意到了他的小耳毛长得那么长。后来我想起了赖特小屋里舒适的晚饭桌，想着他们这会儿正煎猪肉做晚饭呢，还是刚刚在饭桌旁坐下。我的小马驹还像我离开他时那样站着，笼头放在地上，耐心地等着驮我回家。他不懂耽搁了这么长时间是怎么回事，我喊叫的时候，他停止了吃草，默默地用无助和询问的眼神看着我。如果他回家去，空空的马鞍会让人明白发生的事情，并带来帮手。但恰恰是他的耿耿忠心让他一个小时又一个小时地等下去，而我却要饿死冻死了。

后来我想起了捕猎手老吉鲁失踪的经过，第二年春天他的同伴发现了他的骨头架子：一条腿就夹在捕熊夹里。我心里纳闷我身上穿戴的哪样东西会表明我的身份。突然，我的脑海里闪现出一个新的念头：那就是狼被夹住时的感受。天哪！我一直就是造成这种痛苦的罪魁祸首啊！现在我要得到报应了。

夜色慢慢地降临了，一只草原狼嚎叫起来，小马驹竖起耳朵朝我走近了些，低着头站着。接着又一只狼在嚎叫，后来又有一

只。我听得出来他们正在附近集合。我趴在那儿，毫无办法，心想他们围过来把我撕成碎片，这是不是不公平。我先是听见他们叫了很长时间，然后就发现那些隐隐约约、模模糊糊的身影儿悄悄地摸了过来。马首先看见了他们，吓得呼哧呼哧直喷气，刚开始倒把狼给吓回去了，不过下一次他们围得更近，而且在草原上围着我坐了下来。很快，一只胆子大一些的狼爬上前来，使劲儿地拉他那个亲戚的尸体。我大声喊叫，狼狂叫着退了回去，小马驹吓得跑到了远处。这样来来回回两三趟后，那具尸体被拖走了，几分钟后就让狼群给吃了个精光。

此后，他们越靠越近，而且蹲下来瞅着我，胆子最大的闻到了枪味儿，就往上面撒土，我用那只没有被夹住的脚踢他，并大声喊叫，他退了退。但是我越来越虚弱，他也就越来越胆大，还走上前来冲着我的脸大声嚎叫。看到这幅景象，别的好几只狼也咆哮着围上前来，我意识到我就要被这些我平生最瞧不起的敌人生吞活剥了。突然，从暮色当中冲出一只大黑狼，嘴里嗷嗷地叫着。这群狼就像糠皮一样纷纷逃窜，只有那只胆大的没有逃掉。新来的黑狼抓住他，片刻工夫就把他弄成了一具烂糟糟的尸体。然后，天哪，真是吓人！这只强壮的牲畜向我冲了过来——宾狗——好样的宾狗，他气喘吁吁地用他的粗毛身子蹭着我，舔着我冰冷的脸。

“宾狗……宾……老……伙计……快把夹子的扳手给我拿来!”

他跑开了，然后拖着枪跑了回来，因为他知道我想要什么东西。

“不对……宾……去拿扳手。”这一次他拖来的是我的腰带。不过，他最终还是把扳手给我拿来了，而且因为拿对了高兴得直摇尾巴。我伸出那只没有被夹住的手，好不容易才拧松了木桩上的螺帽，夹子散开了，我的手取了出来，一分钟后我脱了身。宾狗把马牵了过来，我慢慢地走了一会儿恢复了血液循环，就可以翻身上马了。先是慢跑，但不久就开始快马扬鞭跑了起来，宾狗像一个传令官，汪汪地叫着，飞快地跑在前面。我们起程回家，到家才知道，虽然没有人带宾狗到捕狼线路上去过，但天黑以前，这只勇敢的狗行为古怪，一直呜呜地叫，而且不时地看着通往林地的小路。最后天黑了，怎么也挡不住他了，他冲进夜幕，在一种我们弄不明白的直觉的引导下，他及时赶到出事地点替我报了仇，并把我解救出来。

忠心可靠的老宾——他真是一只奇怪的狗。尽管他的心和我连在一起，但第二天他从我身边跑过的时候几乎都没有看我一眼，而小戈登招呼他去抓黄鼠时他倒是答应得十分爽快。故事到此该结束了。 直到最后，他都过着他所喜欢的那种狼一样的生活，他一次不落地去找冬天被咬死的马，而且又找到一只下过毒的，他像狼一样吃掉了它；后来他觉得一阵剧痛，他没有回赖特家，而是来找我，他一直跑到我的木屋门口，我本应该待在木屋里的。第二天我回来后发现他死在雪地里，头就枕在门槛上——那是他度过幼年时光的门槛；一直到死他都打心眼里把自己看成是我的狗——在他临死前最痛苦的时刻，他是来找我帮助的，结果却白找了一场。

泉原狐

一

一个多月来，母鸡连连失踪。这事儿来得真有些蹊跷；放暑假以后，我回到泉原，查找原因就成了我的任务。任务很快就完成了。鸡是一次一只被活捉走的。时间要么在进窝之前，要么在离窝以后，所以流浪汉或邻居们就不必考虑。它们也不是在很高的栖息处被捉走的，这证明浣熊和猫头鹰个个清白。也没有留下吃剩的残余，因此黄鼠狼、臭鼬或水貂也没有嫌疑。这么一来，罪名就必然落到了列那狐的身上。

伊林谷的大松林在河对岸，我在下游的浅滩上仔细排查，发现了几个狐狸的爪印，还有一根带条纹的羽毛，那是从我们家的普利茅思岩鸡身上掉下来的。为了寻找更多的线索，我爬上了更

远的河岸，这时听到在我身后的乌鸦大叫了一声。我一转身，就看到几只鸟儿向浅滩上的什么东西俯冲下去。我再仔细一看，原来又是贼喊捉贼的故技重演，因为浅滩中央有一只狐狸，爪子抓着什么东西——他又偷了一只母鸡，正离开我们的谷仓回去呢！尽管乌鸦自己也是恬不知耻的强盗，但它们总是头一个大喊“捉贼”的，却又迫不及待地等着拿“封嘴钱”，办法就是坐地分赃。

眼下它们玩的正是这种把戏。狐狸要回家，必须蹚水过河，这样就把自己暴露在乌鸦团伙的全面攻击之下。他向前猛冲强行过去，要是我不参加截击，他无疑会带着战利品过去的，可现在他却丢下那半死不活的母鸡，消失在林子里了。

这样大规模经常性地征粮，然后全部搬运走，只能说明一个问题，他家里还有一窝小狐狸，所以现在我一定要找到他们。

那天傍晚，我带着我的猎犬“漫游者”过河进了伊林谷松林。猎犬刚开始巡回搜索，我们就听到从附近树木茂密的山谷里传来一只狐狸短促尖厉的叫声。“漫游者”立刻冲上去，闻到了一股浓烈的臭味，便劲头十足地直奔过去，最后声音在远处的高地上消失了。

过了将近一个小时，他回来了，气喘吁吁，浑身发热，因为正是八月酷热的天气，便躺在了我的脚下。

然而刚一躺下，又听到附近有同样的狐狸的叫声，“呀——吁”，于是狗又冲出去再次追击。

他消失在黑暗里，发出雾号一样的叫声，向北直奔而去。于是响亮的“汪汪”声变成了低沉的“呜呜”声，后来又成了微弱的“嗷嗷”声，最后什么都听不见了。他们一定是跑到几英里以外的地方去了。因为就是把耳朵贴在地面上我也听不见他们的动静，而“漫游者”的金嗓子传个一英里的距离是不在话下的。

正当我在黑沉沉的林子里等待时，听见了一阵美妙的水声：“咚当噔叮，嗒叮当噔咚。”

我从未听说过这么近的地方有什么泉水，在炎热的夜晚这是个令人欣喜的发现。然而这水声却把我引到一棵橡树前，在这儿我找到了它的源头。如此温柔甜蜜的歌声，在这样的夜晚充满了愉快的遐想：

咚当噔叮，
嗒叮啊咚啊当啊叮啊，
嗒嗒叮当嗒嗒咚叮，
喝上一桶啊，喝个酩酊。

这原来是锯磨的“滴水歌”。可是突然间传来一阵低沉粗重的呼吸声和树叶的沙沙声，说明“漫游者”已经回来了。他彻底累垮了，舌头几乎吊到地面上，满嘴流着唾沫，他的两肋不停地起伏，流涎从胸脯和身体两侧滴落下来。有一会儿他止住了喘息，把我的手舔了一下表明自己尽了心，然后“砰”的一声倒在了落叶上面，响亮的喘气声淹没了其他所有的声响。

但是，那撩人的“呀——吁”又从几英尺外传了过来，它的意思我恍然大悟了。

我们现在离小狐狸住的洞穴很近，老狐狸们在轮流嚎叫想把我们引开。

这时夜深了，我们便动身回家，但我蛮有把握地觉得问题快要解决了。

二

附近住着一只老狐狸和他的家小，这是人所共知的事，但谁也没有想到他们住得这么近。

这只狐狸人们管他叫“疤子脸”，因为有一道疤痕从眼睛一直延伸到耳背上。估计这是他追逐兔子时，在有倒刺的铁丝网上划下的。伤口愈合之后，长出了白毛，成了一个醒目的永久性标记。

去年冬天我曾经见到过他，领教过一次他的狡猾。刚下过雪，我就出去打猎，穿过那些空旷的田野，来到老磨坊背后灌木丛生的洼地边缘。我抬起头来想一览洼地的景色，这时却看到对面老远有一只狐狸小跑过去，他的路线与我的交叉。我立马站住不动，甚至连头也不敢低一低，转一转，唯恐我的动作吸引他的目光，直到他消失在洼地尽头浓密的草木中。他刚隐没，我就立刻跳下去，想跑到草木丛的另一头把他截住。我在那里等了半天，没有见狐狸出来，经过一番仔细搜寻，才发现他已经从灌木丛里跑出来的新痕迹。我沿着这个新的踪迹望过去，只见老“疤子脸”在我身后远远地蹲着，龇着牙，仿佛觉得好笑似的。

对爪印经过一番研究，真相就大白了。我看到他的当儿，他已经看见了我，然而他也像一个真正的猎手那样讳莫如深，装出一副若无其事的样子，直到溜出我的视线。然后他就拼命跑着绕到我的身后，瞅着我的泡汤的伎俩穷开心呢。

春天，我又领教了一次“疤子脸”的狡猾。当时，我与一个朋友在高地的牧场沿路走着，正经过一道离我们不到三十英尺的山梁，上面有好几块灰棕两色的大石头，走到最近的地方时，我的朋友说：“那边的第三块石头看上去很像一只蜷起来的狐狸。”

但我没看出来，于是我们便走了过去。可还没有走出多少码，一阵风吹到这块石头上，就像刮到毛皮上了一样。

我的朋友说：“那肯定是只狐狸，躺着睡觉呢。”

“我们很快就会搞清楚的。”我回答着转过身去。刚刚从路上迈出一步，“疤子脸”就跳了起来一溜烟地跑掉了。牧场中间曾经起过一场火，留下一条宽宽的黑带子。他急忙跑过这个地方，钻入没有被烧掉的黄草丛中。他在那儿蹲下，再也看不见了。他本来一直注视着我们，只要我们沿着那条路走，他就不会动。这件事之所以奇妙，并不在于他像圆石头或像黄干草，而在于他知道自己像，并且随时利用这一点来保护自己。

不久我们便发现“疤子脸”和他的妻子“泼妇”在我们的林子里安了家，并把我们的谷场用作他们的粮秣基地。

第二天早晨，经过在松林里的一番搜索，我们发现了一个最近几个月才刨起来的大土堆。这土一定是从洞里挖出来的，但一个洞也找不到。人们都知道真正聪明的狐狸在挖掘一个新洞时，会把所有的土从挖好的第一个洞口运出来，但还要掘一条通向远处灌木丛的地道，然后把头一个挖好的非常显眼的洞口永远封闭起来，只使用隐蔽在灌木丛里的入口。

于是在一个小土墩的另一侧稍事寻找之后，我便发现了真正的入口，而且还有充分的证据表明里面有一窝小狐狸。

山坡上的灌木里耸立着一棵空心的大椴树。这棵树歪得很厉害，底部有一个大洞，顶上有一个小洞。我们这些男孩子常利用这棵树表演“瑞士的鲁滨逊一家”①，在它松软腐朽的内壁上挖出台阶，可以在树心里面上下自如。现在它派上了用场。第二天当太阳晒暖和之后，我就到那里去瞭望。从树顶的这个栖木上，我很快就看到了住在附近地洞里的这个有趣的家族有四只小狐狸，茸茸的皮毛，长长的粗腿，天真的表情，看上去挺稀奇，活像四只小羊羔。但若是再看一眼，他们尖鼻、锐眼、宽脸，就会发现这些天真烂漫的小家伙，个个都是狡猾的老狐狸的产物。

小狐狸在四周嬉耍，晒晒太阳或者相互打斗，一有轻微的响动，他们就急忙钻入地下。然而他们的惊慌是多余的，因为声响是他们的妈妈发出来的。她从灌木丛里出来，又带来了一只母鸡——我记得，这是第十七只了。她低低地呼唤一声，小家伙们连滚带爬地跑了出来。接下来上演的一幕，我觉得很动人，但我的叔叔见了却是绝对不会喜欢的。

他们向母鸡扑过去，跟它撕扯扭打。他们的妈妈满心疼爱与欢喜地在一旁观望，同时一双锐眼警觉地提防着敌人。她的面部表情非常奇特，先是快活地咧嘴嬉笑，但惯有的野性与狡黠依然存在，也不乏固有的残忍、紧张，不过压倒一切的还是那一目了然的母亲的疼爱与骄傲。

---

① 瑞士作家约翰·鲁道夫·魏斯（1781—1830）写的传奇故事，讲这一家人遭遇船难被弃于荒岛的经历。

撕扯扭打，他们的妈妈满心疼爱与欢喜地在一旁观望

我的树基隐藏在灌木中，比狐狸洞所在的土岗子要低许多，所以我可以随意来去，不会惊吓那些狐狸。

许多天来我都到那儿去，看见很多别的训练幼狐的场面。他们很早就学会了一听到什么奇异的响动，立刻变得跟泥塑木雕似的一动不动，再听到这种声音或发现引起恐惧的原因，就跑掉躲藏起来。

有些动物有非常强烈的母爱，以至于像洪水漫延，惠及外人。老“泼妇”似乎并不是这样，她从幼崽身上得到的快乐反而导致了最有心计的狠毒。她常为他们带来活鼠活鸟，并怀着凶恶的温柔不让猎物受到严重伤害，好让她的幼崽有更多的机会来折磨它们。

山上的果园里住着一只土拨鼠，他既不漂亮也不风趣，但他知道怎样照顾自己。他在一棵老松树桩的根之间掘了一个洞，这样狐狸就无法把他挖出来。但埋头苦干不是他们的生活方式，他们相信劳心胜于劳力。每天早上，这只土拨鼠通常都到树桩上晒晒太阳。如果看到附近有只狐狸，他就下来藏到洞口。如果敌人离得太近，他就钻到里面去一直待到危险过去。

一天早晨，“泼妇”和她的伴侣似乎决定孩子们该知道一点儿关于土拨鼠的广泛课题，再说这只果园土拨鼠也是一堂直观教学课的好教材。于是他俩朝果园的围栏走去，树桩上的老鼠哥没

有看见。然后“疤子脸”在果园里大模大样地露了面，在离树桩一段距离的地方不声不响地直走下去。但他一次也没有回头，也绝不让始终保持警觉的土拨鼠认为自己被发现。狐狸一进园子，土拨鼠就悄悄跳下来，躲在洞口。他就在这儿等着狐狸过去，但最后认为还是放聪明一点儿为妙，于是就钻进洞里。

这正是这对狐狸求之不得的事。“泼妇”一直躲在看不见的地方，现在她飞快地跑向树桩，再藏到后面。“疤子脸”一直在磨磨蹭蹭地向前走。土拨鼠并没有受到惊吓，因此不一会儿他又从桩根中间探出头来，东张西望。只见狐狸还在往前走，越走越远。狐狸走开了，土拨鼠的胆子就大起来。他便再往外走一点，看到危险过去了，便爬上树桩，这时“泼妇”一蹦子跳过去抓住了他，然后将他一阵猛甩，弄得他失去了知觉。“疤子脸”一直用眼角盯着，这时便跑了回来，但是“泼妇”用嘴叼起土拨鼠往窝跑去，他明白没他什么事了。

“泼妇”回家时，一路上对土拨鼠小心对待，所以到家时，他还能略微挣扎一番。她冲着洞口低低地“呜”了一声，便把小家伙们像小学生做游戏一样唤了出来。她把受伤的猎物向他们一扔，他们像四个小疯子一样扑了上去，细声细气地吼着，小嘴使出吃奶的力气一下一下地撕咬着。但土拨鼠拼命抵抗，把他们打退以后，便一瘸一拐慢慢朝一丛灌木爬去，想躲藏起来。小家伙们便像一群猎犬似的追了上去，又是拽尾巴，又是扯肚子，但就是弄不回来。于是“泼妇”跳了两蹦子把他追上，再把他拖到空地上让孩子们去团弄。这场苦戏唱了一遍又一遍，直到其中一个小家伙被狠狠地咬了一口，疼得哇哇直叫，这下可激怒了“泼妇”，便结束了土拨鼠的苦难，立刻把他做了一顿大餐。

离洞不远的地方，有块粗草丛生的洼地，那是一群田鼠的操场。就是在这块洼地上，小家伙们离家上了初级森林知识课。在这儿他们上了第一堂田鼠课，这是所有捕猎中最容易的。上课时，主要是示范，还以一种根深蒂固的本能作辅助。老狐狸也有一两种手势，意思是“趴着别动，注意观察”“来，照我的样子做”等等，这些都是常用的。

于是，在一个无风的夜晚，这快乐的一家子来到洼地上。狐狸妈妈叫小狐狸安静地趴在草里。不一会儿，一种轻微的吱吱声表明猎物在动。“泼妇”站起身来踮着脚尖走进草里——没有蹲伏，而是尽量往高站，有时候还只靠后腿直立站起来，以便看得更清楚些。田鼠的跑动是隐蔽在纠结的草丛里的，要想知道一只田鼠的行踪，唯一的办法就是观察草的轻微摇动。这也就是只有在无风的日子里才能捉到田鼠的原因。

捕鼠的窍门是锁定田鼠的位置，先抓住他，然后才能看到他。“泼妇”很快一跃而起，在她抓住的一簇枯草里，中间有一只田鼠吱吱叫了最后一声。他很快被狼吞虎咽一扫而光。四只笨拙的小狐狸试着学妈妈的样子干起来。最后老大平生头一遭捉到了猎物，兴奋得直打战，带着一种使他自己也感到惊奇的天生的野蛮冲动，把他珍珠似的小小乳牙咬进了田鼠的身体。

另一堂家教课是如何捕红松鼠。这些家伙吵闹粗俗，有一只就住在他们附近。他高高在上地待着，感到十分安全，一天花不少时间咒骂狐狸。有好多次，这只红松鼠跑过林间空地从一棵树蹿到另一棵树上，要么就在离他们一英尺左右的地方吐唾沫骂他们，狐崽们试图把他抓住，但次次都劳而无功。可老“泼妇”对博物学了如指掌——她了解松鼠的天性，一旦时机成熟，她就接手办案。她先把孩子们藏好，然后平躺在林间空地的中央。粗鲁下流的松鼠跑了过来，像往常那样破口大骂。但是她纹丝不动。松鼠靠得更近了，最后就在她头顶上骂个喋喋不休：

“你这畜生，你这畜生！”

但是“泼妇”像死了一样躺在那里，这实在令人犯糊涂。于是松鼠从树干上下来，东张西望了一阵后，紧张地冲过草地，爬上另一棵树去。到了安全的高枝上，又骂了起来：

“你这畜生，你这无用的畜生，癞疮疤——癞疮疤啊。”

可是“泼妇”平躺在草地上，没有一点儿生气。这种场面对松鼠来说撩拨性实在太大了。他生性好奇，喜欢冒险。于是他再次下到地面上，窜过空地，距狐狸比上一次更近了。

“泼妇”还是像死了一样躺着，没有一点儿动静。“她一定是死了。”连小狐狸也开始纳闷妈妈是不是睡着了。

但松鼠陷入了莽撞好奇的疯狂境地。他把一块树皮扔到“泼妇”头上，用尽了所有恶毒的字眼，骂了一遍又一遍，可“泼妇”还是没有一点儿活着的迹象。于是又在空地上跑了两次之后，他壮起胆子来到离真正保持着警戒的狐狸几英尺的地方，这时候“泼妇”忽的一下从地上跳起来，一眨眼工夫，就将他摁住了。

“而小家伙们把骨头啃得一干二净，咦——呜。”

他们的基础教育就是这样进行的。以后随着他们越来越强壮，便被带到更远的地方，开始上追踪和气味的高级课程。

他们要学习捕获每种猎物的方法，因为每种动物都有某种特长，不然他便活不下去；也有某种弱点，否则其他动物就无法生存。松鼠的弱点是他愚蠢的好奇心，而狐狸的弱点在于他不会爬树。训练小狐狸就是要教给他们利用其他动物的弱点，用自己擅长的灵巧刁滑来弥补自己的不足。

小家伙们从父母那里学到了狐狸世界的主要原则。怎样学的就不好说了。但有一点很清楚，他们是在父母陪伴下学到的。下面几项原则是狐狸教给我的，当然他们并没有说过一句话：

千万不要在你走过的直道上睡觉。

鼻子在眼睛前面，所以首先要信任它。

傻子才顺风跑。

奔流的小溪可治百病。

如能隐蔽，绝不暴露。

如果可以留下弯的踪迹，就绝对不要留下直的。

若是陌生的，就是敌视的。

灰尘和水可以消除气味。

不要在有兔子的林子里捕田鼠，也不要在养鸡场上抓兔子。

勿进草地。

这些原则的意义已经模模糊糊地进入小狐狸的头脑——所以，“千万不要跟踪你嗅不出气味的东西”是明智的。他们明白这一点，因为你如果嗅不出人家的气味，那么风一定叫人家嗅到了你的气味。

一样接一样，他们了解了自家林子里的飞鸟和走兽。后来他们能随父母走出去时，又认识了一些新的动物。他们开始以为已经了解了每一种走动的动物的气味。但是一天晚上，妈妈把他们带到一块田野里，地上有一个奇怪的又扁又黑的东西。她是特意带他们来闻闻它的。但是只轻轻嗅了一下，他们的每根毫毛都竖了起来。他们个个直打哆嗦，却不知道为什么——这似乎使他们热血沸腾，心里充满了本能的仇恨和恐惧。看见取得了满意的效果后，她便对他们说：“这是人的气味！”

三

与此同时，母鸡还在继续失踪。我没有泄露狐崽洞的秘密。说实在的，我替这些小坏蛋着想的远比母鸡多。但是叔叔气得七窍生烟，他说我对森林狗屁不通。为了使他高兴，有一天我带着猎狗穿过树林，在开阔的山坡上的一个树桩上坐了下来。我叫狗往前走。没过三分钟，他就大声叫喊起来，所有的猎人听了都明白这是什么意思：“狐狸！狐狸！狐狸！就在下面的山谷里！”

过了一会儿，我听见他们都回来了。我一眼看见了那只狐狸——“疤子脸”——正轻轻地大步慢跑，穿过河滩向河水跑去。他跑进河里，在靠近边缘的浅水里快步小跑了两百码，然后出来径直朝我奔来。虽然我处在一目了然的位置，但他却没有看见我，只顾上山，不时回回头瞅瞅猎狗的动静。在离我不到十英尺的地方，他转过身去背对着我坐下，同时伸长脖子对猎狗的行为表现出急切的兴趣。“漫游者”沿着臭迹，咆哮着赶过来，一直跟踪到奔流的河水边，气味消失了，在这儿他感到困惑，现在只有一个办法，那就是在河两岸上上下下跑，找到狐狸离开河水的地方。

我前面的狐狸稍稍移动了一下位置，好看得更清楚些，怀着最像人的兴趣注视着猎犬转来转去的。他离我太近了，当狗进入视线时，我都看见他的肩毛微微地竖起来。我都能看见他肋下心脏的跳动，以及他黄眼珠的闪光。当狗被水技搞得完全逡巡不前时，那样子实在令人发笑。他坐不住了，乐得屁颠儿屁颠儿的，而且踮起后脚好把步履艰难的猎狗看得更清楚些。他的嘴快要咧到耳朵根上了。虽然呼吸一点儿也不困难，但他还是呼哧呼哧喘了半天，或者不如说乐得哈哈大笑了好一阵子，活像狗龇着牙，喘着气笑的样子。

老“疤子脸”喜不自胜，浑身扭动，因为猎狗对臭迹寻思的时间太长了，等到发现时，它已走了味儿，很难跟踪了，根本没有必要用舌头舔它了。

猎犬开始上山，狐狸就悄悄地溜进了树林。我一直坐在离他只有十英尺的显眼的地方。可我在逆风方向，一动不动，所以狐狸绝不知道有二十分钟的时间，他的生命一直攥在他最恐惧的敌人的手心里。“漫游者”本来也会像狐狸那样从我身边走过去，但我叫住了他。他有点儿紧张，吃了一惊，随后丢下臭迹，样子怪难为情地在我脚边躺下。

这出小喜剧变着样儿上演了好几天。但从河对岸的房子那里，可以把这一切都看得清清楚楚。叔叔对天天丢鸡的事情不耐烦了，他亲自出马，坐在空旷的小山岗上。当老“疤子脸”小跑到他的瞭望台上瞅下面河滩上迟钝的猎狗，就在他为新的胜利而露出笑容的时候，叔叔毫不犹豫地朝他的后背就是一枪。

四

但母鸡还在一个劲儿地失踪。叔叔恼羞成怒，决意要亲自指挥作战，于是在林子里撒下毒饵，若要我们的狗不吃，那就得靠运气了。他对我过去这些天在林子里的所作所为一再出言不恭，一到晚上他就带着枪和两条猎犬出去，看看能消灭什么。

“泼妇”对毒饵的情况了解得一清二楚。她要么绕过它，要么心怀轻蔑地积极应对。她把其中的一块丢进她的老对头——一只臭鼬的洞里，打那以后，再没有见过这只臭鼬露过面。先前总是由老“疤子脸”专门负责对付狗，不让他胡闹，但是现在“泼妇”得挑起全家的重担。她再也腾不出时间截断通向洞穴的每一条踪迹，也不可能总待在附近迎住可能上门的敌人，把他们引开。

结局不难预料。“漫游者”跟踪到一股强烈的臭迹，一直追踪到洞口。另一只名叫“花斑”的猎狐犬宣布这一家子都在家，然后就千方百计想钻进去逮他们。

现在整个秘密都暴露了，这一家子注定要完蛋了。雇工拿着锹和镐把他们挖了出来，而我和狗就在旁边站着。老“泼妇”

很快就在附近的林子里露面了，她把狗引到下面的河边，在她认为合适的时候，就跳到一只羊背上，用这个简单的办法把猎狗甩掉了。那只吓坏了的羊跑了好几百码，“泼妇”才跳下来。她知道气味隔断这么长的距离，绝对嗅不出来了，于是又返回洞穴。但是狗因为臭迹中断而无可奈何，也很快返了回去，却发现“泼妇”绝望地在那儿徘徊，徒劳地想把我们引开，远离她的宝贝。

这时爱尔兰人正有力而有效地挥舞着镐和铲子，夹杂着砾石的黄沙在两边堆积起来，挖掘者强壮的肩膀逐渐比地面都低了，狗在老“泼妇”后面一阵狂追，给挖掘也注入了活力，她在附近的林子里兜着圈子。经过一小时的挖掘，爱尔兰人叫道：“他们在这里，先生!”

窝在地洞的尽头。四只毛茸茸的小狐狸拼命往里面挤。

我还没来得及干预，铁锹致命的一击和突然冲上来的凶猛的小猎犬已经结果了三条性命。第四只，也就是最小的一只，由于我抓住他的尾巴，提得高高的，兴奋的狗够不着，才勉强捡了一条命。

他短促地吱吱叫了一声，他可怜的妈妈听见叫声就跑了过来。圈子兜得这么近，不知怎么搞的，狗老是夹在中间，要不是狗碰巧起了保护作用，她早就被一枪崩了。她又一次把猎狗引开，让他们白追一趟。

得救活下来的那个小家伙被扔进一只口袋里，他在里面倒挺安静。他不幸的哥哥们被扔在他们的育儿室床上，几锹土就把他们埋掉了。

我们这些罪人回到家中，小狐狸很快被铁链子拴在院子里。谁也不知道为什么还让他活着，总之大家的情绪发生了变化，没有人主张杀死他。

他是只漂亮的小家伙，像是狐狸和羊羔的混血种。他毛茸茸的外貌和体形跟小羊像得出奇，憨态可掬。但是在他的黄眼珠里，却能发现一股狡猾凶狠的闪光，与羊羔又是天差地别。

只要有人在跟前，他就阴着脸蜷着身子，缩在他的箱子窝里。剩下他一个时，得等到一个多小时以后，才敢向外张望。

我的窗户现在取代了空心椴树。场院里有几只母鸡，就在狐崽附近，他太熟悉这个品种了。那天后晌，当母鸡游荡到这个囚徒近旁时，链子突然唰啦啦响了起来。小狐狸朝着最近的一只冲了过去，要不是链子猛地一下把他拽住，他已经把鸡抓住了。他站起来，溜回箱子里。虽然后来小狐狸又扑过好几次，但他仔细估量好他跳跃的距离，限制在链子的长度之内，不论成功还是失败，他再也没有被链子无情地拽回来。

一到夜里，小家伙就变得焦躁不安，他悄悄地从箱子里溜出来，但一有风吹草动，就又赶快溜回去。他死劲拽着链子，有时他用前爪按住铁链狂咬，但突然又停了下来，像是在听，然后仰起小小的黑鼻子发出一声短促颤抖的叫声。

这种情况重复了一两次，中间的时间他不是忙着摆弄链子就是在四周跑来跑去。然而终于有了回应，老“泼妇”从远处发出了“呀——吁”的呼唤。几分钟后，一个黑影子出现在木头堆上。小家伙溜进了他的箱子，但立刻又跑出来，用狐狸所能表达的全部快乐迎接他的妈妈。她像闪电一样迅速叼起小狐狸转身向她来的方向跑。但这时链子到了头，狐崽被猛地从老狐狸嘴里拽了出来。她被开窗子的声音吓了一跳，逃到木头堆上去了。

一小时后，小狐狸已经不再乱跑，也不叫唤了。我偷偷向外望去，借着月光看到狐狸妈妈展开身子躺在小狐狸身边，咬着什么。发出的当啷声告诉我她咬的正是那根无情的铁链。而“尖儿”这小家伙正在享用一顿热饮呢。

我走出来时，她已逃进了黑暗的树林。但在箱子边上放着两只小田鼠，鲜血淋漓，还热着呢。这是慈爱的妈妈给小狐崽送来的食物。第二天早晨，我发现挨着小家伙脖圈一两英尺的地方的链子非常明亮。

我穿过树林走到那被毁的窝跟前，再次发现了“泼妇”留下

的痕迹。可怜的伤透了心的妈妈到这里来过了，并且挖出了小家伙们烂糟糟的尸体。

三只小狐狸躺在那儿，现在已被舔得油光光的，他们身旁有两只刚被杀死的我们家的母鸡。新堆起来的土上布满了显眼的印记。这些痕迹告诉我，"泼妇"曾在死去的孩子身旁像利斯巴[①]那样守护着他们。她把他们日常的食物带来了，这是她夜里劫掠到的。在这儿，她曾经在幼狐身边伸展身体，徒劳地把天然饮料提供给他们。她渴望像以往那样给他们喂食，给他们暖体。但她发现的只是软毛下僵硬的小身体，冷冰冰的小鼻子没有动静，没有反应。

肘、胸和后腿关节留下的深印，表明她曾在无声的悲哀中躺着，长久地守护着他们，而且按野生动物的妈妈对子女哀悼的规矩哀悼过他们。但打那以后，她再也没有到那个被毁的洞穴去过，因为现在她确切地知道她的小家伙们已经死了。

五

俘虏"尖儿"，这一窝中最弱小的一个，现在承受了她全部的爱。狗被放出来保护母鸡，那名雇工接到命令，一见老狐狸格杀

① 《圣经·旧约·撒母耳记下》第 21 章中有利斯巴护尸的记载："爱雅的女儿利斯巴用麻布在磐石上搭棚，从动手收割的时候，直到天降雨在尸身上的时候，日间不容空中的雀鸟落在尸身上，夜间不让田野的走兽前来糟践。"

勿论。我也接到这项命令，但我决定永远不再见她。狐狸喜欢而狗不会碰的鸡头被撒上了毒药，乱扔在树林里。到拴着“尖儿”的院子只有一条路，得冒千难万险爬上木头堆才能进去。然而老“泼妇”还是夜夜前来喂养幼儿，给他带来新杀死的母鸡和猎物。

小狐狸被俘的第二个夜晚，我听到链子当啷一声，然后清楚地看到老狐狸在那里。她正埋头苦干，在小狐狸的窝旁挖一个洞呢。当洞深到足以埋住她半个身子时，她把链子所有松着的部分收到一起放进洞里又用土填上。然后她扬扬得意，认为她已经把链子除掉了，便衔着小“尖儿”的脖子扭头向木头堆冲过去。可是天啊，这只能把小狐狸狠狠地从她嘴里拽出来。

可怜的小家伙向木箱子爬去，伤心地哭着。过了半个小时，狗们狂吠起来。他们的叫声直冲树林远去，我知道他们在追赶“泼妇”。他们往北朝着铁路的方向冲去，渐渐就听不到他们的吵闹声了。第二天早晨，狗还没有回来。我们很快就知道了缘故。

狐狸很早就知道铁路是什么东西，他们很快便能想出好几种招数将它派上用场。其中之一是遭到追猎时，在火车快要开过来之前，先在铁路上跑长长的一段距离。留在铁上的气味本来很弱，又被火车消除了，在这种情形下猎狗被火车撞死的可能性极大。还有一招更保险，但也更难玩，那就是在火车前面领着猎狗直上高架桥，当火车在桥上追上他们时，猎狗就必定被撞得粉身碎骨。

这个把戏玩得非常巧妙，在铁路下面我们找到了老“漫游者”被轧得皮开肉绽的尸体，便知道“泼妇”已经报仇雪恨了。

当天夜里，疲惫的四肢将猎狐犬“花斑”带回家前，“泼妇”又回到了院子里，杀死一只母鸡带给“尖儿”，并且喘着气展开身子躺在他身旁。她似乎认为假使她不带吃的来，他就没有东西吃。

正是这只母鸡向我叔叔泄露了她在夜间光顾的事情。

我的同情都转向“泼妇”一边。我不想插手进一步的捕杀计划。第二天夜里，叔叔手拿猎枪亲自守候了一个小时。不久天气渐渐变冷，云彩遮住了月亮。他想起还有件重要的事情要办，于是他把爱尔兰人叫来接替他。

然而爱尔兰人“焦累不安”，因为守候的寂静与焦急折磨着他的神经。突然砰砰两声巨响，一个小时后我们才确信子弹算是白费了。

早上我们发现“泼妇”并没有让小狐狸失望。下一天夜里还是叔叔上岗，因为一只母鸡又被偷走了。天黑不久只听见一声枪响。但“泼妇”把她带来的猎物一扔，逃之夭夭了。那天夜里又做了一次尝试，招致再次开枪。可是第二天从光亮的链子上可以看出她已经来过了，她一连几个小时都在试图咬断那条可恨的锁链，但是白费力气。

她躺在那里，哀悼着

这样的勇气和耿耿的忠心，如果不能得到宽容，也必定赢得尊重。反正，第二天夜里，万籁俱寂之后，院子里没有再埋伏枪手。这么做有用吗？三次被开枪撵走，她还会再来哺育和解救被围的幼儿吗？

她会不会再来呢？她的爱是一个母亲的爱，这次只有我一个人注意到他们。第四夜，随着小家伙颤抖的哀鸣，木头堆上又出现了一个黑影儿。

但是没看见带什么家禽或食物。难道精明的女猎手最终失败了不成？她没有给她唯一需要照顾的亲人带来一点儿猎物，还是她学会了信赖捕获小狐狸的人为她的幼儿提供食物？

不，远远不是这样！这个野林子里的母亲的爱和恨是实实在在的。她唯一的想法就是使小狐狸自由。她尝试了她知道的一切手段，经历了千难万险，尽心尽力地看护他，想要帮助他获得自由。然而一切都失败了。

她像个黑影一样来了。但只一会儿工夫她就走了。“尖儿”抓住她丢在地上的东西，津津有味地大口咀嚼起来。但就在他吃的当儿，刀绞般的剧痛穿透了他的身心，他不禁发出一声痛苦的尖叫。接着是一阵挣扎，小狐狸死了。

虽然“泼妇”有强烈的母爱，但一种更加高超的思想还要强烈。她非常清楚毒饵的威力，如果小狐狸活着，她本来要教给他如何辨别它，怎样躲开它。但是现在她必须最终为他做出选择，要么过凄惨的囚徒生活，要么突然死亡了事。她尽力压灭内心的母爱，从这唯一敞开的门里引导他走向自由。

当白雪覆盖大地的时候，我们把树林巡查了一遍。入冬以后，种种情况告诉我“泼妇”不在伊林谷树林里出没了。她上哪儿去了永远也说不清。但有一点是肯定的，她走了。

走了，可能去了某个遥远的地方，把她对被杀害的小家伙和伴侣的悲惨记忆留在身后。走了，也许她特意要远离一段心酸的生活场景，像许多野林子中的母亲走了那样，用的是她用来解放自己的幼儿，她所有孩子中最后一个的方式。

跑侧对步的野马

一

乔·卡隆把马鞍往灰扑扑的地上一扔，然后把马松开，就哐啷哐啷地走进了农舍。

“快开饭了吗？”他问。

“还有十七分钟。”厨子瞄了一眼挂钟，回答道。他那副神情就像是一个火车调度员，不过事实证明没有必要这样故弄精准。

“草原那边情况怎样？”乔的搭档佩里科问。

“比这儿热得多，”乔回答说，“那边的羊群看上去不会有啥事，牛犊子蛮多的。”

“我看到那群野马了，就是老去羚羊泉饮水的那群，里面有几匹小马驹，其中有匹黑色的简直棒极了，真是天生的侧对步跑马的坯子。我追了他们一两英里，他一直跑在最前面，侧对步子始终没有打乱。后来我干脆放开了猛追，也就是图个开心，想看看能不能追得他乱了步子——没门儿。”

“你一路没吃东西吧？”斯卡思问，心里有点儿信不过。

“得了吧，斯卡思，咱俩上次打过赌，你输得一塌糊涂，等你像个男人的时候再找机会吧。”

“开饭了！”厨子一声大叫，话茬儿就撂下了。第二天他们去了别处赶牲口，野马的事儿也就被抛到了脑后。

一年以后牲口又赶过新墨西哥的这个角落。他们再次看到了野马群。当年的黑马驹现在已经满一周岁了，四条腿修长匀称，侧腹油亮油亮的。不止一个牛仔亲眼看见了这件稀罕物——那匹小野马真是天生的侧对步跑马。

乔也在场，而且还突然产生了一个念头：有这匹马驹可上算了。对东部人来说，这种想法可能并不稀奇，但是在西部，一匹没有调教的马只值五块钱，而一匹普普通通的驯马却能卖上十五到二十块的价钱。因此一般牛仔绝不会想到要去搞一匹野马，况且野马是很难抓住的，即便抓到了，也不过是笼中困兽，百无一用，至死也调教不过来。不少牧场主只要看到野马就想把他们一枪干掉。野马不仅会妨碍草场放牧，甚至还会将驯马带走，教他们很快适应野生生活，并且从此一去不返。

野人乔·卡隆对野马的本性了如指掌，他说：“我见过的马多了，白马的性子温顺一些，栗色马都有点儿神经质，枣红马只要调教得法就一定能驯服，而黑马却个个硬得像钉子，干脆是魔鬼附体。黑色的野马就更不用说了，他只需再多几只利爪，就是端掉但以理遇到的狮子窝也不在话下了。”①

那时候野马不过是一钱不值的祸害，而黑色的野马更是十倍地有害无益，所以当乔一心一意地打那匹小野马主意的时

① 但以理，基督教《圣经·旧约》中的希伯来先知，由于笃信上帝被扔入狮子坑而无损伤。

候，他的搭档觉得不可思议。可是乔在那一年没有找到下手的机会。

乔不过是个牛仔，一个月挣二十五块钱，而且被工作时间拴死了。像其他多数小伙子一样，乔一直期望有朝一日会拥有一处自己的牧场和一批属于自己的伙计。他已经在圣菲注册了自己的烙印，用一个寓意不详的猪圈做图案，这样一来他就可以合法地将他的烙印烙在任何他可能发现的尚未加烙印的牛或其他动物身上，将其据为己有，但目前长角的牲畜里只有一头老母牛带着这个烙印儿。

每到秋天，拿到薪水以后，乔总是抵挡不住诱惑，非得和其他小伙子们一道进城去乐一遭，因为“腰包里有的是票子”。这

样年复一年，他的财产仍不过是一副马鞍、一张床和那头老母牛。他一直希望能交上好运，从而开始一种全新的生活，所以一想到那匹黑色野马就是他的吉祥物，他便打算只要时机成熟，定要大显身手。

这些牧人赶着牲口绕了一圈向下转到了加拿大河，秋天又回到堂卡罗丘陵地带。乔再没看见过那匹跑侧对步的野马，尽管他在许多地方听到有人谈起。因为过去那匹黑马驹，如今已是一匹雄姿英发的三岁小马，开始成为人们谈论的对象了。

羚羊泉位于一片大平原的中心。水位高的季节，泉水就会漫溢成一个小湖，四周有莎草环绕；水位低下去时，四面露出一大圈黑泥平地，因为有些地方含碱，便白光闪闪，泉中央剩下一口水眼。尽管既无外水流入，又无内水流出，泉水却依然清甜，是方圆多少英里之内唯一的饮水地点。

这片平原，北面人都管它叫大草原，是那匹黑色牡马的至爱草场，但它同时也是许多牛群马群的牧场。其中最主要的利益相关者是“LF”公司。公司经理和合伙人福斯特，是个事业心很强

LF

的人。他相信改良品种有利可图，于是就做了种种尝试。有一次他一下子引进了十匹混血母马，这些母马个头高挑，四肢修长利落，有着鹿眼一般温柔的大眼睛。在如此美丽的生灵面前，牛仔们惯骑的矮种马看上去仿佛是某种全然不同的下等物种中可怜巴巴的饿死鬼。

除了一匹仍留在马厩里使唤，其他九匹母马等她们的马驹刚刚断奶便设法逃了出去，在牧场一带四处游荡。

马这种动物能够凭他们的本能找到最好的牧草。这九匹母马自然也不例外，她们在南行二十英里之后来到了羚羊泉所在的那片草原。那年夏末，福斯特去赶马，的确在那里发现了那九匹马，但他同时还发现，在这九匹母马身边，以一种超出伙伴关系的亲昵神气守护着她们的是一匹乌黑发亮的牡马，他在母马们旁边跳来跃去，把她们拢在一处，俨然是一个牧马行家。他黑玉般发亮的外套同他的女眷们金色的皮毛交相辉映，鲜明动人。

母马们原本温驯，要是没有那个新来乍到、不期而遇的家伙，本可以轻而易举地赶回家去。黑马被搅了兴致，狂怒不已。他的野性仿佛也感染了母马群，他飞奔着左驱右赶，在跑得开的地段驱赶着他的马群随他全速奔跑。他们疾驰而去，把驮着牧人的矮种马轻而易举地甩在了后头。

这简直令去找马的两个人气得发疯，他们最后都拔出枪来要伺机结果了那匹“该死的牡马”，却一直找不到下手的机会，因为在当时九比一的情形下，如果开枪很可能会误杀一匹母马。漫长的一天过去了，尽管牧人们想尽了办法，却无济于事。那匹天生的侧对步跑马携带着他的家眷们消失在南边的沙丘地带。牧人只好骑着疲惫不堪的小马往回走，一路上赌咒发誓，要向导致他们失败的罪魁报仇雪恨。他们边走边骂，也算出了一口恶气。

更让人气恼的是，一两次这样的经历会使母马们变得同那匹野马一样野，而且看起来这一切似乎已成定局，无法挽回了。

关于低等动物群中的雄性以其形体之美与英勇无畏赢得异性倾慕的能力，科学家们各执一词，但不论是倾慕还是英勇本身，

有一点是肯定的，那就是有非凡天赋的野生动物能够很快地从他的情敌手中赢得大批芳心相随。这匹了不起的黑马，甩动他黑墨般的鬃毛和尾巴，眼睛里闪烁着绿宝石般的光芒，漫游在整个牧区，吸引了许多牧群中的母马以身相许，跟随其后，成为他二十多个妻妾中的一员。其中大多数不过是放到牧场上的卑微的小牧马，可是那九匹混血大母马也在其中，她们自成一体，非常醒目。据目击者说，这匹黑野马总是以那样旺盛的精力小心谨慎地围护着他的马群，任何一匹母马，只要加入，对其主人来说就是一去不复返了。牧人们很快就意识到他们的牧场上出现了这样一匹野马，他造成的损害比其他所有的损失加起来还有过之而无不及。

二

那是一八九三年十二月，我初到此地，要从坐落在皮尼亚韦蒂托河畔的牧场主的住宅乘坐一辆四轮马车去加拿大河。就在我要动身的时候，福斯特对我说："如果有机会把枪口对准那匹该死的野马，一定要当场毙了他。"

这是我头一次听人提到他。在这之后我的向导伯恩斯一路边走边向我讲述有关这匹黑野马的整个故事，从此，我对那匹大名鼎鼎的三岁野马充满了好奇，很想亲眼看看。可第二天我们来到羚羊泉所在的那块草场时，却没发现野马及其马群的一丝踪影，我简直失望透顶了。

可是在第三天，我们过了阿拉莫萨河，再次上行到那片起伏的草场，骑马走在前头的杰克·伯恩斯突然伏身贴在他的马脖子上，回头对坐在车里的我说：

“快拿枪，看——那野马在那儿呢。”

我一把抓起枪，急匆匆地赶上去，从一个山脊上往下看去：下面的低地里有一群马，马群的一头就是那匹大黑马。他已经听到了我们走过来的声音，并不是没有察觉到危险。他站在那儿，昂起头，竖起尾，大张着两只鼻孔，俨然是一尊完美的雕像，美得无懈可击，浑身散发着一种草原上出没的动物所特有的高贵气质，将这样显赫的生灵变成一堆腐肉，哪怕动一下这种念头都是极为可怕的。于是，我不顾杰克再三催我“快开枪”，故意磨蹭着，便闹崩了。一向性子急、脾气暴的杰克一面骂我动作慢一面冲我吼道：“给我枪！”就在他一把抓过枪的同时，我把枪口往上一抬，“意外”地放响了一枪。

下面的马群立刻惊乍起来，那位伟大的黑首领喷着响鼻，发出一阵嘶鸣，在马群四周来回疾跑，将母马们拢成一堆，然后马蹄隆隆、尘土飞扬，整个马群如离弦之箭，飞驰而去。

黑马左右兼顾，紧盯着他的马队，一会儿在前头领路，一会儿在后面驱赶。我一直看着他跑出了我的视线，发现他确实一次

也不曾乱了步伐。

杰克满口西部土话，不仅咒那匹野马，还骂我，骂我的枪，而我则因那马的力量与健美而满怀欣喜。即便把那些母马都给我，我也绝不会去伤害他油亮油亮的皮毛。

三

捕猎野马的方法有好几种。其中之一是擦伤法，也就是说，用一发子弹擦破他颈背的一点儿皮，这样他就被吓晕了，好长时间醒不过来，趁这个时候就可以捆住马腿。

“得！可我见过上百匹马因此而被打断了脖子，还从来没有见过有人用那种方法擦伤过一匹野马。”野人乔不以为然地予以批评。

有的时候，如果地形条件允许，可以把野马赶进畜栏；还有一种情况，可以用几匹特别好的坐骑连续出击追捕到野马。但最普通的方法是跟他们竞走，将他们走垮，这办法可能显得有点儿自相矛盾。

黑野马从不四蹄腾空，总是以侧对步溜蹄跑，并因此威名远扬。处处有人谈论他的步态如何美、速度如何快、气势如何壮，而且总是极尽渲染之能事。当时有一家牧业公司以“二角一杠”图案为烙印；该公司的蒙戈马利老头偶然来克莱顿镇上的威尔旅店小住。当着许多人，他说如果传闻属实，若有人能捕获那匹野

马并安全装上车，他愿意出一千美元。于是就有那么十几个年轻牛仔跃跃欲试，想捞这笔钱，都等着手头已订了约的活计一忙完就马上行动。可野人乔打这桩买卖的主意已经有相当长一段时间，不能再等下去了，于是他顾不了手头已签过协议的工作，当晚便一宿不睡，窸窸窣窣地筹备出猎所需的种种器具物品。

乔透支了他自己业已过分透支的信贷，动用了已经滥用过度的朋友的慷慨，终于搞到了二十匹好马和一辆马拉大篷车，并为三个人——乔自己、他的搭档查理以及厨子——准备好了两周的生活必需品。

他们从克莱顿出发，发誓此行定要走垮那匹快如闪电的野马。第三天他们到达了羚羊泉。因为时值正午，所以看到黑马率领他的马群从上而下大踏步地走来饮水，他们并不惊讶。乔躲在一边，等着整群马个个都饮足了水，因为他知道口渴的动物要比灌了一肚子水的跑得快得多。

随后乔悄悄地纵马上前，可在相距尚有半英里的地方惊动了黑马，他领着马群窜上一片长满皂草的台地，转眼间在东南方向消失了。乔全速飞驰，紧随其后，一等发现他们的踪迹便随即返回营地去指挥队员，就是那个厨子，向南部的阿拉莫萨河进发。接着他便往东南方向追去，跑了不到两英里就再次发现了他们。

乔放慢速度，缓缓靠上前去，结果离得太近又一次惊得马群向南奔逃。这次乔不再紧跟在马群后面追赶，他推测马群的方向，然后从近路包抄。驱马小跑了一个钟头之后，野马群又近在眼前了。乔再次不动声色地靠拢过去，再次惊得马群飞驰而去，就这样周而复始，整个下午野马群被不断赶得向南奔逃。到了日落时分，果然不出乔的预料，他们已经离阿拉莫萨河不远了。这时候马群就在近旁，乔又一次地将他们惊跑之后，催马回到马车那儿去了。已经休息了一个下午的搭档，跨上另一匹好马，继续他们不紧不慢的追逐。

晚饭后，马车行至阿拉莫萨河上游的浅滩处，按计划在那里安营过夜。

这期间，查理继续紧盯着马群。因为追逐者并没有表露出任何进攻的迹象，马群逐渐习惯了他们的陪伴，跑得也没有刚开始那么远了。夜色降临后他们反而显得更加醒目，因为他们当中有一匹母马浑身雪白发亮。借着天空中一牙弯月的亮光，查理随他的坐骑选择脚下的路，静悄悄地跟在马群后面，确切地说是跟在那匹白得像幽灵一般的母马后面，跟着她就等于跟住了整个马群。最后黑夜吞噬了一切，马群也消失了踪影。于是查理下了马，卸下鞍，把马拴好，裹上毛毯，一眨眼就睡着了。

天空刚刚露出一丝微光，查理就起来了，多亏那匹白马，他发现马群离他只有短短半英里的路程。查理刚一靠近，黑马尖厉的嘶鸣像军号一样把他的部队催成了一支飞虎队。但他们在下第一块台地之前停下脚步回头张望，似乎想弄清楚是什么人这样对他们穷追不舍，他究竟想要干什么。野马们顶天站着凝望了一阵子，直到黑马确信已经了解到了来人的意图，这才一跃而起，黑黑的鬃毛迎风飘展，像流星一般，率领他的母马们疾驰而去，他富有节奏地起伏跃动，仿佛充满永不疲倦的活力。

这一回马群被赶得绕向西行，同样的游戏重复了几次：奔逃——追逐——赶上——再奔逃。快到中午时，马群经过了印第安人阿帕切部落曾经用过的瞭望台——野牛崖。乔正在这里守候着。他用一缕长烟通知查理回营地休息，查理则用一面小镜子反射阳光作答。

乔骑上新备的马跑过来，继续追逐。查理回营地吃饭休息，然后沿小溪上行。

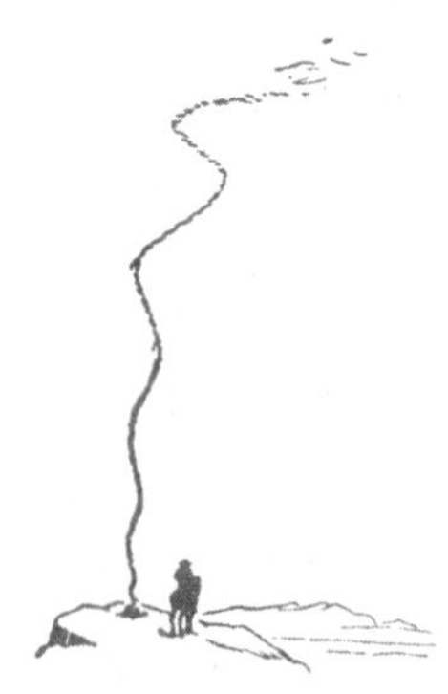

那一整天乔都跟着马群，并且在必要的时候设法使马群绕着一个很大的圈子跑，好让他们的马车走捷径。日落时分乔到了佛得岔路口，查理正在那儿，牵着一匹精神饱满的马，拿着吃的等他。随后乔继续他那种从容执着的追逐，从傍晚一直跟到深夜。野马群现在好像已经逐渐习惯了这两个看上去毫无恶意的陌生人，因此更容易跟上了；况且，持续的奔波已叫野马群疲惫不堪。他们远离了牧草肥美的草场，不像跟踪他们的那些马一样有谷料可吃，尤其是那种持续的紧张情绪，尽管不是很强烈，却也对他们产生了显著的影响。他们什么也不想吃，却干渴难忍。每到有水的地方，乔总是放任，甚至鼓励他们去痛饮一番。谁都知道大量的水在一匹奔跑赶路的动物身上所起的作用：它只会使四肢僵硬、呼吸困难。乔很留心不让自己的马饮水过量，因此到那天夜里，跟在野马群后面露营的时候，野马们都已筋疲力尽，乔和他的马却还精神得很呢。

天亮的时候，乔一眼就发现了不远处的野马群，他们受惊后就跑了起来，但没跑多远就慢下了步子。现在看起来，这一仗就要打赢了，因为在整个“走垮”过程中最难做到的就是在野马精力充沛的头两三天咬住他们不放。

那天早上，乔始终盯着马群，而且总是盯得很紧。十点左右，查理在何塞峰附近换下了他。一整天马群仅向前挪了四分之一英里，精神比前一天差多了。晚上查理换了匹马继续把野马们向北赶去。

第二天，野马走起来个个都耷拉着脑袋，不管黑马怎样费力地驱赶，马群和追逐者之间常常相距不足百码。

第四天、第五天乔他们也是如法炮制，马群很快就要回到羚羊泉了。到目前为止，一切都如期进行，十分顺利。野马们绕了一个大圈子之后又返回原地，而追捕者的马车只走了一个相对小得多的圈儿。野马们返回了起跑点，已经精疲力竭，而猎人们回来时，却同他们的胯下坐骑一样精神饱满。马群渴了一整天，快到傍晚的时候才被赶到泉边豪饮。对在行的套马人来说，现在正是下手的最好时机。他们骑着饱餐谷料的马，手持绳套靠上前去。突然大量地饮水对野马们来说简直就是自我毁灭，他们的呼吸和四肢几乎瘫痪了，所以很容易套住他们并将他们一个个地捆住。

整个行动进行得十分缜密，只有一点儿漏洞。这场追捕的起因与目的，也就是那匹黑野马仿佛是钢筋铁骨，那不停起伏摆动的侧对步溜蹄竟然同追逐开始的那天一样轻快有力。他上下奔跑，把母马们赶到一起，并用他的声音、动作催促她们逃跑。然而这种游戏母马们已经玩不下去了，在夜里曾帮他们发现马群的那匹老白马几个小时前就已经出局，筋疲力尽，再也爬不起来了。几匹杂种母马看起来已经完全不再怕那几个骑手，整个马群明显处于乔的掌握之中。但这次追捕的终极目标却一如既往，遥不可及。

接下来的事情令人费解。乔的同伴很了解他，如果当时他勃然大怒一枪崩掉那匹黑马，他们绝不会吃惊的，但乔却压根儿没有这样的念头。在这一周漫长的追逐中，他眼看着黑马一天又一天地疾驰飞奔，永远侧对步溜蹄，从未见过他四足腾空。

牧马人对这匹品质高贵的良马的爱慕与日俱增，他宁愿一枪崩了他自己最好的坐骑，也绝不会想到要去伤害那绝妙的生灵。

乔甚至问自己是否还想得到那笔为黑马而设的丰厚奖金。这样的马本身就是一笔财富，用他配种可以繁衍一个侧对步赛马的种群。

但终极目标还没达到——该结束追捕了。乔最棒的坐骑被牵了过来，她是一匹具有东部血统却在西部草原上长大的母马。如果不是因为得了一种怪病，她绝不会落入乔的手中。这个地区生长着一种名叫疯草的荆棘，大多数牲口碰都不去碰它，但偶尔会有一两个倒霉蛋试着尝上几口，从此便上了瘾。这疯草的功效有些像吗啡，上瘾的动物尽管在相当长的时间内是正常的，却经常急切地要吃到这种毒草，并且最终会发狂而死。如果一头牲口疯了，人们就说得了疯草病。乔这匹最好的坐骑眼中闪烁着一种狂野的光芒，内行一看便明白是怎么回事。

可是她的速度和体力最适合跑这辉煌的最后一程。这时候套母马简直易如反掌，但已经没有那个必要了。可以把她们从她们的黑首领那儿赶开并一路赶回原来的畜栏。然而那位首领显得具有不可驯服的力量，乔为自己棋逢对手而欣喜，便催马向前，去挑战机遇。他把绳套抛在地上拖着，解开了每一个绳结，然后在马上把它在左手掌上绕成最简捷的圈子。在整个追捕过程中，乔头一次上了马刺，踢着他的马径直奔向四分之一英里之外的黑马。黑马全速飞驰，乔也全速尾随其后，累极了的母马们纷纷向两侧闪开，让出了一条通道，这匹新换的母马奋力奔腾，而黑马仍以他那种远近闻名的步伐，保持着领先地位。这样一前一后两匹马竞逐在开阔的平原上。

事态的发展令人难以置信。乔不断用马刺踢他的马并且大声地吆喝着，母马快得几乎要飞起来了，却丝毫不能将差距缩短半分。黑马像旋风一般横穿过平地，一会儿上坡，一会儿又跑过一块长满皂草的台地，一会儿下坡，绕过一片沙地，跨过一段草地；一群草原犬鼠狂叫了一阵后又藏到下面去了。等乔追过来一看，黑马竟然比刚才更为领先了，他简直不敢相信自己的眼睛，气得忍不住大骂自己为何如此背运。他连续用马刺踢他的马，催她快些再快些，最后那可怜的靠不住的畜生惊恐万分，翻着白眼，发疯似的晃着脑袋，慌不择路，一脚踏进一个獾洞，一头栽倒在地，乔也被摔到地上。这一下乔可摔得不轻，但他还是站了起来。他想再次跨上这匹疯马，但那可怜的畜生算完蛋了：她的右前腿松垮垮地吊着。

无可奈何，乔只好解开马肚带，帮她永远摆脱痛苦，然后扛着马鞍回营地去了。而黑马则疾驰而去消失在天际。

不过这还不算彻底失败，因为那群母马现在已在掌握之中，乔和查理小心地把她们赶回“LF”公司的牲口栏，得到了一笔丰厚的酬金。但乔比以往更想得到那匹黑马。他已经看到这匹马是块什么材料，越发地器重他珍视他，现在只需极力想出一种更好的办法去抓住他。

四

随行的厨子叫贝茨——托马斯·贝茨先生，这是他在邮局领取邮件时用的全名。每隔那么几天贝茨总要去邮局查收寄给托马斯·贝茨先生的信件与汇款，却从来不曾有任何收获。牛仔们都叫他火鸡爪印汤姆，因为他老说火鸡爪印是他的烙印图案，在丹佛注过册的，还说他曾在北部某地的平原上拥有过无数牛马，全部都烙上了他的烙印。

乔拉汤姆入伙的那会儿，他曾挖苦说一打那样的野马也不值十二块钱，他宁愿靠他那微薄的工钱过活也不愿去捕野马，他所说的也确实是当年的时价。然而有谁会在亲眼看见了黑马的纵横驰骋之后不为之动心甚至发疯发狂呢？火鸡爪印汤姆也经历了同样的心理变化，现在他也想把黑马搞到手，但具体怎么干他还没想好。有一天，一个叫比尔·史密斯的人来到那家牧场，用比尔自己的话说，是那家牧场“把我挖过来的”。人们习惯上都叫他马掌比尔，因为他的牛烙印用了一个马掌的图案。他品尝着美味的鲜牛肉、面包和劣等咖啡，还有桃干、糖蜜。马掌一边

吃，一边用憋了满嘴面包的口气说：

“呵，我今天看到那匹黑野马了，近得差不多能在他的尾巴上编个小辫儿。”

“怎么，你没开枪？”

“没有，不过就差一点儿。”

“你可别犯傻，”坐在桌子另一头的一个“又杠 H”牛仔说，“我估算着在下次月圆之前把我的印章烙到那个帅哥身上去呢。”

“那你可得快点儿下手，要不然你去了也只会在他身上看到——一个‘三角圈一点’。”

“你在哪儿碰上他的？”

“嗯，是这么回事，当时我正骑马经过羚羊泉旁边的那片浅沼，看见泉边那圈灯芯草带中间的干泥上有一堆什么东西。以前从来没见过，于是就骑着马过去，心想说不定是我们自己的牲口呢。走近才看清楚原来是一匹马平卧在那里。当时风像是从他那边刮过来的，所以我就继续靠过去，发现竟是那匹黑马，像条死鱼似的一动不动。可他肚子不胀，身上不见口子，也没有什么怪味儿，我一时有点儿犯糊涂。等看见他耳朵一抖轰走一只苍蝇，才明白他是在睡觉。我取出自己的套马绳，把它绕成圈儿，可发

现我的绳子太旧，有好几处已经快磨断了。我的马鞍只绑了一条肚带，骑的马不过七百磅重，却要对抗一千二百磅重的公马，于是我心想，‘那没用，那样做只会扯断我的马肚带，把我摔下马，连马鞍也会丢掉。’于是我用索眼敲了一下鞍头，你们真该在场亲眼瞧瞧那匹野马，他猛地蹿起六英尺高，然后四蹄稳稳着地，像一列转轨的火车一样喷着响鼻，眼睛瞪得鼓鼓的，闪电似的朝加利福尼亚方向奔去。如果他保持起跑时的速度，现在应该已经到加利福尼亚了——而且我敢打赌他一路上步子也不会乱的。”

这故事当时讲得可不像现在你听到的这样连贯，其间多次被在场的人的种种关注打断。从头到尾比尔一会儿吃喝，一会儿拉撒，故事是从中断断续续渗漏出来的。要知道比尔年轻体壮，没有一点儿死爱面子常作假的毛病。于是叙述还算完整，再加上比尔人也可靠，因此听到的人都深信不疑。火鸡爪印汤姆话最少，心眼儿最多，这故事启发了他，想出了一个新点子。

晚饭后火鸡爪印吸着烟斗，再三琢磨，决定得找个帮手。他叫上马掌比尔，两人商定合伙冒一回险去抓那匹野马。如果能把他弄上车，据说奖金已涨到五千块了。

黑马还是跟往常一样在羚羊泉边饮水。因为现在是旱季，水位低，泉与四周环绕的莎草之间空出了一圈宽宽的干黑泥带，有两处地方被往来饮水的动物踩出来的小路穿过，马和野生动物常走这两条小路，而那些长着犄角的牛则毫不犹豫，直接穿过莎草地走捷径。

在小路上动物蹄印最多的位置，他们俩挥动铁铲干了起来，最后挖出了一个十五英尺长、六英尺宽、七英尺深的大坑。为了赶在野马饮水前完工，他们埋头苦干了整整二十个小时，一直挖到能渗出水的地方才住手。然后又用木杠、树枝和土把挖好的坑巧妙地盖上，这才走开，到远处特意挖好的两个小坑里藏了起来。

快到中午的时候，野马走了过来，自从他的马群被掳走，他便形单影只了。黑泥带另一边的小路很少有动物走动，老汤姆为了以防万一又在上面撒了些新拔的灯芯草，黑马要是一时心血来潮想过这条不常走的路，也会因为那些草而选择另一条道的。

到底是什么样的天使在不知疲倦地，甚至连个盹都不打地守护着这些野生动物呢？尽管有一万个理由走常走的那条路，但野马这一次却选择了另外一条。形迹可疑的灯芯草并没能阻止他，他从容地走到泉边，俯身饮水。要避免全盘皆输，当时的情形下只有一个办法：野马总是要再次这样低头饮水的。等他再次低下头的时候，汤姆和比尔从他们的藏身洞里跳出来，飞快地跑向野马身后的小路，就在野马昂起他骄傲的脑袋的一瞬间，比尔冲他身后的地上开了一枪。

野马迈开他远近闻名的步子，直冲陷阱奔去。眼看着他马上就会掉进陷阱。他已经上钩，两个人感觉已经稳操胜券。但野生动物的守护天使就在他身边，他听到了人类无法听懂的警告，于是全力纵身一跃，跨过了长十五英尺的危险地带，踏得脚下尘土飞扬，毫发无损地跑得无影无踪。从此以后，他去羚羊泉再也不走那两条常走的小路了。

五

野人乔浑身都是使不完的劲儿，他一门心思要抓到黑野马。听说有别人也在为了同一目标而积极行动，他便赶紧下手，采取了一种尚未有人尝试过的最佳方案。北美郊狼用这个办法捕猎比它跑得更快的长耳大野兔，骑在马上的印第安人也用这个办法捕获比他们快得多的羚羊。这就是轮番追击。

南至加拿大河，东北至其支流皮尼亚韦蒂托河，西至乌泰河谷所在的堂卡洛斯丘陵，这三点之间形成了一个六十英里大小的三角形野马活动区域。据信他从未走出过这一区域，羚羊泉则一直是他的“总部”。乔很熟悉这地方，不仅野马所走的路线，还有所有的水源，所有的峡道，他都了如指掌。

假如能有五十匹好马，乔便可以将他们安置在有利位置以有效地控制全盘，而实际上他最终只搞到二十四坐骑和五名优秀骑手。

上阵前的头两周乔一直给这二十四马喂食谷料，现在它们被赶着走在最前头，而每个骑手也都早已掌握了该如何演好自己的角色，并在前一天被派往各自的岗位。开场的当天，乔驾着马车赶到羚羊泉草原，在远处的一小块洼地中安营扎寨，然后静静等候着。

终于，他来了——那匹油黑发亮的野马。他形单影只地从南边的沙丘地带走来，心平气和地走向泉边，绕着泉来回嗅了好一阵子，想知道有没有暗藏的敌人。然后才走近没有任何痕迹的地方开始饮水。

乔静静地注视着这一切，希望野马会痛饮一番。就在野马转过身找草吃的当儿，乔把马刺踢向胯下坐骑。野马听到马蹄声，看到冲过来的马，没有细看便飞奔起来，穿过浅沼一直向南，保持着那种远近闻名的步态，有节奏地起伏摆动，遥遥领先。现在他正跑过一片沙丘，均匀稳定的步伐更使得他优势明显，而乔那匹马则负载过重而一次次地陷在沙中，一步步地落后。等跑上一块平地时，追击者似乎赶了上来，而后，在下一个很长的斜坡时，因为不敢放开步伐而再次步步落后。

就这样不停地跑啊跑，乔毫不吝啬地使用他的马刺和皮鞭。一英里，一英里，又一英里，远远地，阿里巴峡谷的那块岩石终于隐约可见了。

乔知道已经有人备好马在那里等着他，现在他们正朝那个方向飞驰而去。野马黑油油的鬃毛在风中飘展着，越来越远地将对手抛在了身后。

阿里巴峡谷终于到了，为了不使野马改变路线，守候在那里的人闪到一边，眼睁睁地看着他冲了过去——冲下峡谷，冲上陡坡，始终保持他那独特的步态。

乔在那匹满口白沫的坐骑上颠簸而来；他纵身跃上等在那儿的另一匹坐骑，然后催马奔下斜坡，在黑马身后紧追不舍。一前一后上了高地后，乔再次用马刺催赶他的坐骑，跑啊跑啊跑啊跑，却始终无法缩短他与黑马的距离。

嗒嗒，嗒嗒，嗒嗒，黑马跑了一小时又一小时，四蹄踩着不变的节拍。阿拉莫萨河就在前面，新的人手与马匹正在那里等候。乔高声呵斥着他的坐骑不懈地追赶。黑马原本正冲那个方向而去，但就在最后两英里，不知是什么奇妙的预感使他转向左边，乔害怕黑马会因此而脱逃，于是不顾一切地催打他那匹乏马追上去拦截黑马返回原路。一场最艰辛的、从未经历过的角逐开始了。只听见人和马大口喘气的声音以及每一次集聚全力跃动时皮具的吱轧声。乔从右边包抄过去，似乎靠近了黑马。同时他又拔出枪来，一发发子弹打得尘土飞扬，终于迫使黑马掉头回到右边的通道上。

追击仍在继续。黑马穿过岔路口，上了右边那条道，乔却连人带马栽倒在地，他的马在狠跑了这最后三十英里后已经疲惫不堪，乔自己也体力难支。飞扬的碱土灼痛了他的双眼，他觉得自己简直快要瞎了。于是他只好摆手让他的同伙“接着追，务必把他追到阿拉莫萨河滩”。

跨着一匹壮实的新马，这骑手闪电似的追了出去，与黑野马一前一后在起伏的平原上疾驰。黑马喷出的雪白泡沫溅得满身斑斑点点，肋条随着粗重的呼吸深沉地起伏，这一切都表明他也累极了——但他却仍然不停地向前。

骑着一匹姜黄马的汤姆刚开始似乎已向黑马靠近，可接下来又节节落后，另一个小伙子接替了汤姆向西追去，追过了草原犬

鼠的一座座城池，追过一片片皂草地和数十丛仙人掌，被刺得鲜血淋漓，咬牙忍痛仍不停地向前。飞扬的尘土和着汗水，黑马现在已变成了一匹花斑棕马，但步伐依旧。追在后面的小卡灵顿开始时的快马加鞭已经挫伤了坐骑的元气，现在只好用马刺强迫他抄近路跃过一个黑马避开的沟涧。结果，一步踩空，连人带马一起掉了下去。

小伙子捡了条命，可那匹小马却躺在那里了，而黑野马仍飞也似的向前奔走。

盖利格老头的牧场就在近旁，乔已经抄近路去那里休整了一会儿。现在他振作精神，继续追击。三十分钟不到，他便又紧紧咬住了黑马。

已看得见西边远处的卡洛斯丘陵，新的人手和坐骑正等在那儿。不肯服输的骑手正竭力使跑道转向那边，可黑马却突发奇想，可能是得到了某种内在的警示突然改变了方向。他猛地扭头向北。乔这个技艺高超的牧人，一边驱马直追、高声吆喝，一边冲黑马脚边的地上开枪，希望能扭转局面。但这野马像一颗黑色的流星划过溪涧，踏水而去，乔只能尾随其后。接下来又是一场艰辛无比的角逐：如果说乔对野马很残忍的话，他对自己和自己的坐骑更是残忍无比。太阳热辣辣地炙烤着，平原闪烁着热光，沙尘和汗水烧烤着乔的眼睛和嘴唇，然而追捕仍在飞速进行。要想取胜，唯一的希望就是将野马赶回大峡口。这时候，乔头一次看出了黑马体力衰竭的蛛丝马迹：他的鬃毛和尾巴已不再像先前那样高高飞扬，短短半英里的优势也已被缩短了大半。然而，他依然领先在前，用侧对步奔驰、奔驰、奔驰。

一小时又一小时他们就这样跑过去。但还是再次转回了方向，到大浅河滩时，天已经快黑了——足足跑了二十英里。乔兴致正浓，他抓过等在那里的坐骑接着追上去。而他留下的那匹马则大口大口喘着气跑到河边，咕咕地喝足河水，然后倒在地上死去。

乔勒马后退，希望冒汗的黑马也会上前痛饮一番。黑马此时累得口吐白沫，却仍不失其聪明，他只吞下一口水，便溅水过河疾驰而去，乔赶紧打马急追。那天人们最后看到他们时，黑马只领先数步，似乎伸手可及，而乔的马则紧随其后。

乔步行回到营地时已是清晨。他的这次冒险故事讲起来很简短：死了八匹马，累倒了五个人——那匹无与伦比的黑马毫发无损，依然自由自在。

“绝对不可能，根本不行。只可惜我不曾伺机一枪打穿他那恶魔似的身子。”乔说完，便再也不敢想这件事了。

六

老火鸡爪印在这次追猎中是专门为几位骑手做饭的。像其他人一样，他饶有兴致地观看了整场追捕，失败以后他对着面前的铁锅露齿一笑，说道：“除非我是个该死的傻瓜，否则就一定得把那野马搞到手。”他回头从《圣经》中寻找先例，这是他的习惯，于是他对着那口锅说：

“想想当年非利士人是怎样逮住参孙的，不就是因为他们利用了参孙一个天生的缺陷吗？而亚当假如不是因为一个人人都知道的小缺点，可能至今还在伊甸园逍遥呢。要抓到那野马我一个人就够了，何必要同别人分享那五千块钱呢。”

不断的追捕使野马比以往更富于野性，但他仍未离开羚羊泉。那是唯一安全的饮水处，方圆一英里都是开阔地，敌人很难隐藏。野马差不多每天中午都来，他总在四周彻底地探查一番之后，才过去饮水。

自从妻妾们被抓走，野马已经孤单了一个冬天，老火鸡爪印对这一点非常清楚。这老厨子的朋友有一匹漂亮的棕色小母马，他认定可以用她来达到自己的目的。他带着两个最结实的马脚绊、一把铁锹、一根备用的绳套和一根结实的木桩，骑着那匹小母马向著名的羚羊泉进发。

几只羚羊沐浴着早晨的清新，在前方的平原上掠过。牛群三三两两地卧在草地上，草原云雀高昂、甜美的歌声处处可闻，晴朗无雪的冬天过后，春天就在眼前。草儿一天天绿了起来，大自然中的一切都仿佛沉迷于爱的情思中了。

爱的气息就在空中弥漫。那匹被拴在木桩上的小母马，一边低头吃草，一边时不时地仰头发出一阵阵尖厉的嘶鸣，那一定是她的情歌——假如她也会唱歌的话。

老火鸡爪印仔细观察了当地的风向和地形。上次他费了不少力气挖出的那个坑还在，大敞着口，里面积满了水，散发出淹死的草原犬鼠和田鼠的臭味。因为有这个坑挡住了原来的道路，动

野马踏着他闻名的侧对步跑了

物们只得另辟蹊径。老火鸡爪印在平滑的草地附近选好一个莎草丛生的土堆，先将带来的木桩牢牢地栽进土堆里，然后在旁边挖一个足以容身的洞，在洞里铺上毯子，又把拴小母马的绳子收紧，她几乎一步都动不了；然后把套马索摆开，铺在拴马桩和他的藏身洞之间的地上，将长的一端固定在木桩上，又用土和草盖上绳子。一切就绪后，他便躲进了藏身洞里。

就这样等了好长时间，大约中午时分，小母马脉脉含情的歌声终于赢来了西边远处高地那边传来的应和，湛蓝的天际剪影出一匹乌骏马——正是那声名赫赫的黑野马。

他迈着他那长长的步子跑过来，太多的追捕使得他越发地机敏，他时常停下脚步举目凝望，发出阵阵嘶鸣，小母马的回应显然已令他心动。于是他继续靠近，又叫了一声，感到惊恐，便转了一个大圈，企图嗅寻敌人的气味，似乎心存疑虑。守护天使在他耳边轻声说道“别去”，但那匹棕色小母马又在呼唤了，黑马绕着圈子一步步地靠近，也发出一阵嘶鸣，这一回他得到的答复似乎赶走了他所有的恐惧，并一下子点燃了他心中的烈火。

于是黑马腾跃上前，最后用鼻尖碰了碰小母马的鼻子，发现她的反应正如他所期待的那样热烈，就立即抛开了所有对安危的忧虑，沉浸在征服的快乐中。最后，正当他在周围腾跳的时候，突然他的两只后蹄踩进了那险恶的绳索，只见绳子猛地一抖，活结被拉紧，黑马被套住了。

惊恐的响鼻和腾空一跃给了汤姆加一个双结的机会。套环带起绳索在空中一闪，蛇一般地缠住了那两只强健的马蹄。

恐惧曾一度使黑马的速度和力量倍增，但挣扎到临了，他还是摔倒在地，沦为阶下之囚。老汤姆丑陋、矮小、弓腰驼背的身形从藏身洞中跳出来，走过来完成对这非凡生灵的最终征服。野马巨大的力量难敌这小老头儿的聪明。他喷着响鼻，不顾一切地腾跃，力量大得吓人；他不懈地冲撞，拼命地去挣脱羁绊，想重获自由，但无济于事。绳套非常结实。

汤姆又熟练地抛出另一个绳套，套住了黑马的前蹄，接着又熟练地收紧绳套绑住马蹄。不一会儿，狂怒的野马就绝望地躺在地上；四蹄已经被绳子牢牢地绑在了一起。他还是徒劳地挣扎着，直到精疲力竭，一阵阵强烈的呜咽使他全身抽搐，大滴大滴的泪珠顺着面颊滚落下来。

汤姆站在一边看着，这老牧人心中发生了一种突兀的情感变化。他紧张得全身发抖，盯着自己巨大的囚徒发愣，一时间不知所措。这种情形自他套住第一头公牛以来再未发生过。但那种感觉很快就过去了，他给大利拉[①]上了鞍，解下第二个绳套拴在野马脖子上，由小母马撑起野马的脑袋，又给野马加绑上马腿捆，这下，老汤姆觉得万无一失了。他正要松开绳套，突然一个念头闪过脑海，使他住了手。他竟然把一件至关重要的事忘得一干二净：依照西部的法律，这匹野马属于第一个在他身上烙上自己印章的人。可现在他们离最近的烙铁也有二十英里之遥，这可怎么办？

老汤姆走到小母马身边，将她的蹄子一个个地拿起来看，太好了，有一个马掌有些松动。他用铁铲把它撬下来。平原上有的是野牛粪和类似的东西可以做燃料，汤姆点起一堆火，很快烧红了马掌的一个弯子，用袜子裹住另一个弯子将马掌拿起来，粗手笨脚地在无助的野马左肩上烙上一个火鸡爪印，这是他的印章头一次真正地派上用场。

烙铁烧灼着皮肉，黑马战栗不已。这一切都在瞬间完成，大名鼎鼎的野公马从此不再是自由之身。

下一步，就是将他弄回家去。绳套解开了，黑马感到被松了绑，以为自己重获自由了，于是一跃而起，可刚一迈步就又摔倒在地，他的两只前蹄仍被紧紧绑在一起，此时唯一可行的步态只能是拖足而行，或者拼命费劲地蹦跳，两脚被如此不近情理地绑着，走不了几步。他每每试图挣脱，可总是难免摔倒。汤姆骑着轻巧的小

① 大利拉是参孙的非利士情妇，将参孙出卖给非利士人。本章第二段汤姆讲了这个《圣经》典故。这里的参孙指野马，大利拉指小母马。

母马，一而再，再而三地想带他走，他凭借驱赶、吓唬和引诱，努力将这口吐白沫、狂野的猎物向北赶往皮尼亚韦蒂托河谷。可野马就是不走，毫不妥协。他惊恐地抑或是愤怒地喷着响鼻，狂野地蹦啊跳啊，一次又一次地试图逃跑。那是一场漫长、残酷的搏斗。野马光滑的身体两侧沾满一层厚厚的黑沫，上面血迹斑斑。一整天的追逐未曾让他摔倒，不能使他疲倦，可现在，他却一次又一次重重地摔倒，体力消耗殆尽，他竭尽全力左蹦右跳，但已不是十分有力了，大口呼吸时喷出的飞沫有一半是血。但捕获他的人却是那么残忍、蛮横、冷静，仍然强迫他往前走。他们一点点地挪下了通向峡谷的斜坡，每向前一步都像是打了一仗，现在他们踏上了通向峡谷唯一出口的洼地，这里正是野马过去领地的最北端。

最近的牧舍和畜栏在望了，猎手禁不住欣喜万分，而野马则积聚剩下的全部力量再一次做孤注一掷的冲撞。他沿着小路一步一步又一步地挪上了草坡，对频频挥动着抽打在身上的皮鞭和屡屡射向空中的枪弹置若罔闻，一切都无法改变他疯狂的路线。一步又一步，他上啊、上啊，在无数的冲撞之后终于站在了最陡峻的悬崖之上，随后便纵身一跃，落入悬崖下的一片空旷之中，落下去——落下去——落下两百英尺，掉到下面的岩石上。一具躯体——了无生命，却自由自在。

巫利，一只黄狗的故事

巫利是一只小黄狗。要明白，黄狗不一定和黄颜色的狗是一码事儿。他不单单是一只毛片儿充满了黄色素的犬科动物。他是所有杂种狗当中最杂的狗，是所有狗的最小公倍数，是所有品种的无品种的联合，可是，尽管不属于任何品种，他却来自比他的任何一个贵族亲戚更古老、更优秀的品种，因为他最大自然地企图恢复所有狗的老祖宗——豺的古老血脉。

的确，豺（cains aureus）的学名意思就是“黄狗”。这种动物的不少特点可以从他已经驯化了的后代身上看出来。这种平凡的杂种狗精明强干，吃苦耐劳，比他哪一门的“纯种”亲戚都更具备真正的生存斗争的条件。

假如我们把一只黄狗、一只灰猎狗和一只斗牛狗丢弃在一座荒岛上，六个月后，能够欢蹦乱跳活着的会是谁呢？毫无疑问，肯定会是那只人们看不入眼的黄毛杂种狗。他没有灰猎狗的速度，却也没有得肺病和皮肤病的隐患；他没有斗牛狗的力气和凶猛，却有比这强一千倍的东西——灵性。健康和机智是生存斗争的可贵条件，当狗的世界不受人类“掌握”时，这种黄毛杂种狗总能脱颖而出，成为唯一获胜的幸存者。

偶尔，这种犲的返祖遗传显得更为完全，所以黄狗有尖尖的耳朵，这时候你可要多加小心才是。他狡诈、勇猛，会像狼一样咬人。他的天性中有种奇特的野性。虽然他具有一些更好的品性，都是人爱狗的基础，可如果受到虐待或者长期身处逆境，这种野性就会发展成死心塌地的背叛行为。

一

小巫利出生在遥远的切维厄特山区。一窝小狗只留下了他和一个弟弟，这是因为弟弟的模样儿绝像当地一只最出色的狗，他自己则是个黄毛小帅哥儿。巫利小时候过的是牧羊犬的生活，做伴儿的是一只调教他的经验丰富的长毛牧羊犬，还有一个智力不比他俩强的老羊倌。两岁的时候，巫利已经完全长大了，也修完了牧羊的全部课程。从公羊角到羔羊蹄，他都了如指掌。他的主人，老罗宾，最后对他的聪明才智非常信赖。他自己常常整夜泡在酒馆里，而让巫利看管山坡上那些毛茸茸的傻瓜蛋。他受过良好的教育，不管从哪一方面讲，都算得上是只伶俐的小狗，真可谓前程无量。可他从来没有学着去鄙视那个老糊涂罗宾。这老羊倌，尽管毛病不少，尽管孜孜不倦地追求着他的理想境界——一醉方休，尽管过着精神萎靡的生活，但总的来说，很少虐待巫利。巫利的回报就是对他崇拜得五体投地，那是世界上最英明伟大的人物都求之不得的。

三只被丢弃的狗

巫利想象不出还有谁能比罗宾更了不起。其实，为了挣一周的五个先令，罗宾全部的体力和脑力都贡献给一个并不十分了不起的牛羊贩子了，这贩子才是巫利看管的羊群的真正主人，当此人还真不如附近的地主那么财大气粗时，便吩咐罗宾一段一段地把羊群赶到约克郡的荒野，再赶到市场上去。在所有三百七十六个脑袋瓜当中，巫利的是最让人感兴趣的，也是最有趣的。

一路平安无事地穿过了诺森伯兰。到了泰恩河畔，羊群就被赶进渡船，随后安安全全地在烟雾腾腾的南希尔兹上了岸。工厂高大的烟囱刚刚开始喷烟吐雾迎接这一天的工作。不透明的灰烟像雾堤和雷滚遮天盖地，像雷雨云低悬在街道上空。羊儿们以为切维厄特罕见的暴风雨排山倒海般地袭来了，它们惊慌失措，全然不顾牧羊犬和老羊倌，乱哄哄地往城里三百七十四个不同的方向逃窜。

罗宾是个小心眼儿，一下子急得六神无主。他干瞪着眼没办法，把羊群瞅了半分钟，才缓过劲儿来发号施令：“巫利，快把它们赶回来。”用过这番心思以后，他便坐下来，点上烟斗，然后掏出打了半拉子的毛袜子织了起来。

对巫利来说，罗宾的声音就是上帝的声音。他撒开腿朝三百七十四个不同的方向跑去，拦住那三百七十四个流浪汉，把它们赶到一起，带回到罗宾面前。罗宾在渡口旁傻呆呆地注视着整个过程，这时他刚刚织完了袜子头儿。

最后巫利——不是罗宾——表示羊儿们全赶回来了。于是老羊倌开始点数——三百七十，三百七十一，三百七十二，三百七十三。

“巫利，”他责怪道，“羊不够，还少一只。”巫利羞得要命，立马飞身一跃，跑遍全城搜寻那只迷羊去了。他离开没有多久，一个小男孩便向罗宾指出，羊全在这儿，三百七十四只，一只也不少。这下，罗宾可犯难了。给他的命令是尽快赶到约克郡去。但他知道，巫利的自尊心很强，如果找不到那只羊，他是绝不会回来的，哪怕偷一只也行。这类事情以前也发生过，结果越闹越麻烦，叫人下不了台。他该怎么办呢？每周五先令的工作都成问题啦。巫利是条好狗，丢了实在可惜。可是主人的吩咐呢？再说，要是巫利另偷一只羊来充数儿，那可怎么办——何况又是人生地不熟的。思前想后他打定主意抛弃巫利，独自赶着羊群上路。至于他会怎么倒腾，没人会知道，也没人在乎。

与此同时，巫利正沿着大街小巷拼命奔跑，千方百计要找回他那只走失的羊，但纯属徒劳。他搜寻了整整一天。到了晚上，他饥肠辘辘，筋疲力尽，脸上又挂不住，便偷偷摸摸回到渡口那儿，结果发现主人和羊群竟然杳无影踪了。他那伤心的样子谁见了都觉得可怜。他呜呜咽咽，四处奔跑，后来又跳上渡船到了对岸，到处寻找罗宾。他又回到了南希尔兹，找啊找，一整夜都在寻找他那个丧门神。第二天他继续找。他在河上过来过去往返了好多回，对过来的每一个人都要瞧一瞧，闻一闻，还精敏不懈地在附近的各个酒馆察访主人。第二天，他开始有条不紊地工作，嗅起每一个可能渡河的人。

渡船每天来回五十趟，每船平均乘坐一百人，巫利回回都在跳板上，嗅着跨过去的每一双腿，绝对没有漏过一回。那一天，巫利按他自己的方法检查了五千双、一万条腿。这样过了一天又一天，整个星期巫利都坚守着岗位，似乎连饭也懒得吃。很快，饥饿与忧虑向他发起了攻击，他日见消瘦，脾气暴躁。没人敢碰他，谁若要干涉他每日的嗅腿工作就会惹得他拼上小命。

一天又一天，一个星期又一个星期，巫利瞅啊盼啊，主人却再也没有露过面。渡船工们学会了尊重巫利的忠诚，给他提供食物和窝棚。起初，巫利只是嗤之以鼻，没人知道他是怎么过活的，但最后实在饿得受不了啦，他便接受了那些馈赠，也学会了对施舍者容忍。尽管痛恨这个世界，但他对自己那个草包主人还是忠诚依旧。

十四个月以后，我结识了他。他仍然雷打不动地坚守着岗位。他那英俊的外貌又恢复了，白颈毛、尖耳朵衬托出他聪明秀气的脸面，处处引人注目。可一旦发觉我的腿并不是他所寻找的，他就再也不瞅我一眼了。在他后来继续守望的十个月里，无论我做出怎样友好的表示，还是像任何一个陌生人一样，没有进一步赢得他的信赖。

整整两年，这只忠心耿耿的生灵都守候在渡口。他之所以没有返回山里的老家，不是因为路途遥远，也不是害怕迷路，而仅仅是因为他始终深信不疑：罗宾，神一般的罗宾，希望他留在渡口，于是他就留了下来。

只要觉得有必要，他就来来回回地过河。一只狗渡一次河，费用是一便士，这样算下来，到巫利停止寻找为止，他已欠了公

司几百英镑的摆渡费了。跨过跳板的每一双腿他都要嗅一下，据专家估算，总共有六百万条腿经过了这位专家的鉴定，但都是白费力气。他依旧忠贞不渝、从不动摇，不过长期的紧张和疲劳使他的脾气显然变得乖戾了。

罗宾后来如何，我们从来没有听说过。可有一天，一个健壮的牲口贩子大步流星地走下渡船码头，正在机械地检查着这个陌生人的巫利忽然一惊，颈毛唰地竖了起来，浑身打起了战儿，发出低沉的吼声，他全部的注意力都集中在了这个牲口贩子身上。

一名船工没弄明白，冲着陌生人喊道："喂，伙计，你可别招惹那只狗。"

"谁招惹他了，你这蠢货，只怕是他招惹俺呢。"这时再解释也是白搭。巫利的态度完全变了。他向那牲口贩子讨起好儿来，尾巴几年来头一次加狂摆起来。

说起来很简单：那牲口贩子叫多利，是罗宾的老相识。他戴的手套、围的围巾都出自罗宾之手，而且一度还是他的一部分行头。巫利察觉到了主人身上的气味，由于对再回到他失踪的偶像身边感到绝望，就索性放弃了渡口的岗位，明确表示愿意跟随这副手套的主人。多利觉得喜从天降，便带着他回到了德比郡群山环绕的家中。巫利重操旧业，当起了一只看管羊群的牧羊犬。

二

蒙萨谷是德比郡最著名的山谷之一。“猪哨”是这儿唯一的一家客店，远近闻名。老板乔·格雷托莱克斯是约克郡人，精明能干，身体健壮。他天生是位拓荒者，但命运却安排他做了店老板。生来又嗜好去干——嗯，不要紧，那地方偷猎的事儿屡见不鲜。

巫利的新家在山谷东部的高地上，就在乔家客店的上方，我到蒙萨谷来，这一点并不是无足轻重的。巫利的主人多利在低地上种了一小块庄稼，在沼泽地养了一大群羊。巫利看管着它们，羊吃草时他放哨，天一黑就赶它们回羊栏，聪明能干不减当年。作为一只狗，他显得过于冷淡，而且总是心事重重，动不动就对着陌生人龇牙咧嘴，但对羊群自始至终呵护有加。那一年，多利一只羊羔也没丢，而邻近的农家却照例给鹰和狐狸奉献了不少祭品。

狡猾的狐狸和可怜的小羊

这些谷地充其量算是一个差劲的猎狐区。到处是岩石嶙嶙的山脊、高峻的石壁、陡峭的悬崖，骑马的人真是犯愁。岩石缝里有的是藏身之处，所以在蒙萨谷狐狸没有猖獗倒成了怪事。可就是没有。人们本来也没有什么可抱怨的。可到了一八八一年，一只狡猾的老狐狸在这块肥地上安了家，就像一只钻进了奶酪的老鼠，不管是猎人们的灰猎狗还是农家的哑巴狗，他都一笑置之。

有好几次他被一群猎犬追赶，但最后他钻进了鬼洞逃之夭夭。在这条峡谷里，谁也不知道那些石头缝儿会延伸到什么地方，一旦钻进去，他就安然无事了。乡亲们开始意识到，他总能在鬼洞里逃生，这绝不仅仅是一个运气问题。曾经有一只灰猎狗，眼看就要逮住这鬼狐狸了，随后却发了疯。从此以后，人们对这只狐狸有神灵保佑的说法就深信不疑了。

老狐狸继续干着强取劫掠的勾当，胆大包天地偷袭，然后悬悬乎乎地死里逃生。最终，和许多老狐狸一样，他变得嗜杀成性。首先遭难的是迪格比家，一夜就失去了十只羊羔。第二天夜里，卡罗尔家又损失了七只。不久，牧师家的鸭塘也被洗劫一空。于是这个地区夜夜不得安宁，天天都有鸡鸭、羊羔或绵羊遭到残杀，后来甚至连牛犊也不能幸免了。

当然，鬼洞的那只老狐狸被认为是罪魁祸首。人们只知道他是一只很大的狐狸，至少他的爪印很大。谁也没有真真切切地看见过他，连猎人也不例外。还有人发现在追捕的时候，就是“霹雳”和“铃铛”这两只最信得过的猎犬，也不肯舔他的足迹，连追踪的事儿都不肯干。

他疯名远扬，搞得那群匹克犬的主人都躲着这一带地方。蒙萨谷的农户，以乔为首，说好只要天一下雪，他们就集结起来，进行全区大搜捕，哪怕是打破所有狩猎的条条框框，也要千方百计除掉这只“疯”狐狸。可雪就是一直不下，那位红毛君了依然过他的逍遥日子。他疯归疯，诡计可多着呢。他绝不会连续两个晚上光顾同一家农场，也不会在凶杀现场一饱口福，更不会留下暴露老巢的蛛丝马迹。他夜间的行踪通常在一片草皮，或是一段公路上消失了。

我见过他一回。一个深夜，我冒着暴风雨，从贝克井往蒙萨谷走去。我刚要绕过斯泰德家的羊圈时，天空掠过一道雪亮的闪电。借着这道电光，一幅令人惊愕的画面定格在我眼前。在路边，二十码开外的地方，蹲着一只极大的狐狸，他的一双恶狠狠的眼睛盯着我，不怀好意地舔着嘴巴。我看见的就这些，再没有别的。原以为自己看花了眼，也就将此事淡忘了。谁知次日清晨，就在那个羊圈，发现了二十三具羊羔和绵羊的尸体，还有一些确凿的迹象活生生地证明这桩罪行是那个臭名昭著的强盗犯下的。

只有一个人得以幸免，那就是多利。这太不同寻常了，因为他就住在遭袭地区的中心，离鬼洞不足一英里。忠心耿耿的巫利证明了他一个抵得上附近所有的狗。每天晚上，他把羊赶回圈里，

一只没有少过。如果疯狐狸愿意，也可能在多利的农舍四周逡巡窥伺，可是他远非巫利的对手。聪明、勇敢、机灵的巫利，不仅保护了主人的羊群，自个儿也毫发未损。人人对他深怀敬意。遗憾的是，他那脾气一向就不太随和，而现在又变得愈加乖戾了。否则，他准会成为一个人见人爱的宠物。他似乎很喜欢多利和他的长女荷尔达。荷尔达是个精明漂亮的大姑娘，由于是全家的总管，因此也是巫利的特别“监护人”。对于多利家的其他成员，巫利学会了容忍，但是出了这个家，人也好，狗也好，他好像一概都视若仇敌。

他怪诞的性格在我上次见他时就暴露得淋漓尽致。那天，我在多利屋后的一条穿过沼泽地的小路上走着，巫利卧在门前的台阶上。我一靠近，他就站起来，仿佛没看见我似的向我走的小路跑来，在大约十码远的前方横身站住了。他静悄悄地立在那儿，专心致志地注视着远方那片沼泽。只有微微耸动的颈毛才能表明他没有突然变成石头。我走上前去，他却纹丝不动。我无意惹事，就绕过他的鼻子继续往前走。巫利马上离开原位，同样怪里怪气、不声不响地跑了二十来英尺，又挡在路的中间。我再次走上前去，踩进草丛，从他鼻子旁边擦身而过。突然，他悄无声息地咬住了我的左脚跟。我忙用右脚一踢，他闪开了。手头没有棍子，我就拾起一块大石头向他砸过去。他向前一跃，石头击中了后腿，把他打翻到一条水沟里。他跌倒在地发出一声怒吼，随即挣扎着爬出水沟，默不作声，一瘸一拐地走了。

对待别人，巫利冷若冰霜、凶猛无比，但是，对多利的羊群，他却一直满怀温情。当地流传着好些个他营救羊儿的故事。好多次要不是他及时聪明的救助，那些不慎落入池塘或是掉进洞里的可怜的小羊羔早就没命了，又有多少抽筋打滚的母羊是他扶着站起来的；他正当年的时候，沼泽上空出现的每一只鹰都逃不出他的锐眼，也敌不过他的勇敢。

三

蒙萨谷的农户们仍然夜夜给疯狐狸贡奉着祭品。十二月下旬，总算下雪了。可怜的盖尔特寡妇失去了整整一群羊，二十只。噩耗一大早就像野火一样蔓延开来。身强力壮的农民们背着亮晃晃的猎枪，开始对雪地上留下的那些能暴露行踪的爪印一追到底。那是一只很大的狐狸的爪印。毫无疑问，就是那个恶贯满盈的恶棍留下的。有一段，痕迹非常清晰，等到了河边，这种动物惯有的狡黠便表现出来了。他朝下游斜走了长长一段路，到了水边，跳入尚未冰冻的浅流里，但是河对岸却没有出现水的爪印。猎人们搜寻了很久，才在河上游四分之一英里的地方找到了他上岸的踪迹。接着，爪印蹿到了亨利家高大的石墙上，那儿没有雪可以提供线索。猎人们仍然耐心地搜索着。当爪印穿过石墙后面光滑的雪地，到了公路上面时，他们的意见产生了分歧。有的说爪印往上走了，有的说往下走了。最后还是乔做出了决断。又经过一番长时间的搜索，他们发现显然是一种爪印，尽管有人说另一种更大的爪印离开公路进了羊栏，这个制造爪印的家伙留下了这种爪印，却没有伤害里面的羊群，只是踏着一位乡民的足迹，上了那片沼泽地的路，然后沿着路直奔多利的农场。

那天因为下过雪，羊群都圈在栏里，巫利闲着没事，就趴在木板上晒太阳。当猎人们渐渐靠近房子的时候，他怒吼起来，然后就偷偷儿地在羊圈周围转来转去。乔·格雷托莱克斯走到巫利踩过的新鲜雪地上扫了一眼，顿时惊得目瞪口呆，然后他指着退却的牧羊犬，加重了语气说道：

“伙计们，我们失去了狐狸的踪迹，却找到了咬死寡妇家羊群的凶手。”

有些人同意乔的看法，另一些人回想起爪印上的疑点，主张返回去重新跟踪。就在这个当口，多利本人从屋里出来了。

“汤姆，”乔说，“昨儿晚上，你老兄的狗咬死了盖尔特寡妇家的二十只羊，照我看，这可不是它头一回行凶作案。”

“怎么，老兄，你是不是疯了，”汤姆说，“俺从来没养过这么好的牧羊狗，他对羊可是疼爱到家啦。”

“是呀！这一点从昨儿个晚上干的好事里，我们能看出个七八分了。”乔回敬道。

大伙儿讲了早上的经历，可全是白费口舌。汤姆一口咬定说这些人纯粹是得了红眼病，谋算着要把他的巫利夺走。

“巫利每天晚上都睡在厨房里，只有牧羊时才放出去。喂，老兄，他一年到头和俺的羊待在一起，可是俺一只羊蹄子也没有丢。”

这种要把巫利搞臭叫他死有余辜的企图十分险恶，汤姆顿时无名火起。乔和他的伙伴们同样也火冒三丈。还是荷尔达出了一个好主意，双方才心平气和下来。

“爹，”她说，“今晚我睡在厨房里。要是巫利有办法出去，我就会看到；要是他没出去，乡里还有羊被咬死，那就证明他是无辜的。”

那天晚上，荷尔达躺在长靠椅上，巫利则像往常一样睡在桌子下面。夜色越来越浓，这狗越来越烦躁不安。他辗转反侧，有一两次还爬起来，伸了伸懒腰，瞧了瞧荷尔达，就又趴下了。两点钟左右，他似乎再也无法控制某种奇特的冲动了。他悄悄地爬起身，望望低矮的窗户，又瞅瞅一动不动的女孩。荷尔达假装睡着了，安安静静地躺着，发出均匀的呼吸声。巫利慢慢地凑过去，

嗅了嗅，狗鼻子的热气喷在她脸上。她没有动弹。他用鼻子轻轻地蹭蹭她，然后尖耳朵往前一竖，脑袋往旁边一偏，打量着她安详的脸。仍然没有动静。于是他悄悄地走到窗户跟前，轻轻地跳上桌子，把鼻子垫在窗闩底下，抬起重量很轻的窗框，直到能把一只爪子塞进去为止。然后他又改变手法把鼻子塞到窗框底下，把它抬高，溜了出去。最后他让窗框轻轻地落到屁股和尾巴上。动作灵活娴熟，说明经过了长期的实践。然后他便消失在苍茫的夜色里了。

荷尔达从躺椅上瞅着眼前的一幕，惊愕万分。等了一会儿，确定狗已经走了，她才站起身来，打算马上去喊父亲。但转念一想，决定再等等看，是否有更确凿的证据。她眯起眼睛凝视着夜色，哪里还有巫利的影子？往火炉里添了些木头后，她又躺下了，可哪能睡得着？有一个多小时，她听着厨房里时钟的嘀嗒声，窗外任何细微的响动都让她心惊肉跳。这狗到底在干什么？咬死寡妇家羊的真的是他？可一想起巫利对自家羊群的温柔呵护，她更是困惑到家了。

一个钟头又慢慢地嘀嗒过去了。她忽然听见窗户轻轻一响，她的心禁不住怦怦直跳。一阵抓擦之后，窗框很快被抬了起来。眨眼间，巫利已经回到厨房，身后的窗户也关严了。

借着摇曳的火光，荷尔达看见巫利的眼神里分明有一种奇异的野性的闪光。他的下颌与雪白的胸脯上溅满了鲜红的血迹。他屏住轻微的喘息声，把女孩仔细审视了一番，见她没有动弹，就卧在地上舔起自己的爪子和嘴巴，喉咙里偶尔发出一两声低吼，仿佛回味着新近发生的什么事情似的。

巫利打量着她安详的脸

再不用往下看了，再没有怀疑的余地：乔的看法是正确的。而且——一个念头闪进了荷尔达敏捷的脑海，她猛地意识到躺在眼前的正是那只蒙萨谷的鬼狐狸。她支起身体，直勾勾地瞪着巫利，惊叫起来：

"巫利！巫利！真的是你——噢，巫利，你这可恶的畜生！"

她的声音充满了严厉的斥责，在寂静的厨房里回荡。巫利像被枪击中了似的一缩；他绝望地瞟了一眼紧闭的窗户，突然目露凶光，鬃毛直竖，但在她的怒目逼视下，又瑟缩起来，然后在地板上匍匐爬行，似乎在求饶。他爬得越来越近了，像是要讨好地去舔她的脚。他已经爬到她脚下了！说时迟，那时快，他以饿虎扑食之势一声不响地跃向荷尔达的喉咙！

女孩猝不及防，只得把胳膊往上一扬，而巫利长长的獠牙闪着寒光已经咬进了女孩的肉里，咬得骨头嘎嘣直响。

"爹！爹！救命啊！"她尖声呼救。

巫利身体轻，她一下子把他甩开了。但是他的意图一目了然：全玩完了，现在只能拼个你死我活！

"爹！爹！"她哭喊着。而这暴怒的黄狗一心要置她于死地，拼命撕咬着那双天天给他喂食的毫无遮拦的手。

女孩挣扎着，反抗着，想把他挡开，但一切都是徒劳。他眼看就要咬住她的喉咙了！在这十万火急的关头，多利破门而入。

这时巫利猛地扑向多利，还是照样地不声不响，令人恐怖，他一遍又一遍凶狠地撕咬着他。多利用柴钩狠狠地一砸，顿时打掉了他的嚣张气焰，接着又连连揍他，他喘着粗气在石头地上痛苦地翻滚着。他绝望了，完蛋了，但仍然要顽抗到底。紧接着，又是迅猛的一击，砸得他脑浆喷溅在壁炉边上，这里正是这个忠实可靠因而颇受礼遇的仆从长期以来蹲卧的地方。巫利，聪明、勇猛、忠诚而又奸诈的巫利，抽搐了一阵，然后四脚一蹬，永远安静地躺下了。

红颈毛，唐谷松鸡的故事

一

松鸡妈妈领着她的一窝雏儿走下泰勒山长满树木的山坡，向晶莹清澈的小溪走去，不知道谁突发奇想管它叫“泥巴溪”。小松鸡们出世才一天，但他们的腿脚已经很麻利了，这是她第一次领着他们去喝水。

她走得很慢，而且身子总是猫得低低的，因为这片林子里四处都是敌人。她喉咙里发出轻柔的咯咯声，呼唤着那些斑斑驳驳的小毛球们，他们摇晃着粉嘟嘟的小腿跟在后面，哪怕落下几英寸他们也会细声细气、难过兮兮地“啾啾”不休。他们看上去那么弱小，相形之下就连山雀都显得又大又粗壮了。这一窝小松鸡总共十二只，松鸡妈妈守护着大家。她万分警惕，查看着每一棵树，每一簇草，每一丛灌木以及整个林子和天空。她似乎总是在寻找敌人——朋友少得没法儿找——还真有个敌人让她给发现了。平坦的海狸草地的另一头有一只凶残的大狐狸，他正朝着他们这边走过来，用不了多少工夫他就会闻到他们的气味，也就是说，他会循着他们的行迹跟上来。得赶紧采取行动。

“咯尔！咯尔！”（躲起来！躲起来！）松鸡妈妈用低沉而又坚

定的声音喊叫着，于是这些出生才一天，还没有橡果大的小不点儿们远远地（也不过分开了几英寸）散开，东躲西藏起来。一只钻到树叶下面，另一只藏到了两个树根的中间，第三只爬进了一个卷起来的桦树皮里，第四只钻进了一个小洞，其余的也都分头藏起来了，只剩下一只找不到任何藏身的地方，所以他索性蜷伏在一片又大又宽的黄色树皮上，他平平地卧在上面，紧闭着双眼，满以为这下可不会有人看见他了。小松鸡们也不再惊慌失措地“啾啾”乱叫，全都安静下来了。

松鸡妈妈直冲着那可怕的畜生飞了过去，毫无惧意地在离他只有几码远的地方停了下来，然后“扑棱”一声猛地跌落到地上，仿佛伤了翅膀，又好像瘸了腿——呀，还瘸得这么厉害——接着就像落难的小狗一样哀鸣起来。她是在求饶——乞求嗜血成性、没有心肝的狐狸饶她一命吗？哦，绝对不是！她可不是傻瓜。人们经常听说狐狸奸诈狡猾。可是等着瞧吧，和松鸡妈妈一比，他可真是愚蠢到家了。突然一顿大餐到了嘴边，狐狸得意地忘了形，他猛地转过身一扑，并且抓住——起码，没有，可没有把那只鸟儿抓到手。他离她跌落的地方就差了一英尺，所以他没抓着。他又往前一跳追了上去，心想这下可十拿九稳了。可不知怎么搞的，一棵小树又把他们隔开了，松鸡妈妈笨拙地拖着身子凑到一棵倒树下面，那只庞大的畜生“啪”的一声把嘴巴合上，从木头上跳了过去，松鸡似乎瘸得不那么厉害了，她又很笨拙地向前一跳，从一个土坡上滚了下去，紧追不舍的列那[1]险些抓住了她的尾巴，可说来奇怪，虽然他跑得快跳得也快，可她似乎刚好比他快那么一点儿，真是不可思议。一只翅膀受伤的松鸡，他这个飞毛腿列那追了五分钟都没有抓住。可真够丢人的。然而只要狐狸一使劲儿，松鸡好像也就来了劲儿，你追我跑了四分之一英里，把泰勒山都抛在了身后，这鸟儿倒莫名其妙地好了。她捉弄人似的"呼儿"一下飞了起来，穿过林子飞走了，留下狐狸目瞪口呆，半天才回过味儿来，原来自己被耍了，而且糟糕透顶的是，他这才想起这可不是第一次上当了，只是他始终想不通其中的原因。

与此同时，松鸡妈妈已经轻巧地飞了一大圈，绕道儿回到她留在林子里藏身的那些小茸毛球儿身边去了。野鸟记地方可精啦，所以她回到刚才踩过的那片草叶旁边，在那儿站了一会儿，欣赏着孩子们安安静静的表现，真是疼爱有加。他们哪怕听到了她的脚步声也没有一个动一下，那个蜷伏在那片树皮上的小家伙倒是藏得并不太糟，他真一点儿都没动过，到这会儿还是一动不动，只是眼睛闭得更紧了点儿，最后妈妈发话了：

"喀——哩!"（孩子们，过来!）就像童话故事一样，每一个洞放出了它的小松鸡。躲在树皮上的那个小家伙，实际上他是兄弟姐妹当中个子最大的，一双小眼睁得圆溜溜的跑到妈妈宽大的尾巴底下找庇护去了，边跑边奶声奶气地"啾啾"直叫，这甜甜的叫声要是敌人三英尺以外就听不见了，而他的妈妈就是在三倍

---

① 列那，法国寓言故事中狐狸的名字，在《泉原狐》中也出现过这个名字。

远的地方也不会错过。这时候别的小毛球全都叫起来，无疑他们自己也觉得吵闹得太凶了，可不这样闹就不足以表现心里的那股高兴劲儿。

这会儿，太阳热辣辣的。要到水边去，还得穿过一片空地。松鸡妈妈先仔细地察看了一番，看看有没有敌人，然后妈妈展开扇子似的尾巴把小东西们聚到影子底下，免得把他们晒伤，直到走进溪边刺藤灌木丛里才把他们放了出来。

突然一只白尾兔蹦了出来，可着实把他们吓慌了神儿。不过他身后拖着的那面免战旗足以让他们放心。他是个老朋友了；那天小家伙们又多长了一点儿见识，知道兔子哥总是打着白免战旗飞奔，而且也不辜负这面旗。

后来他们来到了溪边喝水，再没有比这更清澈的活水了，可是糊涂虫却把它叫作“泥巴溪”。

刚开始小家伙们还不会喝水，不过他们学着妈妈的样子，很快就学会喝水了，也学会了每喝一口水就要做一次感恩祷告。他们在溪边站成一排，只见二十四只长着粉嘟嘟的脚趾的有些内弯

的小爪子支撑着十二个毛茸茸的小肉球，有的棕黄，有的金黄，十二颗金黄色的小脑袋严肃认真地学着妈妈的样子低头，喝水，感恩。

喝完水后妈妈用尾巴护着他们，领着他们抄近路来到海狸草地的另一头，那里有一个长满青草的大土堆。松鸡妈妈以前早就记住这个大土堆了。要养活一窝小松鸡需要好几个这样的大土堆呢。因为这是一个蚂蚁窝。松鸡妈妈爬到土堆的顶上向四周看了看，然后就用爪子狠命地刨了五六下。那松散的蚂蚁山被刨开了，土筑的蚁道崩塌溃散，沿着斜坡滚了下来。成群的蚂蚁涌了出来，因为拿不出一个好法子而吵成一团。有些蚂蚁劲头十足却漫无目的地绕山乱跑，而几只比较有头脑的开始转移他们肥大的白卵。松鸡妈妈走到小松鸡跟前，捡起一个像是装满了汁液的口袋，“咯尔”叫了几声又丢下，她一遍又一遍地把它捡起，丢下，又捡起来，然后一口吞了下去。小松鸡们站在周围看着，这时一只黄色的小家伙，也就是躲到叶片儿上的那个，捡起一颗蚂蚁蛋，在地上磕了好几下，然后屈从于一阵突然的冲动，猛地一口吞了下去，这样他就学会吃东西了。不到二十分钟就连最小的也学会了。松鸡妈妈刨开了许多蚂蚁道，她让这些蚂蚁道连同里面的蚂蚁蛋一起顺着土堆的斜坡滚了下去，小松鸡们你争我抢地吃着美味的蚂蚁蛋，度过了一段快乐时光，到后来每只小松鸡的嗉子都鼓鼓的变了形，撑得再也吃不下去了。

然后他们小心翼翼地沿着小溪往上走，最后来到了一片被刺藤遮得严严实实的沙滩上，他们在那儿躺了整整一下午，享受着凉爽的细沙滑过脚趾的惬意和快感。他们惟妙惟肖地学着妈妈的样子侧身躺着，一会儿用小脚丫搔搔痒，一会儿扑打扑打翅膀，不过他们的翅膀还没长出来，只是在身体两侧茸毛中间各有一个小肉尖尖，表明那就是日后长出翅膀来的地方。那天晚上她把他们带到附近一片干燥的灌木丛中，在错综交织的

刺藤丛下又干又脆的枯叶中间，有一个羽毛搭成的窝，枯叶可以阻止地面敌人悄然靠近，刺藤可以阻挡空中飞敌，她让小宝宝们睡在里面，看着小家伙们相互依偎着，安心地睡在她温暖的身旁，睡梦中还在“啾啾”地叫着，她的心中充满了母亲的喜悦。

二

到了第三天，小松鸡们站得稳当多了。碰到橡果他们不再绕着走；他们甚至可以从松果上爬过去，在表明是长翅膀的小肉尖尖上，两排青紫色的胖乎乎的羽毛管已清晰可见了。

他们生命的开头就是一个好妈妈、两条健壮的腿、几样靠得住的本能以及一丝理智的萌芽。让他们一听到妈妈的命令就躲起来的是本能，也就是那与生俱来的习惯，教他们跟着妈妈走是本能，然而当火辣辣的太阳直射下来时让他们躲在妈妈尾巴影子底下的是理智，而且从那天起，理智越来越多地进入他们不断扩大的生活。

又过了一天，那些羽毛管上长出了羽毛尖儿。再过一天，羽

毛就全长出来了，一周后，全家毛茸茸的小宝宝们飞起来已经很带劲儿了。

不过也不是个个都行——可怜的小矮子一孵出来就病歪歪的。他出世几个小时后脊背上还扛着半个蛋壳；和兄弟们比起来，他跑动得少，却叫唤得凶。一天晚上，一只臭鼬前来进攻，松鸡妈妈随即发出了“快，快”（飞呀，飞呀）的命令，小矮子落在了后面，等到松鸡妈妈把一窝雏儿召集到长满松树的小山上时，她发现小矮子不见了，从此他们就再也没有见过他。

与此同时，他们继续接受着各种训练。他们知道了溪边的长草丛里蚱蜢最多也最棒；他们知道了醋栗灌木中掉下的滑溜溜的绿虫子是油水丰富的食物；他们知道了远处树林边突兀而起的圆顶一样的蚁山就是他们的粮仓；他们也知道了浆果虽然不是虫子，但几乎一样好吃；他们还知道了达那伊德大蝴蝶是一种可口安全的野味，只要他们能捉得到；他们知道了枯树上掉下来的树皮里会有许多的好东西；他们还知道了像泥蜂、小黄蜂、毛毛虫和蜈蚣之类的东西最好不要去碰。

现在是七月，也就是浆果月，最近一个月里，小松鸡们长势惊人，现在他们个头那么大，松鸡妈妈想要把他们护住，就只好整夜整夜地站着了。

他们还是每天都要去洗沙浴，只不过近来他们去的是山上

另一个位置更高的浴场，这是一个许多不同种类的鸟儿使用的浴场。松鸡妈妈起初不愿意去这么一个二手浴场，可是那里的沙土又细又宜人，孩子们一路上又兴高采烈，她也就忘掉了她的顾虑。

两周以后，小家伙们个个都显得无精打采，松鸡妈妈自己也觉得不大舒服。虽然吃得很多，但他们老觉得饿，一个个越来越瘦，松鸡妈妈是最后一个受到传染的。但等到病情在她身上发作，却同样来势凶猛——贪吃，爱饿，发烧，头痛，而且全身无力。她始终没有搞清楚病因。她没有想到那种利用率过高的浴场沙土里竟然长满了寄生虫，她真正的本能一开始就让她有所顾忌，现在又让她避开，她也没有想到她的全家都染上了这些寄生虫。

凡是本能的冲动都是有目的的，松鸡妈妈的治病知识无非就是服从本能的冲动。她心急火燎地想找到一种东西，虽然连她自己也不知道是什么，这种急切的心理引导她去吃一吃或者尝一尝每一种看上去可以吃的东西，并且使她去寻找最凉爽的树林。在那儿她发现了一棵毒漆树，上面结满了有毒的果子。如果是在一个月前，她是不会搭理这种树的，可是现在却尝了尝那些毫不起眼的果子。那又苦又辣的果汁似乎能满足她体内某种奇怪的需求；她吃了一个又一个，所有的小松鸡们也都享用了这顿奇怪的药膳。人类恐怕还没有一位医生能想出比这更好的办法，一下子就药到病除。原来这是一种辛辣的烈性泻药，神秘可怕的敌人被打垮了，危险过去了。但并不是所有的小松鸡都脱离了危险——对于其中的两只小松鸡来说，大自然这位老护理员来得太晚了。最弱的被无情的规律淘汰了。由于病重体弱，而那泻药的药性又太猛，他们难以消受。他们在溪边不停地喝水，第二天早上其他的小松鸡都跟着妈妈出去了，而他们俩却不动了。奇怪的是，他们居然报了仇，一只臭鼬，刚好就是对小矮子的下落心中有数的那个家伙，发现了他们的尸体，就将他们吞进了肚子里，却被他俩吃的毒药给毒死了。

剩下的七只[1]小松鸡现在很听妈妈的话。他们的个性早就显露出来了，而且发展得很快。身小体弱的已经走了，但是活下来的当中还有一个笨蛋和一个懒虫。松鸡妈妈免不了对有些小松鸡照顾得多一些，她的心尖尖是那只长得最大的，也就是曾在黄叶片儿上藏身的那只。这一窝松鸡当中他不仅个儿最大，身体最棒，模样儿最俊，重要的是他最听话。松鸡妈妈发出“呃呃”（危险）的警告声并不一定总能让别的小松鸡远离危险的小路或者可疑的食物，但他似乎天生就乖巧听话，只要听到妈妈轻柔的“咯—

① 此处作者对另外两只松鸡的下落未作交代。

哩”（过来）的呼唤，他没有不响应的。这种乖巧听话的天性也使他得到了回报，因为他活的时间最长。

八月，也就是换毛月过去了，小松鸡们已经有成年鸡的四分之三那么大了。他们掌握的知识足以让他们自以为很聪明了。小时候他们必须睡在地面上，好让妈妈保护他们，但是现在他们已经长大了，没有这种需求了，妈妈也开始引进一些成年的生活方式。该是他们到树上栖息的时候了。小黄鼠狼、狐狸、臭鼬，还有水貂，已经开始到处跑了。在地面过夜变得越来越危险，所以到太阳落山时分，松鸡妈妈就“喀—哩”“喀—哩”叫着，飞到一棵枝繁叶茂的矮树上去了。

小松鸡们都跟着飞了上去，可是有一只倔强的小笨蛋却硬要像以前一样睡在地面上。当天晚上倒也平安无事，可是到了第二天晚上，他的兄弟们被他的叫喊声惊醒了。刚开始还听见一阵轻微的混战声，后来就是一片寂静，只是被“咯嘣咯嘣”的嚼骨头和“吧唧吧唧”咂嘴巴的叫人发毛的声音打破了。他们偷偷地向底下可怕的黑暗中望去，只见一双靠得很近的眼睛熠熠发光，还有一种特殊的霉味儿，这就告诉他们杀死他们傻兄弟的凶手是一只水貂。

剩下的六只小松鸡现在夜里排成一行蹲在树枝上，松鸡妈妈就卧在他们中间，不过时不时地会有一只爪子冰凉的小松鸡落在她的背上歇息。

他们的教育还在继续，大概就在这个时候松鸡妈妈在教他们学“呼啦儿起飞”。如果愿意，松鸡可以悄无声息地起飞，但是呼啦儿起飞有时却很重要，所以松鸡妈妈要教所有的小松鸡学会什么时候，以及怎样在起飞的时候把翅膀拍得呼啦啦地响。呼啦儿起飞有许多好处，它会向附近别的松鸡发出警告：眼前有危险，会把猎人吓慌神儿，它还可以把敌人的注意力吸引到呼啦啦飞起来的松鸡身上，而让别的松鸡有机会悄悄溜走或者蹲下躲开敌人的注意。

有句松鸡的谚语可能是这么说的：“仇敌月月不相同，吃食月月有差异。”九月到了，种子和谷物取代了浆果和蚁蛋，猎人代替了臭鼬和水貂。

狐狸是什么货色松鸡们一清二楚，他们却没怎么看见过狗。他们知道狐狸不难对付，只要飞上树就没事了。猎人月里，老“笨蛋”带着他的短尾巴杂种黄狗在山谷里到处踅摸，松鸡妈妈发现了猎狗，并立刻喊起来：“快！快！”（飞呀！飞呀！）可是有两只小松鸡觉得妈妈居然被一只狐狸吓慌了神儿实在可怜；他俩倒是很乐意炫耀一下自己的胆气超群，所以不顾妈妈不断焦急的“快！快！”的叫声和她迅速悄声飞走的榜样，他俩却跳到一棵树上去了。

与此同时，那只怪模怪样的短尾巴狐狸也窜到了那棵树下，冲着他们汪汪地狂叫不止。他们觉得这家伙、妈妈和兄弟们实在可笑，太好玩了，所以压根儿没有注意到灌木丛里的沙沙声。突然，“砰！砰！”两声巨响，两只血淋淋的松鸡“扑通”“扑通”掉到了地上，被黄狗逮着撕咬了一通，最后猎人从灌木丛里跑出来，把两只松鸡尸体抢走了。

三

“笨蛋”就住在多伦多北面唐谷附近一间破旧的小木屋里。他过的是希腊哲学所认为的一种理想生活。他没有财富，不用纳税，没有虚名，也无资产可言。在他的生活里，出力干活儿的时间少，游手好闲的时间多，而且喜欢尽可能多地过野外生活。他自认为是一个真正的猎人，因为他“好打猎”，而且当他开枪射击时，“看见那些牲畜掉在烂泥里心里就觉得很舒坦”。邻居们都管他叫多拿多占的人。在他们的眼里，他只不过是个有固定住处的流浪汉。他一年到头都在射猎和诱捕猎物，虽然随着季节的变化，他猎杀的动物也有所不同，不过听说即使不看日历，他也能根据“松鸡的味道”把月份说出来。这无疑表明他的观察力很敏锐，但也很不幸地证明了他曾干过一些不太体面的事情。猎杀松鸡的法定季节是从九月十五日开始的，如果“笨蛋”提前两周就外出打猎也不是什么令人惊讶的事情。只是年复一年，他总能想出法子逃脱惩罚，他甚至还打着在某家报纸的采访栏目中当一回焦点人物的算盘呢。

在月光下

他很少打飞行的鸟儿，因为他更喜欢枪打栖息的鸟儿，但如果有树叶遮挡的话，要打中也不容易，这也就是第三峡谷里的那窝小松鸡这么久了还没有被伤及的原因。可是现在过不了多久其他的猎人也会发现这些松鸡，这就激起了他去追踪“那群鸟”的干劲儿。松鸡妈妈领着她的四个幸存的孩子离开时，他并没有听到翅膀扇动的声音，所以他把那两只被他打死的松鸡往口袋里一装，回他的小木屋去了。

小松鸡们这下知道了狗可不是狐狸，必须要用不同的办法来对付；而那条古训——“从命就是长命”，则更是刻骨铭心了。

他们悄悄躲避的不仅是一些宿敌，而且还有猎人，就这样度过了九月份剩下的日子。他们依旧栖息在硬木树又长又细的枝条上，藏在茂密的树叶中间，这样既可以保护他们免受空中敌人的袭击，高高在上又可以使他们免遭地面敌人的进攻。这样一来，除了浣熊，他们就没有什么可害怕的了。而浣熊迟缓笨重地踩在柔软的粗枝上总会及时地给他们发出警告。可是现在正是落叶时节——仇敌月月不相同，吃食月月有差异。这是干果成熟的时节，也是猫头鹰兴旺的时节。从北方迁来的大林鸮使猫头鹰的数量增加了一两倍。现在夜晚逐渐有了霜冻，浣熊的威胁就没有那么大了，松鸡妈妈把他们的栖息地转移到了一棵铁杉树最稠密的枝叶中。

只有一只小松鸡对妈妈发出的“快，快”的警告置若罔闻，他硬赖在摇来摆去、叶子都快掉光了的榆树枝上，结果天还没亮，就让一只黄眼睛大猫头鹰叼走了。

现在只剩下松鸡妈妈和三只小松鸡了，不过他们都已经长得和妈妈一样大了；其实有一只，就是曾经蜷伏在叶片儿上的那个老大，长得比妈妈还要大。他们的颈毛已经开始往外长了。虽然只露出来一点尖儿，不过已经能看出长长后会是个什么样儿了。他们对自己的颈毛自豪得可不是一般。松鸡的颈毛就像孔雀的尾巴——那是他身上最美丽的地方，也是他最大的骄傲。雌松鸡的颈毛是黑的，带点儿浅绿色的光泽，雄松鸡的颈毛则要大得多黑得多，而且闪出更为耀眼的深绿色的光泽。偶尔会有那么一只松鸡天生就格外地身高体壮，他的颈毛不仅更大，而且由于某种特殊的强化效果，显得丰富多彩，深深的铜红色中夹杂着紫色、绿色，还有金黄色，就像彩虹一样绚丽多彩。这样的一只鸟儿肯定是人见人奇，曾经蜷伏在叶片儿上的那只小松鸡，也就是让他干啥他就干啥的那个小家伙，在橡子月还没有完的时候，就长出了灿烂夺目的金黄与铜红相杂的颈毛——红颈毛就是这样得名的，他就是谷里那只大名鼎鼎的松鸡。

四

橡子月月底的一天，也就是十月中旬左右，正当松鸡一家挺着鼓鼓的嗉囊，在阳光明媚的海狸草地边一棵倒下的大松树附近晒太阳时，远处传来“砰”的一声枪响，内心的某种冲动使红颈毛“噌”的一下跳上了这棵倒下的松树，他先是威风凛凛地上上下下了两次，后来，禁不住受了这明媚、晴朗、惬意的天空的鼓舞，他目空一切，把翅膀拍得呼呼作响。就好像小马驹撒着欢儿表明自己感觉有多好一样，红颈毛把翅膀拍打得越来越响，更充分地释放着他旺盛的精力，后来他无意中发现自己好像在打鼓，发现自己居然有这种新的力量，真是大喜过望，他不停地用翅膀击打着空气，直到后来附近的树林里都回荡起了成年雄松鸡拍打翅膀的“嘭嘭”声。他的兄弟姐妹们听到这声音，又羡慕又吃惊地在一旁观望，松鸡妈妈也是这样，不过从那时起，她就有点儿怕他了。

十一月初，一个怪诞的敌人的月份来了。由于一条奇怪的自然法则，当然人类也不是完全没有这样的法则，所有的松鸡在出世后第一年的十一月份全都会变得疯疯癫癫。他们像着了魔一样，渴望离开到别处去，至于到哪儿去倒不重要。在这段日子里，即便是他们当中最聪明的也会做出各种各样的傻事来，一到夜晚，他们在这一带全速乱飞，结果不是被电线截成两半，就是冲进灯塔，或者撞到火车头的前灯上，白天人们发现他们出现在各种不可思议的地方：楼房里呀，空旷的沼泽地里呀，或在大城市的电话线上呀，甚至是沿海航行的船只的甲板上。这种疯狂病似乎是他们以往的迁徙习惯留下的后遗症，不过这至少有一个好处：这拆散了他们的家庭，从而防止了近亲通婚的不断发生，而这样的近亲通婚很可能会使他们绝种。这种疯狂病小松鸡第一年犯得可厉害啦，第二年的秋天还会犯，因为它很有传染性，但到了第三年的这个季节就几乎见不着了。

一看见落上霜的葡萄开始变黑，红金色的枫叶开始飘零，红颈毛的妈妈就知道疯狂病马上就要来了。可是除了照顾好他们的身体，让他们在林子里最僻静的地方待着之外，再没有一点儿办法。

一群大雁在头顶咕咕叫着向南飞去，疯狂病最初的征兆出现了。小松鸡从来没有见过脖子这么长的鹰，所以还挺害怕他们的。可是看见妈妈毫无惧意，他们便壮起胆子兴致勃勃地瞅着。究竟是那野性十足的尖叫声让他们动心了，还是他们蠢蠢欲动的心绪显露了出来？小家伙们满脑子都是想追随大雁远走高飞的奇怪渴望。目送着这些像箭一样笔直的大雁消失在南方，他们便飞到更高的地方落脚。瞅着它们在更远处飞行，从那时起，情况就不一样了。十一月的月亮越来越圆，等到满月时，十一月疯狂病也就发作了。

最弱小的松鸡受到的影响最大。这个小家庭散了。好几个晚上红颈毛漫无目的地飞了一段很长的路程。那种冲动把他向南推去，可是他遇到了茫茫无边的安大略湖，只好又飞了回来，疯狂月快结束的时候，他又回到了泥巴溪谷，不过成了一个光杆儿司令。

五

冬天往前磨蹭，食物越来越少。红颈毛一直守在老峡谷和泰勒山长满松树的山坡一带。然而每个月都带来了它的食物和它的敌人。疯狂月带来的疯狂、孤独和葡萄；雪月来了，玫瑰果就熟了；风暴月带来了白桦的嫩叶，但同时也带来了用冰包裹林子的

MAR. WAKENING MOON
APRIL. PUSSY-WILLOW MOON
APR & MAY DRUMMING MOON
MAY LOVE MOON
JUNE CHICK MOON
JULY BERRY MOON
AUGUST MOLTING MOON
SEPT. GUNNER MOON
OCT. ACORN MOON
NOV. MAD MOON
DEC. SNOW MOON
JAN. STORMY MOON
FEB. HUNGRY MOON

银色暴风雪，要啄开冻结的嫩芽又要守着他的栖枝就很费劲了。红颈毛的喙因为常干这种活儿磨损得很厉害，所以即便闭起来尖钩后面还是露着一道缝儿。不过大自然早已为防止他脚底打滑做好了准备：九月份还很纤细平整的脚趾上现在却冒出了一排排又硬又利的角质尖齿，天气越来越冷，这些尖齿也越长越利，越长越硬，等到第一场雪降下来时，他已经穿好了踏雪鞋和防滑鞋，全副武装起来了。寒冷的天气撵走了绝大多数老鹰和猫头鹰，也使他的四足敌人再不可能偷偷靠近他而不被发现，这样事情差不多摆平了。

为了觅食，他一天比一天飞得远；终于有一天他发现了两岸长满黄桦树的玫瑰谷河和到处是葡萄与美洲花楸果的弗兰克城堡，还有切斯特森林，那里的唐棣和五叶地锦上果串儿摇来摆去，积雪下蔓虎刺浆果光彩夺目。

他很快就发现，不知为什么，猎人们还没有闯入弗兰克城堡那高高的围栏。于是他决定在这一带住下来过日子，他不断发现新的地方和新的食物，而且变得一天比一天聪明，也出落得一天比一天美丽了。

他现在没有一个亲人，可孤单了，但那好像并不是件太叫人难受的苦事儿，无论飞到哪里，他都能看见快乐的山雀开心地爬来爬去，这时他就会想起小时候，那时小山雀看起来真像个庞然大物，神气得不得了。山雀是森林里最荒唐的乐天派。秋天都还没过完他们就开始唱起《春天快来了》这首有名的老歌，而且他们都多多少少总有个好心情，唱过了整个冬天最凶险的暴风雪，最后的饥饿月，也是我们的二月，行将结束。

这似乎才真正给了他们的歌一点儿意思，这时他们怀着“我不是早说过”的心情更加起劲儿地向全世界报喜。他们的喜讯很快就找到了有力的支持，太阳劲头儿足了，融化了弗兰克城堡山南坡的积雪，露出了满坡芬芳的喜冬草，它的浆果成了红颈毛丰美的大餐，从而结束了撕扯冻结的嫩芽的艰苦工作，他的嘴也有了恢复原状的机会。没过多久第一只蓝色鸣鸟飞回来了，他边飞边用柔和的颤音唱着“春天来了”。太阳光的劲头越来越足，三月，也就是复苏月的一天清晨，黑暗中传来了一阵响亮的“嘎嘎”声，乌鸦王老银斑，大摇大摆地带着他的队伍从南方飞了回来，正式宣告：

“春天来了。”

整个大自然似乎都对此有所反应，鸟儿们的新年开始了。不过最令他们激动的恐怕还是他们内心深处的某种感受。小山雀们欣喜若狂，他们一刻不停地唱着“春天来了，春天来了来了——春天来了来了”，人们不禁心里纳闷儿他们怎么找时间去讨生活。

红颈毛激动得浑身直打战。他满心欢喜，劲头十足，跳上一棵倒树，一遍又一遍地拍打着翅膀，那雷鸣般的“嘭嘭，嘭嘭，嘭嘭，嘭嘭嘭”声滚下了山谷，激起了沉闷的回音，表达了春的到来带给他的喜悦心情。

“笨蛋”的小木屋就在山谷下面。听到清晨宁静的空中传来鼓声阵阵，他就“估计到有一只雄松鸡等着我去逮呢”，于是他带着枪偷偷地沿着峡谷摸了上来。可是红颈毛已经悄然飞去了，他一口气飞到泥巴溪谷才停下来休息。在那儿他又一次跳上他第一次打鼓的那棵倒树，一遍又一遍地拍打出了“嘭嘭嘭”的响亮声音；有个抄近路穿过林子到磨坊去的小男孩被吓得心惊肉跳，赶忙跑回家对妈妈说印第安人肯定要打仗了，因为他在峡谷里听见他们在擂战鼓呢。

为什么快活的男孩要欢呼？为什么孤独的青年要叹息？红颈毛和他们一样并不知道为什么他每天要跳上枯木冲着林子又是击鼓又是打雷，然后还要趾高气扬地走来走去，得意扬扬

地欣赏着自己色泽艳丽的颈毛在阳光下像珠宝一样闪闪发光，然后再接着打起响雷。从哪里冒出这么个莫名其妙的念头，想让人家来欣赏自己的羽毛呢？为什么这个念头在褪色柳月以前从来没有出现过呢？

“嘭嘭，嘭嘭，轰隆轰隆”

“嘭嘭，嘭嘭，轰隆轰隆”

他一遍又一遍地发出轰隆隆的声音。

他日复一日地去寻找那棵心爱的倒树，慢慢地，在他又尖又亮的眼睛上方长出了一个新的漂亮的东西，一只玫瑰色的冠子，笨拙的踏雪鞋也从脚上完全脱掉了。他的颈毛长得更美了，眼睛也变得更亮了，当他昂首阔步忽闪忽闪地在阳光下走来走去时，他的整个外表看起来华贵极了。可是——唉！他却孤零零的没个伴儿。

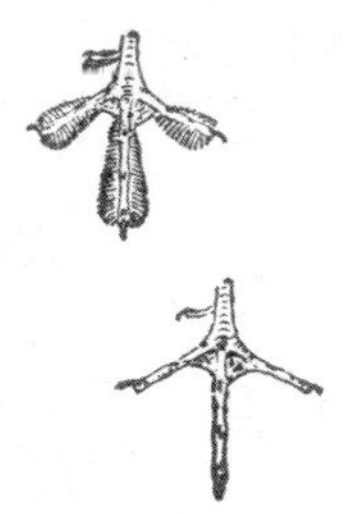

但是除了每天盲目地擂鼓炫耀借以发泄欲望之外，他还能做些什么呢？就这样到了最迷人的五月初，延龄草用点点银星把他的枯木装饰一新，有一天清晨，他满怀渴望地擂了擂鼓，然后又擂了几下，突然他灵敏的耳朵捕捉到一个声音，灌木丛里一声轻微的落脚声。他扭过头面对一尊雕像凝视，他知道有个东西一直在注视着他。这可能吗？没错！就在那儿——有一个身影儿——另外一个——一只羞羞答答、小巧玲珑的母松鸡，正扭扭捏捏地准备藏起来呢。他立刻飞到了她的身边。他全部的天性陷入了一种新的感觉——渴得火烧火燎——一股清凉的泉水就在眼前。他怎样舒展炫耀着他那身自豪的盛装！他怎么知道这样做会取悦对方？他抖擞起一身羽毛，尽量想办法刚好站在阳光下，趾高气扬地走着，同时还发出低微温柔的呱呱声，这声音绝对和另一个种类的“情话”一样甜蜜动人，因为他显然已经赢得了她的芳心。其实好几天以前就赢得了，他要是早知道就好了。整整三天了，她一听到洪亮的嘭嘭声就跑出来，站在远处羞答答地欣赏着他，可是离得这么近，他却一直没有发现她，让她觉得有点儿伤了自尊心的感觉。还算运气不错，她轻轻的跺脚声居然让他听见了。不过眼下她只是温柔顺从而又很得体地低着头——荒漠远去了，焦渴的流浪者终于找到了泉水。

啊！虽然名字起得不可爱，这个峡谷倒是挺可爱的，在这里度过的这些日子真是快活极了！阳光从来没有这么明媚过，弥漫着松树气息的空气比梦还要香甜。那只尊贵的鸟儿每天都要到他的倒树上去，有时由她陪着，有时单独一个，去为活着这件乐事而击鼓。但是为什么他有时候会孤零零的一个呢？为什么不能时时刻刻由他的新娘棕妮陪伴呢？为什么和他待上几个小时，一起吃喝玩乐之后，她总是要偷偷地找个机会从他身边溜走，然后就几个小时都不来见他，有时甚至要到第二天才来，而让他奏军乐倾诉他等她速回的焦躁呢？这里有一个他弄不明白的林中秘密。为什么她待在他身边的时间一天天减少，后来减少到每天只有几分钟。终于有一天她干脆没有来，第二天她也没有来，第三天还是没有来，快急疯了的红颈毛在这三天里，不是闪电般地飞来飞去，就是到他常去的老倒树上打鼓。后来他离开那里飞到峡谷上游的另一棵倒树上，再后来他飞过泰勒山到另一个峡谷里擂鼓又擂鼓。第四天他又飞了回来，当他像他们第一次约会时那样大声召唤她时，他听到灌木丛中传来了一种声音，和他第一次听到的一模一样。他那失踪了的新娘棕妮就在那里，身后还跟着十只啾啾叫的小松鸡呢。

红颈毛飕的一下飞到她身边，可把眼睛亮闪闪的小毛球儿们给吓坏了，他发现这窝小松鸡的占有权要比他的强烈很多，这让他不免有些沮丧。不过他很快就接受了这种变化，并且从此入了伙儿，悉心地照料起他们来，而他自己的父亲可从来没有这样做过。

六

在松鸡世界里，好爸爸是难得一见的。母松鸡总是独自造窝，

孵小鸡，不用任何帮助。她甚至向小鸡爸爸隐瞒窝在什么地方。只是到擂鼓的倒树上、聚食场，或者是到松鸡俱乐部——沙浴场去和他见见面。

小松鸡孵出来后，他们占据了棕妮的全部心思，她甚至忘记了他们那位光彩照人的爸爸。不过到了第三天小松鸡们已经长得够壮实了，所以听见这位爸爸的召唤，她就带着他们来见他了。

有的松鸡爸爸对小松鸡们一点儿兴趣也没有，可红颈毛马上就承担起了帮助棕妮抚养孩子的任务。就像他们的爸爸很久以前做的那样，小松鸡们学会吃食喝水了，而且如果有妈妈带路他们已经可以蹒跚行走了，每当这时，松鸡爸爸要么在附近走动，要么就远远地跟在他们的后面。

第二天他们排成一行沿着山坡朝小溪走去，那队伍有点儿像一根拉长的绳子上串着许多珠子，一头一颗大的，一只红松鼠缠在松树干上偷偷地观察着这支松鸡队伍，他发现有个小矮子远远地落在了后面。红颈毛此时正在几码远的一棵高高的倒树上整理羽毛，所以逃过了松鼠的眼睛。看见有这么一个绝好的机会，顿时激起了松鼠想喝小松鸡血的渴望，这渴望真是来得又奇怪又反常。他起了杀心猛冲下去，要截住落在最后面的小松鸡。等到棕妮看见他已经为时太晚，可红颈毛早就看在眼里了。他朝那红毛杀手飞了过去；他的武器是他的拳头，也就是他的翅膀上的疙瘩关节，他这一拳打得好厉害哪，头一下就正好打在松鼠的鼻尖上，那可是他的要害部位，打得他天旋地转，跌跌撞撞东扭西拧地钻进一堆灌木丛里去了——他本来是想把那只小松鸡抓到那里去的，可现在只有他自己躺在那里，喘着粗气，殷红的血顺着他邪恶的鼻子一滴一滴往下淌。红松鼠躺在那儿，松鸡一家子随即走开了，他们始终不知道他的下场如何，反正他再也没有来骚扰过他们。

这一家子继续向小溪走去。可是有一头母牛用她的蹄子在沙土上踩出了许多深深的小坑儿，有只小松鸡掉进一个坑里了，自己怎么也爬不出来，于是他凄惨地“啾啾，啾啾”叫个不停。

这可是件为难事儿，两只老松鸡谁也不知道该怎么办，可是当他们在坑沿儿上无奈地乱踩乱踹的时候，坑边的沙土塌了下去，形成一条长长的斜坡，小松鸡就顺着坡爬了上来，跟兄弟们一起钻到妈妈宽阔的游廊似的尾巴底下去了。

棕妮是个聪明伶俐的小妈妈，虽然身材矮小，但机智聪明，不论白天黑夜她都悉心照料着她的小宝宝们。她是多么自豪地迈着大步，咕咕地叫着，带领着她漂亮的宝宝们穿过拱形森林的啊；为了让小宝宝们有一个更宽敞的荫庇处，她是多么使劲儿地撑开棕色的小尾巴，几乎都撑成了半圆形。看见任何敌人她都不会胆怯畏缩，而是随时准备战斗或者飞走，这就要看怎么做才对她的宝宝们最有利了。

小松鸡在学会飞行之前和老“笨蛋”有过一次遭遇；虽然才到六月，他已经背着枪出来了。他沿着第三峡谷搜索上来，他的狗

红颈毛救小鸡

“淘气”在前面探路，眼看“淘气”越靠越近，棕妮母子处境危险，红颈毛立即迎头飞过去，他用那万无一失的老办法把“淘气”引开，骗得他傻乎乎地去追他，一直追到唐谷去了。

“笨蛋”碰巧直奔小松鸡而来，棕妮一边赶紧向孩子们发出“喀尔，喀尔”（“躲起来，躲起来”）的信号，一边跑过去把那个人引开，就像她的丈夫把狗引开那样。她满心都是母爱，又有一肚子丰富的林中生活的学问，悄无声息地跑上前去，直到离“笨蛋”很近的时候，才“呼”的一声径直向他的脸冲去，然后又假装腿瘸，一跟头栽到落叶上，一时间把这个偷猎者给蒙住了。可是当她拖着一只翅膀在他的脚下唉声叹气，慢慢爬走时，他这才恍然大悟——那只不过是想把他从一窝小松鸡身边引开的诡计。他凶狠地照她打了过去，但矮小的棕妮敏捷得很，躲过了这一下，一瘸一拐地藏到了一棵小树后面，又痛苦万状地扑倒在落叶上，看起来好像瘸得很厉害，所以“笨蛋”又想一棍子把她打翻。但是她又一次及时地避开了，而且还是勇敢坚定地想把他从她那些无助的孩子们身边引开，所以她又一次扑到他的面前，把柔软的胸脯撞到地上，还呻吟着，好像在求饶似的。“笨蛋”又一次扑了个空，于是他举起了枪，射出了足以打死一只熊的弹药，把可怜、勇敢、慈爱的棕妮打了个稀烂，鲜血淋漓，浑身哆嗦。

这个凶残的猎人知道小松鸡肯定藏在附近，就到处寻找起来，可是没有一只小松鸡动一下或是叫一声。他连一只也没发现，可就在他那双可恨的脚不管三七二十一到处乱踩的时候，悄无声息的小受害者被他踩死了不止一只，而他既不知道，也不在乎。

红颈毛把那黄毛畜生引到河下游之后，这会儿又回到了和妻子分手的地方。凶手已经走了，还带走了她的尸体，准备拿它喂狗吃。红颈毛四处寻找他们，发现了一摊血，周围还散落着很多羽毛，是棕妮的羽毛，他一下子明白了那声枪响是怎么回事了。

谁能说清他的恐怖和悲哀如何呢？表面上看不出多少迹象，他只是盯着那摊血默默地看了几分钟，目光低垂，眼圈发湿，后来一转念想起了那些无助的孩子们。他回到了小松鸡们藏身的地方，用他那听惯了的“喀哩，喀哩”的叫声呼唤着他们。是不是听到这声魔言每一座坟墓都会把它收容的小东西放出来呢？不是的，刚过一半；六个小茸球儿睁开亮晶晶的眼睛，站起身跑过去迎接爸爸，另外四个毛茸茸的小身体可真的进了坟墓。红颈毛一遍又一遍地呼唤着，直到确信所有能应答的小松鸡都已经回来了，才领着他们离开了这个可怕的地方，朝小溪上游一个很远很远的地方走去，在那里他们发现铁丝网和刺藤灌木丛提供的庇护所虽然不怎么惬意，却是更为可靠。

小松鸡们在这里慢慢地长大，松鸡爸爸就像他的妈妈曾训练他那样对小松鸡进行着各种训练；不过丰富的知识和经验给了他很多优势。他对周围地区和聚食场了如指掌，他也知道怎样对付困扰松鸡生命的各种疾病，所以整个夏天过去了，一只小松鸡都没有少。他们越长越大，越长越壮，猎人月来临时，他们已经成了有六个长大了的松鸡的优秀家庭，领头的是红颈毛，长着闪闪发亮的红铜色羽毛。自从失去了棕妮之后，红颈毛整个夏天就没有击过鼓，可是松鸡击鼓就好像百灵唱歌，那是他的情歌，也是

他身体健康、精力充沛的表现。毛已经换完，九月的食物和天气让他原本灿烂夺目的羽毛焕然一新，也让他重新打起了精神，有一天当他发现自己就在当年的那棵倒树跟前时，他一时冲动，跳了上去，一遍又一遍地打起鼓来。

从那以后他就经常击鼓，每当这时，孩子们就围坐在周围，偶尔有一只显示爸爸的血气的小松鸡会跳上附近的倒树或石头，并“嘭嘭”地拍打着空气。

黑葡萄和疯狂月来了。不过红颈毛的孩子们此时已经长得身强体壮；健康的身体说明有健全的头脑，所以尽管他们也得了疯狂病，但没过一个星期就全好了，只有三只松鸡永远飞走了。

下第一场雪的时候，红颈毛和剩下的三个孩子正住在峡谷里。天空飘着又轻又薄的雪花，天气也不是很冷，这一家子就蹲在一棵雪松低矮平直的粗枝下过夜。可是第二天风雪还没有停，天气转冷了，一天积雪就成了堆。到了夜里雪不下了，但寒气更加刺骨，于是红颈毛带着孩子们到了一棵白桦树跟前，树下有一个很深的雪堆，他一个猛子扎进了雪里，孩子们也都跟着扎了进去。

后来风把松散的雪吹进坑里，白白净净的，当了他们的铺盖，他们就这样被裹在里面舒舒服服睡着了，因为雪是一种暖和的毯子，而且空气也很容易透进去供他们呼吸。第二天早上每只松鸡都发现他的面前竖起了一堵坚固的冰墙，那是他们呼出的气冻结成的。不过听见红颈毛一大早就在“喀哩，喀哩”（“过来，过来”）地叫他们，他们轻松地掉过头去飞了起来。

这是小松鸡们在雪堆里度过的第一个夜晚，不过对红颈毛来说，这可不是什么新鲜事了，第二天晚上他们又高高兴兴地钻进了雪床，北风像前一天晚上一样给他们盖上了雪被。可是天气起了变化，夜里风向转东，先是鹅毛大雪，后来转为雨夹雪，继而又下起了白花花的瓢泼大雨。整个世界成了冰天雪地，松鸡们一觉醒来起床时，发现自己被一片无情的大冰层给封住了。

深层的雪还比较松软，红颈毛钻孔开路，很快就到了顶，可是顶层的冰却非常坚硬，红颈毛的力气突不破那白生生的冰壳。他尽力敲打拼搏，可是不起一点儿作用，倒是把他的一双翅膀和脑袋撞得伤痕累累。在他以前的生活中，既有过若狂的欣喜，也有过惨痛的磨难，也曾屡屡陷入突如其来的困境中，不过这一次似乎是压力最大的一次。时间慢慢地熬过去了，他的力气也因为不停地挣扎而衰竭，可是离自由还是遥遥无期。他能听见孩子们也在挣扎努力，有时还能听见他们“唧——唧——”地向他求救。那声音拖得老长，十分伤心。

他们现在倒是躲过了许多敌人，却躲不过饥饿的痛苦，当夜幕降临时，饥饿和无效的劳累耗尽了他们的力气，这几个受困者疲惫不堪，全都绝望地静了下来。刚开始他们还一直担心会有狐狸出现，发现他们身陷困境后对他们为所欲为，可是当他们好不容易熬过第二个晚上后，他们不再担心了，倒还真希望会有狐狸来砸破冰层，这样至少会给他们一个拼命求生的机会。

然而，当狐狸真在冻结的雪堆上蹑手蹑脚地走过时，那深藏在心底的对生命的热爱之情又复活了，他们静悄悄地蹲伏着一声不吭，直到狐狸走开。第二天又是一场暴风雪。北风派出了它的雪马，在白茫茫的大地上呼啸着奔驰而过，它们不停地抖动翻卷着它们白色的鬃毛，一路飞奔时踢起了更多的雪片。雪粒长久猛烈的摩擦把雪壳研得越来越薄，尽管下面本来就不暗，它还是越变越亮。红颈毛整天不停地在下面用嘴啄击冰壳，直干得他头也疼，嘴也钝，可到太阳落山时他好像离逃生还是像以前一样遥远。这一夜像前几夜一样过去了，只是没有狐狸在头顶上跑过。天一亮，他又开始用嘴来敲打冰壳，不过几乎连一点儿力气都没有了，孩子们的声音或挣扎也再听不见了。天色越来越亮，他发现经过长时间的努力他已经在头顶的冰索上凿出了一个亮点，所以他有气无力地继续啄下去。外面，雪马还在整天不停地肆虐，可是在他们的践踏下冰壳真的越来越薄了；傍晚时分，红颈毛的嘴伸到了外面。这个收获带来了新生，他继续用嘴去啄击冰壳，而且在太阳落山前啄出了一个小洞，足以让他的脑袋、脖子还有他那永远漂亮的颈毛伸出去。但他宽大的肩膀还是出不去，不过现在他可以从上往下啄了，这使他的力气比原先增长了三倍；雪壳很快就碎了，不一会儿他就腾身飞出了这座冰牢，又一次获得了自由。

可是还有孩子们呢！红颈毛飞到一个距离最近的堤岸上，急匆匆地采集了一些野蔷薇果子来填充辘辘饥肠，然后就飞回到那座冰牢，又是咯咯叫，又是猛跺脚。他只听到一声回答，一声微弱的“唧唧”，他用锋利的爪子没几下就把已经变薄的冰层给刨破了，“灰尾巴”全身无力，好不容易爬出了冰洞。可也就出来了他一个，另外两个不知失散到积雪里的什么地方去了，听不见他们的应答声，也看不到他们还活着的任何迹象，红颈毛只好离开他们走了。等到春天雪化了之后，他们的尸体露了出来，也不过是些皮毛和骨头——仅此而已。

七

过了很久，红颈毛和灰尾巴才完全康复，不过充足的食物和休息是包医百病的灵丹妙药。仲冬的一天，天气晴朗，阳光明媚，生气勃勃的红颈毛又像往常一样跳上了那棵倒树打起鼓来。究竟是鼓声，还是他们的踏雪鞋在无处不在的雪地上留下的脚印，向“笨蛋”暴露了他们的行踪？他扛着枪，带着狗，一遍又一遍地在峡谷上下踅摸，企图猎获这两只松鸡。他们以前就见识过他，现在他倒是要来熟悉熟悉他们了。这只长着铜红色颈毛的大公松鸡在唐谷上上下下人人皆知了。猎人月里，有许多猎人都想结果他辉煌的生命，就像从前有个不中用的无赖想一把火烧掉以弗所[①]的世界奇迹来谋求出名一样。可是红颈毛深谙森林生活之道。他知道什么时候应该悄悄飞走，什么时候应该先蜷伏起来，等敌人走过去后再在一

① 以弗所，古希腊小亚细亚西海岸的一座重要贸易城市，以阿耳忒弥斯神庙而闻名。

码之内打雷似的飞身跃起，快速藏到大树后面，然后再迅速逃走。

但“笨蛋”背着枪，从来没有停止过追寻这只长着红颈毛的雄松鸡，他也曾试着老远就快速开枪射击，可不知怎么回事，每回都有树啊，土堆啊或是某个安全的隐蔽物隔在他们中间，所以红颈毛仍然活着，茁壮地成长，照样击鼓。

雪月来临的时候，他和灰尾巴转移到了弗兰克城堡的森林里，那里不仅古木参天，而且食物充裕，尤其是东边坡上攀爬的毒芹丛中长着一棵高大显眼的松树。这棵树直径达六英尺，树上最低的枝条也高过其他树的树冠，到了夏天树冠就成了蓝背樫鸟和他的新娘有名的度假胜地。枪弹根本打不到这里来，春暖花开的日子里，蓝背樫鸟会在他的伴侣面前载歌载舞，他展开亮闪闪的蓝色羽毛，唱着仙乐一般甜美的曲调，唱得那么甜，那么软，除了他的意中人别人是很少听得见的，这种曲调书本上也根本见不到。

红颈毛对这棵大树情有独钟，他带着唯一一个存活下来的孩子住在大树附近。但是他所关注的是它的根部而不是它那高高在上的树冠。树根周围全是低矮蔓生的毒芹，中间生长着蔓虎刺和喜冬草，积雪下面还能扒出甜甜的黑橡子。再没有比这里更好的聚食场了，因为如果那个贪得无厌的猎人朝他们这边走过来，他们很容易在毒芹丛中悄悄地跑向

那棵大树，再从粗壮的树干后面嘲弄般的“呼”一声飞起来，让大树来抵挡那致命的枪弹，而他们却平平安安地飘然飞去。在法定的狩猎季节里，这棵大树至少救过他们十多次命。所以很了解他们觅食习惯的“笨蛋”在这里设了一个新圈套。他自己在堤岸下埋伏起来偷偷地观望，让他的一个同伙到糖塔山周围地带去轰赶松鸡，那个同伙大踏步地穿过低矮的灌木丛，红颈毛和灰尾巴正在那里面找东西吃，不过在他还离得很远，还不能威胁到他们安全的时候，红颈毛就低声发出了“呃呃——呃呃”（危险）的警告，同时自己也赶紧向大松树跑过去，以防迫不得已时要飞起来。

灰尾巴这时正远远地待在小山上，她突然看见一个新的敌人近在眼前，那只黄毛狗直冲过来了。红颈毛因为离得很远，又有灌木丛遮挡，所以没有看见那只狗，灰尾巴一下子变得惊恐万状。

她“快，快”（飞呀，飞呀）地叫着，从山上往下跑，准备起飞。红颈毛要冷静一些，他“喀哩，喀尔——”（过来，躲起来）地叫了起来，因为他知道持枪的猎人正来到射程以内。他跑到大树跟前，躲到了树干后面，当他停下来急切地呼唤灰尾巴“到这边来，到这边来”的时候，他听见前面的堤岸下面有细微的声响，便意识到那里有埋伏。这时猎狗突然向灰尾巴扑了上去，灰尾巴惊慌地大叫一声，飞起来绕到那挡箭牌一样的树干后面，离开了那个明火执仗的猎人，却刚好落在藏在堤岸下面的那个无耻之徒的伏击圈当中。

“呼”的一下，这个美丽、敏感、高贵的生灵飞了起来。

“砰”的一声，她掉了下来——血肉模糊，一命呜呼，变成一堆烂肉瘫在雪地里。

红颈毛现在的处境十分危险，安全飞走已不大可能，只好蹲伏下来。黄毛狗离他不到十英尺，那个陌生人朝“笨蛋”走过去，离他只有五英尺，但他一直没有动，直到瞅准了机会偷偷地溜到大树干后面，避开了猎人和猎狗。然后他安全地飞了起来，飞到泰勒山旁那个冷冷清清的峡谷里面去了。

亲人们一个接着一个地死在了残酷致命的枪口下，他现在又一次变得形单影只了。他多次死里逃生的雪月慢慢地过去了，猎人们都知道红颈毛成了同类中唯一的幸存者，便无情地追杀他，他也变得一天比一天野。

到了最后，用枪追捕他似乎只是在浪费时间，所以到积雪极厚、食物奇缺的时候，“笨蛋”又想出了一个新招。他在聚食场的对面——那差不多是风暴月中唯一一个不错的聚食场

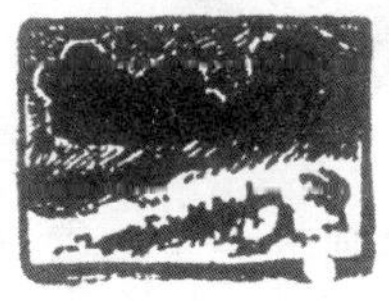

了——安置了一排罗网。一只白尾兔，他是松鸡的老朋友了，用他那锋利的牙齿把好几张罗网都给咬破了，不过还有几张是好的，红颈毛正在观察远处那个很可能是只鹰的黑点时，恰好

踩中了其中的一张，他猛地一下弹到空中，一只脚被吊了起来。

难道野生动物就没有道德上或法律上的权利？人又有什么理由让同类的生灵遭受如此漫长而又可怕的痛苦，就仅仅因为动物不会讲人的语言？那一整天，可怜的红颈毛被吊在那里，忍受着越来越厉害的撕心裂肺的疼痛，他拍打着他那宽大强壮的翅膀，挣扎着想重获自由，但纯属徒劳。整整一天一夜啊，他遭受的折磨越来越严重，到后来他只求一死了之。可是没有人出现。天亮了，白天慢慢地磨蹭着，他还是吊在那里，奄奄待毙；他的强壮反而成了祸因。第二个夜晚慢慢降临了，在百无聊赖的黑暗的时刻，垂死的松鸡拍打翅膀的微弱声音吸引来了一只大角鸮，从而结束了这场苦难，真是做了一件善事。

北风顺着峡谷刮下去了。雪马从起皱的冰面上越过，越过唐谷平原，越过沼泽，向湖奔去。雪马应该通身洁白，因为它们原本就是被驱动的雪，可是它们的身上却散落着黑乎乎的东西，骑在它们背上的还是松鸡颈毛的残片——那闻名遐迩的彩虹般的颈毛的残片。那天晚上，残片乘风越过黑沉沉的湖泊，奔向很远很

远的南方，就像它们曾经在疯狂月的阴霾中乘势向前飞行那样，它们不停地乘风向前，直到全被吞没，那可是唐谷松鸡种族里最后一只松鸡的最后一丝痕迹啊。

因为弗兰克城堡现在再也听不见松鸡叫了——而且泥巴溪谷里那根老松树击鼓木，再也无人利用，已经无声无息地朽烂了。

男孩与猞猁

一　男孩

他还不满十五岁，酷爱打猎，虽说初学者都比较有激情，但是也不至于像他这么痴迷。焦黑的枯木如火的纪念碑一般，围拥着一小片林中空地，整日都有成群的野鸽子从湛蓝的凯基努尔湖面上飞来，成行栖在枯木的枝头。这些鸽子十分诱人，但他追猎数小时却一无所获——它们似乎十分了解老式猎枪的射程，没等他靠近，就噼噼噗噗地拍拍翅膀飞走了。远处的泉水边有一间小木屋，屋旁有一些青翠的小树，一小群野鸽子散落其间。索本借着木屋的掩护悄悄地靠近，看到近处有一只独鸽，他瞄了好一会儿，放了一枪。那只鸽子应声落地，索本跑过去拿他的战利品，这时，出现了一个高大的年轻人，把鸽子捡了起来。

“嗨，科尼！你拿了我的猎物！”

“你的猎物！你的猎物早飞了。我眼瞅着这些鸽子飞到这儿来，心想，非得用我的来复枪搞上一只。”

两人细细查看一番，发现鸽子身上有一发来复枪弹和一发猎枪弹。两名枪手同时打中了这只鸽子。两人都觉得很好笑，但这件事儿也有不太好笑的一面，因为在深山老林里，食物和弹药都是很珍贵的。

科尼·科尔茨起身往木屋走去。他是个典型的爱尔兰裔加拿大年轻人，高大威猛，足有六英尺高。科尔茨一家在木屋里过着朴实无华、因陋就简的快活日子。他们虽然在加拿大的深山老林里出生长大，身上流的却是纯种爱尔兰人的热血，一股子举世闻名的爱尔兰式的热心肠和聪明劲儿。

科尼出生在一个大家庭，长辈们都住在二十五英里以南的彼得塞，身为长子，他要求在菲尼彭克自立门户，在林子里建造自己的家。他两个成年的妹妹，沉静可靠的玛嘉特和聪明伶俐的露帮他打理家务。

索本·奥尔德是科尼家的客人，他大病新愈，家人把他送到林子里来历练历练，希望能沾点儿主人家的精气神。科尼的家是用粗木建造的，没有地板，屋顶铺着草皮，上面长有茂密的野草。屋旁的原始森林有两处中断：一处是一条极端简陋的小径，向南通往彼得塞；另一处是波光粼粼的凯基努尔湖，清波在卵石密布的堤岸上翻滚，可以远远瞥见湖对岸四英里处的一间屋子——那是他们最近的邻居。

他们每天的生活一成不变。天一破晓科尼就起身生火，叫醒妹妹们。姑娘们做早饭，科尼喂马。六点钟吃完早饭，科尼就开工了。中午时分，玛嘉特根据某棵枯树投在泉水上的影子，判断该汲水准备午餐了。露会在一根竿子上挂一块白布，科尼看到这个信号便从夏季休耕地或者干草地回来，脏兮兮，黑黝黝，红通通的，一副阳刚健壮、勤劳苦干的样子。索[①]有时整天不在家，不

---

① “索”为“索本”的昵称。

过晚上他会从湖边或者远处的山里回来，和大家聚在一起吃晚饭。晚饭和午饭与早饭没啥两样，每一餐和每一天的活动一样一成不变：猪肉、面包、土豆和茶，那十几只在小马厩旁转悠的母鸡偶尔也会下几个蛋给大家加加餐；难得有野味，因为索不太会打猎，科尼又没空打猎——农场的事儿已经够他忙的了。

二　猞猁

一棵巨大的菩提树走完了树的一生。死亡一向慷慨，之前便给了它三个警告：它是同类中最大的，它的孩子都已长大，它的树心空了。冬日的狂风把它放倒并拦腰斩断，在树心的位置露出一个巨大的空洞，这片阳光普照的敞地中间便有了一条长长的木质洞隧，对于一只正在找窝待产的母猞猁来说，真是个绝佳的居所。

她又老又衰弱，这一年对于猞猁们来说相当艰难。去年秋天一场兔瘟断了他们主要的食物来源；冬日积雪深厚，大地冰封，几乎所有的松鸡都给冻死了；春天漫长而多雨，少数之前幸存下来的小松鸡也都夭折了；池塘和溪流水位很高，鱼和青蛙很容易藏匿，猞猁们虽有利爪却也鞭长莫及，这位猞猁妈妈的日子也不比其他猞猁好过。

小猞猁还没有出世就饿得半死，出生后又占用了母亲大量的狩猎时间，情况更是雪上加霜。

北方野兔是猞猁最爱的食物，在有些年份，她一天就能弄到五十只，可这一季，她却一只都没有看到。兔瘟下手太狠，把兔子都赶尽杀绝了。

一天，一只红松鼠钻进了一截空木，落入了圈套，被母猞猁逮个正着。还有一天，她只抓到一条臭气熏天的黑蛇。妈妈一天没有找到食物，嗷嗷待哺的小猞猁们凄惨地叫唤着。有一天，她看到一头巨大的动物，气味很难闻却很熟悉。她悄悄地靠近，敏捷地发起猛攻。她一爪抓到它的鼻子，那只豪猪蜷起身子，翘起尾巴，扎了猞猁妈妈一身的刚毛。她用牙齿把刚毛拔了出来。很多年前她就领教过豪猪的厉害，要不是迫不得已，她是不会铤而走险去招惹这头豪猪的。

有一天，她只逮到一只青蛙，第二天，她去最远处的林子里进行漫长而艰难的觅食，听到一种奇特的叫声。她以前没有听到过这种叫声，便迎着风小心翼翼地走了过去，又闻到了很多新奇的气味，听到了更多陌生的声音。猞猁妈妈走到一片林中敞地时，听到这种响亮清晰的叫声反反复复地响起。敞地中间有两个巨大的麝鼠窝——也有可能是水獭窝，绝对是她见过的最大的。这两个半木结构的窝不是建造在水塘里，而是建在一个干燥的小圆丘上，旁边有几只松鸡——至少是长得很像松鸡，只是更大，五颜六色的，有红的，有黄的，有白的。

她兴奋得直发抖，猎人在发现猎物的时候也会有同样的反应。食物——食物——好多食物，这位老辣的猎手匍匐着，胸部贴地，大腿肘关节高过脊背，专心追踪猎物——这是最狡猾、最细致的追踪，为了弄到一只松鸡，她将不择手段，不惜一切代价，不允许有一点闪失。即使要花上几个小时，甚至是一整天，她也要等到胸有成竹才下手，不能让这些猎物飞走。

从林子到大“鼠窝”只有几步之遥，但她花了一个小时慢慢靠近，从树墩到灌木，从木桩到草丛，神不知鬼不觉地匍匐前进。松鸡只管在那儿吃东西，根本没有发现她。她之前听到的第一声叫声，就是其中最大的那只发出的。

有阵子它们似乎意识到了危险，但是捕猎者迟迟没有下手，它们又放松了警惕。这时，猎物已经近在咫尺，猞猁妈妈捕猎心切，饥饿难耐，禁不住浑身颤抖。她锁定了那只白色的——它并不是最近的那一只，但它的颜色吸引了她。

“鼠窝”周围有一块空地，旁边都是高高的野草，到处都是树墩子。那只白鸡溜达到了这些野草后面，那只大嗓门儿的红鸡飞到了“鼠窝”顶上，和之前一样放声高歌起来，像是在发警告。猞猁妈妈又往下压了压身子。不，那不是警告，白鸡还在那儿，她能看到白色的羽毛在草丛里闪闪发光。空地就在眼前。猞猁猎手像一张毛皮一样贴在地上，在一段也就是她脖子粗细的木桩后面慢慢地悄无声息地潜行；要能溜到那丛灌木里，草丛里的猎物便看不到她，同时又靠泉水边的目标足够近。她都能闻到它们的气味了——那是生命的气味，醇厚而强健，血肉的气味让她双目放光，四肢刺痛。

鸡还在那儿扒拉着觅食，又有一只飞到了窝顶上，但那只白的还在草堆里。猞猁又神不知鬼不觉地缓缓走了五步，来到了猎物所在的草丛后面。白鸡在草丛中十分扎眼。她估测了一下距离，试了试落脚的感觉，蹬了蹬后腿清理掉一些枯枝，然后集中全身的力气一跃而起。那只白鸡都不知道自己是怎么死的，那个致命的灰色阴影压顶而来，干净利落地要了它的命，没等其他几只鸡发现敌人及时逃命，猞猁便已经叼着那只还在扭动的白鸡消失了。

她一路上有事儿没事儿大吼一声，充满了与生俱来的残暴和快活劲儿，蹦跳着钻进了森林，像蜜蜂一样往家奔去。温热的猎物停止了最后一阵抽搐，这时，猞猁听到前方传来沉重的脚步声。

她跳上一截木桩。猎物的翅膀遮挡了她的视线，她放下鸡，用一只爪子按着。脚步声越来越近，灌木纷纷弯倒，一个男孩映入她的眼帘。老猞猁认识这种生物，痛恨这种生物。她在夜里观察过他们，跟踪过他们，也被他们所猎、所伤。有那么一瞬间，他们面对面站着，猞猁狺狺低吼发出警告，这同时也是一种挑战，一种反抗。她叼起鸡，从木桩上跳下来，钻进灌木躲了起来。离家还有一两英里，她忍住没有吃猎物，直到回到阳光照耀的敞地看到大菩提树才动嘴。她发出“噗噗”的叫声，呼唤孩子们出来一起享用这顿丰盛的大餐，这可是最美味的食物啊。

三　猞猁的家

刚开始，在城里娇生惯养的索不太敢在林子里走太远，只在能听到科尼挥斧劈木声的范围内活动；可他一天比一天走得远，根据太阳的位置、指南针和景物来辨别方向——靠树上的苔藓来辨别方向不太可靠。他的目的是了解野生动物，而不是杀死它们；但博物学家也是大半个冒险家，所以他随身带着枪。在那片空地上，唯一一只像点样的动物是一只肥肥的土拨鼠；它在木屋几百码开外的一个树墩下面打了个洞，阳光灿烂的清晨，它会躺在树墩上晒太阳。要想享受林子里任何美好的事物，都必须要时刻保持警惕。这只土拨鼠总是很警觉，索下过套开过枪，都是白费劲儿。

一天早上，科尼说：“嗨，伙计，我们去搞点鲜肉来吃。”他取下他的老式铜座小口径来复枪，利落地上好子弹，真不愧是个玩枪的好手。他把枪顶在门框上定位，然后开了一枪。土拨鼠往后一倒，不动了。索跑过去，喜气洋洋地拿着战利品大叫道：“一枪穿头——一百二十码开外。”

科尼强忍住得意的微笑，但是那一刻，能看出他的眼睛比往常明亮那么一点点。

打死这只土拨鼠可不是为了好玩，这家伙在巢穴附近的田地里大肆搞破坏。土拨鼠肉让全家人吃了顿好饭，科尼还教索如何鞣制土拨鼠皮。首先，把剥下来的鼠皮在木灰里包上二十四个小时，去掉上面的毛，然后在水肥皂里泡三天，边搓边晾，直到它变成强韧的白色皮革。

索越走越远，寻找各种东西，无论他怎么寻找，总有莫大的惊喜。有时，很多天都一无所获，有时却充满了奇遇，毕竟意外之喜是狩猎最特别的地方，让狩猎拥有长久的魅力。一天，他沿着一个以前没去过的方向走到离山很远的地方，穿过一片林间空地，空地中间横着一棵巨大菩提树残破的树干。这棵树特别大，让他很难忘。他大摇大摆地走过空地，往湖边走去，他往西走了一英里，二十分钟后，他开始往回走，看到一只巨大的黑色动物蹲在一棵铁杉树的干杈间，离地足有三十英尺高。熊！机会终于来了！整个夏天他都在隐隐期待这种测试勇气的机会，看看那个神秘的“自我”在这种试炼中会如何表现。他站着不动，右手探进口袋里，拿出三四颗应急用的铅弹上到之前上的几颗鸟弹的后面，然后往里猛推了一根弹塞固定。

之前熊没动，男孩看不到它的头，现在他仔细地打量着它。它也没那么大——对，并不大——没错，很小——是头幼崽。幼崽！这就是说母熊就在附近。索有些恐惧地环顾了下四周，没有发现母熊，便瞄准开了一枪。

掉下来一只动物，已经断气了，可出人意料的是，这并不是一头熊，而是一头豪猪。他惊讶地检查了一下这头豪猪，感到十分懊悔，因为他根本无意伤害这样一个无害的生灵。在豪猪那张怪里怪气的脸上，他看到两三条长长的抓痕，看来他并非唯一的敌人。他转身准备离开时，发现裤子上有血，随即又看到自己的左手在流血。他被豪猪的刚毛伤得不轻，居然都没发现。没把豪猪带走他觉得很遗憾，露得知这件事情后，说她正需要一条绲边的毛皮披肩，不把豪猪皮剥下来真是太可惜了。

索之前在空地附近看到一些奇异的植物，想去采点回来，所以那天出去没有带枪。他认得那个地方，那里有一棵倒下的榆树。当他靠近空地时，听到一个奇怪的声音，他随即在木桩上看到两个奇怪的东西在动。他抬起树枝，一看究竟。原来是一只大猞猁的头和尾巴。猞猁也看到了他，恼怒地盯着他吼叫。它的爪子下面是一只白色的鸟，仔细一看，竟然是他们养的宝贝母鸡。这畜生看起来那么凶狠残忍！索恨死它了！他厌恶得咬牙切齿，这可是报仇雪恨的天赐良机，可他偏偏没有带枪。同时他又很害怕，站在那儿不知道该怎么办。猞猁发出更为低沉的吼叫，粗短的尾巴恶狠狠地抽了一小会儿，然后叼起它的猎物，从木桩上跳了下来，消失在丛林里。

这年夏天雨水很多，地面上到处都软塌塌的。年轻的猎手索追踪着路上的足迹，要知道，在少雨的日子里，连行家都无力辨认这些足迹。一天，他在林子里发现了一些类似猪蹄的脚印。他毫不费力地追踪着这些足迹。足迹很新，两小时前的一场大雨把其他小道都给淹了。约莫走了半英里以后，他来到一处开阔的山涧，爬到山顶的时候，他看到山涧对面有道白光一闪而过，他年轻敏锐的双眼分辨出那是一头母鹿，带着一头长斑点的小鹿，小鹿正好奇地盯着他看。尽管他是跟着它们的足迹一路走来的，可还是吓了一大跳，张大嘴巴惊愕地看着这两头鹿。母鹿回过头，竖起了她白色的尾巴——这是她的警告旗，轻快地蹦跳着逃走了，小鹿跟在后面，驾轻就熟地越过低矮的树干，遇到高处的木桩时它低下身子，像猫一样柔软灵活地从下面穿了过去。

虽说他后来不止一次地看到那两个足迹——至少他相信就是那两个足迹，但他最终都没有机会朝它们开枪，由于一些难以解释的原因，当时在那片未经开发的森林中，鹿相当稀少，后来几年，敞地向外扩大，鹿反而多了起来。

他再也没有看到母鹿和小鹿成双出现，但他后来又见过一次那头母鹿——他相信是那头母鹿，当时她正在林子里到处嗅，寻找食物，用脚点地找路。她紧张又焦虑，很明显是在找什么东西。索记起科尼教他的一招。他轻轻地弯下身子，拿起一片宽宽的草叶，夹在两个大拇指之间，用这个简易的口哨发出短促刺耳的啸叫，惟妙惟肖地模仿小鹿呼唤母亲的叫声，母鹿闻声从远处蹦跳着跑过来。他抓起枪，想射她，但是她注意到了男孩的动静，停下脚步，鬃毛微微竖起，吸了吸鼻子，好奇地看着男孩。她温柔的大眼睛触动了他的心，让他缩回手去。她小心翼翼地走近一步，深深地嗅了嗅这个致命的敌人，蹦跳着跑到一棵大树后面，在他一时冲动突发的慈悲心消退之前，消失得无影无踪。“可怜的家伙，”索说，“我想她的孩子是没了。”

然而男孩又在林子里碰到了一只猞猁。在遇到那头孤独的母鹿后半小时，他翻过木屋北面几英里处一座绵延的山。途中他经过了那棵巨大菩提树所在的空地，一只长得像大个子短尾小猫的动物无辜地看着他。他像往常一样举起枪，但是小猫只是把头倒向一边，无畏地注视着他。这时候，又来了一只小猫，他之前都没有注意到。第二只小猫开始和第一只小猫玩耍，用爪子挠挠它的兄弟，邀请它来一起打闹。

索的第一反应是开枪射击，但是看着它们那么快乐地嬉戏，他犹豫了，然而与这种动物之间的过节又浮现在脑海之中。他刚要举枪，突然身后响起一声凶狠的低吼，他吓了一大跳。就在十英尺不到的地方，老猞猁站在那儿，看起来那么高大凶猛，就像一头母狮子。这时候射杀小猞猁显然很不明智。怒吼声此起彼伏，男孩紧张兮兮地上了几颗铅弹，可没等他准备好射击，老猞猁已经叼起脚边的什么东西，带着小猞猁离开了。男孩瞥到一眼那个红棕色带斑点的东西，是一头刚被杀死的小鹿，软塌塌地躺在那里。索在这之后再也没有见过这头母猞猁，直到最后那场一对一以命相搏、你死我活的大战。

四　林中的阴影

日常的生活日复一日，转眼六周过去了。一天早上，年轻的巨人似乎特别安静。他英俊的脸庞十分凝重，整个早上都没有唱歌。

他和索两人睡在主房间一个角落里的干草床上。那天晚上，索不止一次听到他唉声叹气，辗转反侧。科尼早上照常起床喂马，可是当妹妹们准备早餐时，他又躺回床上去了。他挣扎着起身出门干活，却早早地回家了。他浑身发颤，大夏天的，从头到脚都发寒。几个小时过后，症状发作，科尼发起了高烧。大伙儿明白，科尼得了林区人见人怕的寒热病。玛嘉特出去采了一兜梅笠草熬茶，让科尼大量服饮。

可尽管大家精心照料，用草药医治他，科尼的状况还是在不停地恶化。熬了十天后，科尼掉了很多肉，根本没法儿干活了。人生病期间有时会有一两天情况略好，有一天科尼感觉还行，对妹妹们说：“姑娘们，我再也受不了了。我最好回家去。我今天感觉还好，驾会儿车没问题。要是不行了，我就躺在马车上，马儿们会把我带回家的。妈妈照顾我个把星期我就会好起来的。要是我回来之前你们断粮了，就划筏子到艾乐顿家去。”

于是，姑娘们帮他套上马，给他装了半车的干草。科尼脸色苍白，虚弱无力，沿着漫长颠簸的小径上路了，大家看着他离去，仿佛身处孤岛，唯一的船儿也被夺走了。

科尼走了还不到一星期，玛嘉特、露和索就染上了更严重的寒热病，都倒下了。

科尼还时不时会有一两天感觉略有起色，他们三个则完全没有喘息之机，木屋笼罩在痛苦之中。

七天过去了，玛嘉特根本下不了床了，露虚弱得在屋子里走一圈都很困难。露是个勇敢的姑娘，用一肚子的幽默段子努力给大家打气，但是看她苍白痛苦的面庞，最欢乐的笑话也黯然失色了。索虽然也病得很重，十分虚弱，但还算是他们中间最硬朗的，便担负起照顾大家起居的重担，每天准备简单的餐食。大家都吃不进什么东西，在这当儿，倒也算是件幸运的事儿，因为食物不太够，科尼再过一个星期也不一定能回来。

没过多久，就只剩下索能下床了。一天早晨，他拖着病体去切那块他找到的珍贵的培根，却惊恐地发现，整块培根都不见了。那块培根就放在屋子背阴处的一个小盒子里，防止苍蝇叮食，无疑是被什么野兽偷走了。现在，就只剩下面粉和茶叶了。索很绝望。这时，他看到了马厩旁的鸡，顿时两眼放光。可又有什么用呢？他这么虚弱，抓鸡和抓鹿抓鹰也没什么区别。突然，他想起他有枪，于是没过多久，就有了一锅肥美的鸡肉。他把整只鸡扔到锅里炖，这是最简单的烹调方式。这顿炖鸡汤是他们这阵子吃上的唯一一顿真正的美食。

他们靠这只鸡艰难地撑了三天，吃完以后，索又拿起枪——枪拿起来更重了。他爬到谷仓，但是因为太虚弱，手直发抖，开了好几枪才打到一只。科尼走的时候带走了来复枪，现在就只剩下三发子弹了。

索惊讶地发现，居然剩下没几只鸡了，也就是三四只吧，原来可是有十几只啊。三天后，他又去打鸡，看到只剩下了一只。为了打这只鸡，他用尽了所有的子弹。

他每天就生活在恐惧之中。早晨，他往往感觉尚可，就给全家人准备一点食物，在每张床床头的台子上放上一桶水，准备晚上高烧袭来时解渴。下午一点钟的时候，寒战按时发作，准时得可怕，他从头到脚浑身发抖，牙齿打战，从里到外都冰冷彻骨。没有什么东西能让人暖和起来，连火都仿佛失去了热度。什么都做不了，只能躺着，忍受要人命的寒冷和让人发疯的颤抖。这漫长的折磨会持续六小时，伴随而来的眩晕简直是火上浇油；然后，到了晚上七八点钟的样子，会有新的情况——高烧袭来，连冰都不能解热。水，水，他焦渴无比，只想喝水，拼命喝水，直到凌晨三四点钟，高烧退去，他才筋疲力尽地昏昏睡去。

“要是断粮，就划筏子去艾乐顿家。”这是哥哥临走前最后的嘱咐。可谁去划筏子呢？

还剩下半只鸡，吃完以后他们就得饿肚子了，而且，没有任何迹象表明科尼要回来了。

在这似乎永无止境的三个星期中，三个人就这样凑合过着，艰难度日。每天都差不多，只是每况愈下，大家都更虚弱了——过不了几天，男孩也将卧床不起，到那时候可怎么办呢？

屋里满是绝望的气氛，每个人都在暗暗地呼喊："上帝啊！科尼不回来了吗？"

五　男孩的家

剩下最后一点鸡肉的那天，索一早上都在挑水，准备三个人晚上发高烧的时候喝。寒战比平时更早降临，那天晚上烧得也比平时更高。

他从床头的水桶里频繁地牛饮，凌晨两点烧退睡去时，满满一桶水已经快见底了。

破晓时分，他被不远处一个奇怪的声音惊醒了——那是泼水的声音。他转过头去，在离他的脸不到一英尺的地方看到两只亮闪闪的眼睛——一头巨大的野兽在他床头的水桶里舔水喝。

索恐惧地看了一会儿，闭上眼睛，觉得自己肯定是在做梦，"床边有只老虎"之类的噩梦，可舔水声还在继续。他抬起头看了看，没错，它还在那儿。他想要喊叫，却只发出一阵咯咯声。那只毛茸茸的大头颤抖了一下，吸了吸那对明晃晃的眼睛下面的鼻子，不管它是什么，反正那活物前腿着地，跳到地上，从桌子下面走到屋子的另一头。索现在完全醒了，他用胳膊肘把自己撑起来，虚弱地喊"哦嘘"，那对闪闪发亮的眼睛又出现在了桌子

底下，随即现出一个灰色的身形。它冷静地走到一个存土豆的老旧地窖的洞口，轻巧地钻到最底下的木头下面，消失得无影无踪。那是个什么东西？虚弱的男孩无从知晓，但无疑是头食肉的野兽。他被吓坏了，无助而恐惧地浑身发抖，这天晚上，他的睡眠断断续续的，会突然惊醒，在黑暗中寻找那双令人胆战心惊的眼睛和快速移动的巨大灰色身影。到了早晨，他都搞不清是不是自己精神错乱产生了幻觉，不过他还是拖着虚弱的病体勉力用一些柴火把地窖的口子堵上了。

三个人都没什么胃口，可即便如此，他们还是不得不省着点吃，因为现在他们只剩下一点鸡肉了，而科尼则认为他们去了艾乐顿家拿到了需要的食物。

那天晚上，烧退入睡的索又被房间里的什么声音惊醒了，这次是啃骨头的声音。他环顾四周，小小的窗户映出一只巨大的动物趴在桌子上。索大声喊叫，试图用靴子扔这个入侵者。那个被堵上的洞口又被打开了，它轻快地跳到了地上，钻进了洞里。

他明白，这次可不是做梦了，姑娘们也知道这件事情，她们不但听到了那活物的声响，而且，他们最后的口粮——那点鸡肉，也被掠食一空。

可怜的索那天几乎没下床。两个病恹恹的女人怒气冲冲地不停抱怨，他这才挪身出去干活儿。在泉边，他找到一些莓子，和姐姐们分了。他像往常一样为寒冷和干渴做准备，另外还加了点东西：他在床边放了一把旧鱼叉——枪没有子弹了，这是他能找到的唯一一样武器——外加一支松根蜡烛和一些火柴。他知道那畜生还会再回来，饥肠辘辘地回来。它在这儿找不到别的食物，自然会对无力地躺在那儿的活物下手，不是吗？索心头浮现出那

头小鹿软塌塌的棕色身体被同一张凶残的嘴叼着，垂在那儿的样子。

他又用柴火堵住了洞口。这一夜一如往常，但是那个凶残的客人没有来。那天他们的食物是面粉和水，为了生火做饭，索不得不用掉一点堵洞口的柴火。露努力讲了个不怎么好笑的笑话，说她觉得自己轻得能飞起来了，便尝试着起身，挪到床边却再也动不了了。同样的准备，夜晚的时光流逝，时至凌晨，索又被床边舔水的声音粗暴地惊醒了，又是那双亮闪闪的眼睛，大脑袋，窗户里透出的昏暗晨曦映出那个灰色的身影。

索用尽全力想要发出一声狂吼，却只发出虚弱的尖叫。他慢慢起身，喊道："露，玛嘉特，那只猞猁……那只猞猁又来了！"

"我们帮不了你，愿上帝保佑你。"姐姐说。

"哦嘘。"索又试图赶走这畜生。它跳到窗户旁的桌子上，站起来怒吼，桌子上方挂着那把没有子弹的枪。有那么几秒钟，它面对着窗户，索以为它要从窗户跳出去，可它转过头来，索看到两只眼睛闪闪发光，知道它在气势汹汹地盯着自己。索慢慢地起身挪到床边，心里祈求上帝保佑——这是你死我活的较量。他擦亮火柴，点亮松根蜡烛。他左手拿着蜡烛，右手拿着旧鱼叉，准备战斗，但他太虚弱了，不得不用鱼叉支撑身体。那巨大的畜生站在桌子上一动不动，微微俯身似乎准备发起进攻。猞猁的双眼在火光中闪着红光，它的短尾巴不停地左右甩动，它的吼声变得尖利。索的膝盖磕在一起，他举起鱼叉，无力地朝那畜生掷了过去。就在鱼叉飞出的那一刻，猞猁跳了起来，却没有如索预想的那样朝他扑过来——他手里的蜡烛和无畏的进攻起了作用——而是从他头顶上蹿了过去，落在地上，立刻溜进了床底下。

这只是暂时的胜利。索把蜡烛放在一个壁架上，双手握叉，他明白，这是为生存而战。隔壁传来姐姐们虚弱的祈祷声。他只看到床底下猞猁发光的眼睛，听到它尖声怒吼，似乎就要发动进攻了。他奋力稳住身体，使出全身的力气刺了过去。

鱼叉刺中了一个比木头软的东西，传来一声可怕的嚎叫。男孩把全身的重量都压到鱼叉上，猞猁挣扎着想要扑过来，男孩能感觉到它的牙齿和爪子抓挠着鱼叉的手柄，不停地迫近。它有力的腿和爪子拼命往索这边够，索坚持不了多久了。他竭尽全力，比刚才又加了一分力。猞猁突然一歪，咆哮一声，随即又传来噼啪一声，劲儿一松。腐朽的鱼叉头断了，猞猁冲了出来，朝索扑来——从他身边飞奔而去——没有碰他，径直钻进了洞口，从此再也没有出现过。

索瘫倒在床上，失去了知觉。

他都不知道自己在床上躺了多久，突然被一个洪亮快活的声音吵醒了，他睁开眼睛，天光大亮。

"嗨！嗨！人都死光了吗？露！索！玛嘉特！"

他都没有力气回答，外面传来嗒嗒的马蹄声和沉重的脚步声。门嘭的一声被撞开，科尼昂首阔步走了进来，还是那么英俊，那么热情。但在踏进这座死寂的小屋时，他的脸上浮现出何等恐惧和痛苦的表情啊！

"都死了吗？"他气喘吁吁地说，"谁死了——索，你在哪儿？是谁？露？玛嘉特？"

"科尼……科尼，"床上传来虚弱的声音，"她们在那儿，她们病得很重。我们没东西吃了。"

"噢，我好傻啊！"科尼反复念叨，"我让你们去艾乐顿家拿

食物的啊。”

“我们没法去，科尼，你刚走，我们三个就都病了。后来，猞猁来了，把鸡都吃光了，把屋里的食物也吃个精光。”

“嗯，你和她打了个平手。”科尼指着地上一溜滴到木堆下面的血迹说。

体面的食物、精心的照顾和对症的药物让他们都恢复了健康。

一两个月以后，姑娘们需要一个新的滤桶，索说：“我知道有个地方有一棵空心的菩提树，和桶一样粗，做桶正合适。”

他和科尼一起去了菩提树所在的敞地，砍下做桶需要的木料。在树身的顶头，他们发现两只小猞猁风干的尸体，旁边是它们母亲的尸体，尸体的一侧插着一把没有手柄的鱼叉。

（蔡予超 译）

小熊约尼

约尼整个儿一副消化不良的样子。
但他想想看。一个糖浆罐头让他开心了好久。

一

约尼是个古怪的小熊崽儿，和妈妈格兰佩生活在黄石公园。他们和其他许多熊一道，心满意足地住在喷泉旅馆一带。

旅馆管事要求厨房垃圾都倒在附近森林的空地上，于是一年四季，这里的熊天天都有一顿美餐。当地法律已将黄石公园变成野生动物的乐园，它们不会受到一丁点儿伤害，熊的数量便一年多似一年了。

熊接受了人类的求和礼物，其中不少渐渐被旅馆的人熟识，甚至因为各自的长相举止而有了各自的绰号。瘦吉姆是一头瘦精精的黑熊，腿长得出奇；黑熊小熏儿看着就像是被火燎过似的；胖墩儿又肥又懒，吃东西总要躺下；双胞胎是两个皮毛蓬乱的半大小子，来来去去都形影不离。而这些熊当中就数格兰佩和小约尼最有名。

格兰佩是黑熊里最强壮凶猛的，约尼显然是她唯一的儿子，这小家伙特别不讨人喜欢，好像永远在哼哼唧唧抱怨个不停。也许是因为他病了——健康的小熊崽儿和健康的小孩儿一样，不会一直哼哼唧唧。而约尼的确看起来病恹恹的，是公园里最可怜的一个。他整个儿就是一副消化不良的样子，这我很能理解，因为我见过他在垃圾山里吃的都是些什么乱七八糟的东西。只要是喜欢吃的他都往嘴里放。他妈妈也由着他乱来；因此说到底，主要是他妈妈的错，她压根儿就不应该这样纵容。

约尼只有三条腿好使，毛色暗淡还长了癣，四肢纤瘦，耳朵和肚子却大得不成比例。妈妈却将他视为珍宝，认定他生得漂亮，是熊里的王子，所以当然特别宠他。为了儿子，她是随时准备赴汤蹈火的，而他也随时乐意给她惹点麻烦。尽管约尼不成器，却一点儿不傻，因为他通常知道自己想要什么，又如何能得到，即使因此要让妈妈吃亏，他也不在乎。

二

我是一八九七年夏天认识他们的。我去黄石公园研究动物的家庭生活；有人告诉我，喷泉旅馆附近的林子里随时能见到熊。这话我当然不信。不过，我到旅馆五分钟后从后门出去，迎面就碰上了一头大黑熊和两个熊崽儿。

我吓了一跳，立刻停住。黑熊也停住了，坐起身看着我。母熊急促地“咳咳”怪叫两声，转头望向旁边一棵松树。熊崽儿似乎明白她的意思，都朝树奔去，小猴子似的蹭蹭蹭爬了上去；在高枝上稳住之后，又像小男孩似的坐下，前肢抓牢，后肢悬空，等着看树底下会发生什么。

母熊用后腿站起，缓缓向我走来。我心里着实不安，因为她站直了约有六英尺，显然也从未听说过人类眼神的魔力。

我手边连根可以自卫的棍子都没有。听她一声低吼，我便要退回旅馆，尽管早已得到保证说，这里的熊向来与人类相安无事。而就在这个节骨眼儿上，离我不过三十英尺的大熊不动了，冷静地打量起我来。她仿佛犹豫了片刻，但显然又拿定了主意：“这个人虽然看上去没有恶意，但不能拿两个孩子冒险。”

她抬头看看两个宝贝儿，发出一声不寻常的呜咽“哦——哦——”，熊崽儿便如听到号令一般跳起来，仿佛两个顺从的孩子，丝毫没有人们通常想象的笨拙熊样，而是在树枝间轻盈跳跃，然后落到地面，一起跑进了树林。熊崽儿应声而动的样子把我逗乐了。妈妈一发令，他们二话不说就服从。但我想这其中的理由也很充分：如果不照着妈妈说的做，他们怕是要被揍得嗷嗷叫了。

这次愉快的邂逅让我一窥熊的家庭生活。就算发现到此为止，也已经算值得一来了，但旅馆里的朋友说这还不是观察熊的最佳地点，我应该去林子里的垃圾山，离这里四分之一英里。他们说，到了那儿，我想看多少熊都能看到——这么说真是可笑。

第二天一大早，我就去了松林里的这处“熊宴厅”，躲在最近的灌木丛里。

没多久，林子里就悄无声息地走出一头大黑熊，在垃圾山里翻找起吃的来。他很紧张，任何细微的声响都会让他坐起来四下张望，一有小动静，他就吓得跑开几码远。最后，他竖起耳朵，匆匆消失在松林里——原来是另一头黑熊来了。这头熊也是一副小心翼翼的样子，后来我拨了拨灌木丛想看得更清楚些，却把他吓跑了。

起先我也很紧张，因为公园里是禁止携带武器的。但这些熊这么胆小，我于是放下心来，为了观察这些大毛熊的家庭生活，我就把一切都抛诸脑后了。

很快，我发现从灌木丛这儿没法看得很清楚，因为离垃圾山还有七十五码远，但再也没有更近的藏身处了，于是我铤而走险，走到垃圾山前，挖了个足以容身的坑，在坑里待了一整天，和臭烘烘的白菜帮子、蔫了的土豆皮、番茄罐头和腐肉为伍。这儿可不是一个有意思的地方，尽管数不清的苍蝇也许有不同看法。那气味着实“销魂”，我晚上回旅馆时竟被拦在门外，不得不在林子里先换了身衣服。

这一天的确是难熬的考验，但我毕竟看到熊了。如果每次来的熊都与之前的不同，那么我应该看到四十多头了。但自然并非如此，因为熊是去了又来的。但有一点我可以肯定：至少有十三头，因为我身边曾同时出现十三头熊。

我用素描本和日记本写写画画一整天，每一头熊都有了完整的记录。而没用多久，这个过程就让我摸透了他们的行为和性格。

很多不擅长观察的人会以为，所有的黑人、中国人，所有同一种类的动物都大同小异，但事实上，人与人都是彼此不同的，动物之间无疑也大有区别，不然大的是如何认出自己的伴侣，小的又是如何认出父母的呢？这些来赴宴的熊就很好地证明了这一点，因为每一头都自有个性，没有哪两个的长相或性格是相似的。

还有一个不寻常的现象：我能听见一百码之外的树林里啄木鸟啄打树干的声音，山雀叽喳、蓝松鸦啁啾的声音，甚至能听见松鼠在铺满落叶的地上蹦跳的声音，却完全听不到熊走近的声音。他们肥大的肉掌总能准确无误地踏下每一步，不会折断一根树枝，不会惊动一片叶子，在林中走动却不发出任何声响，这真是绝技了。

三

整整一上午，熊来了又走，或者在我的藏身处附近转来转去，却都没有发现我；除了一两次争执，也并没有什么值得记录的精彩故事。但到下午三点左右，这里却突然热闹起来。

当时有四头大熊正吃得开心。中间那个是胖墩儿，四肢摊开只管安安静静地大嚼，时不时喘上一口，因为他懒得挪动丝毫，宁可把红蛇似的舌头伸得长些再长些，也不愿举举爪子去够稍远处的食物。

胖墩儿后面是瘦吉姆，他正琢磨着一只老龙虾的结构和特征。这本不在他的经验范围之内，但熊界的原则是“有疑就动手”，这句老话帮助他解决了困惑。

另外两头熊正在娴熟利索地清空水果罐头。一只爪子灵活地握住罐头，长舌头一次又一次避开锋利的边缘，伸进狭窄的开口，将罐头里最后一丝甜味舔个干净。

这恬静的一幕持续了好久，足可以把它画下来，却突然被打破了。我瞥见黑熊出现的那个山头有点动静，然后威风凛凛地走出来一头大黑熊和一头小熊崽儿。格兰佩和小约尼来了。

大熊昂首阔步下山直奔大餐而去，小约尼嘟嘟囔囔着蹒跚跟随；妈妈关爱地留意着孩子，就像母鸡护着唯一的小鸡。当他们离垃圾山不到三十码远的时候，格兰佩转头对儿子说了些什么，看样子仿佛是：“约尼乖乖，我看你就在这儿等着，我去把那帮家伙都赶跑。”

约尼听话地等在那儿；但他想看看，便伏下后腿坐直，瞪大眼睛，竖起耳朵。

格兰佩傲慢地阔步走向那四头熊，一边警告地低吼着。那四头熊正吃得全神贯注，完全没有注意到她的出现。这时候格兰佩已到了十五码之内，突然发出一串响亮的尖叫，向他们全速冲去。令人诧异的是，他们都没装装样子反抗一下，一见来者是谁就立马四散逃进树林。

瘦吉姆跑得最快，另外两个紧随其后；但是可怜的胖墩儿，和所有胖子一样，气喘吁吁，跌跌撞撞，慢慢吞吞地跑起来，却不料慌不择路，朝约尼的方向跑去。格兰佩三步两步就赶上了他，照着屁股狠狠扇了几掌。这几掌就算没帮他加速，也痛得他哀嚎一声，掉转方向逃命去了。

现在盛宴全归格兰佩所有了。她转向儿子，“哦——哦——”呜咽几声。约尼立刻迫不及待地回答，用三条好腿蹦蹦跶跶尽快跑到妈妈身边。母子俩开开心心吃了起来，竟再也听不到约尼哼唧了。

显然他来过这里，因为他似乎对主要的罐头了如指掌，几乎让人以为他是认识牌子的。只要能找到果酱罐头，龙虾罐头就毫无吸引力了。而有些罐头让他吃够了苦头，因为他太贪心，又太笨拙，难免被锋利的边缘刮伤。有一个非常诱人的水果罐头开了老大一个洞，他整个脑袋都塞了进去，心满意足地把边边角角舔了个遍。可是当他想退出来的时候却笑不出来了——他被卡住了。脑袋拔不出来，他急得又抓又叫，就像一个被宠坏的孩子，总是让妈妈担心得要命，却又束手无策。最后他终于甩掉了罐头，又报复似的抡起巴掌，把罐子捶平了才罢休。

一个大个儿糖浆罐头让他开心了好久。那罐头原来有个盖子，所以开口又圆又光滑，但并没有大到能让他伸进脑袋去，即使舌头伸到最长也够不到美味。不过他很快就转出个主意。他把一条小黑胳膊伸进去，捣了一番，再抽出来舔得干干净净；舔一条胳膊的时候，又把另一条胳膊伸进去接着捣。就这样反反复复，直到罐头里面干净得就像是刚刚出厂。

一个坏了的老鼠夹似乎让他摸不着头脑。他用两个前掌握住夹子，前掌和后肢一样向内弯曲，稳稳捧住夹子细看。夹子的奶酪味儿确实诱人，他一拍，夹子诡异地一弹，让他好不容易才忍住没喊救命。他把脑袋左摇摇右晃晃，又噘起嘴唇伸进一个小管子试探，就这样一本正经地研究了一阵子之后，他让这个夹子得到了那个不听话的水果罐头同样的惩罚，并在这个罪魁祸首的正中心收获一小块香喷喷的奶酪。

约尼显然没有听说过尸毒，因为并没发生过任何问题。果酱罐头和水果罐头都吃完了，他开始留意起龙虾和沙丁鱼罐头，就连军用牛肉罐头也没有吓倒他。他的肚子像个气球似的鼓胀起来，胳膊已被舔得又细又亮，好像戴了一副丝绸黑手套。

四

我突然意识到自己可能有危险。因为惊吓一头没有家庭责任的熊或许还能脱身，而吓到熊崽儿并因此刺激到坏脾气的母熊则是另一回事了。

我心想：万一古怪的小约尼转到垃圾山这一边，看到我藏在这坑里，一定会立刻嚷起来，母熊自然会以为是我要伤害他，恐怕连解释的机会都不会给我，也不会记得公园的规矩，这样就糟了。

幸好所有的果酱罐头都在约尼那一头；他就一直待在罐头旁边，格兰佩则一直待在他旁边。最后他发现妈妈身边那个罐头比他能找到的任何罐头都好，就跑过来呜咽着从她手里拿走了。这时候他不经意往山坡上一瞥，显然看到了什么，立即坐起来，发出不寻常的“咳咳咳”的叫声。

母熊迅速回身坐起，朝她孩子看的方向望去。我也顺着他们的目光看过去。天哪！是一头巨大的灰熊，一个怪物，仿佛一辆披着毛皮的马车穿过树林出来了。

约尼哀叫一声躲到妈妈身后。母熊则低沉地咆哮着，背上的毛发倒竖起来。我也不禁毛骨悚然，但竭力忍住不动。

灰熊踏着庄严的步伐走近，宽大的肩膀垂在两边，银光闪闪的皮毛随步伐而摇摆，如同大象身上的披挂，显示出震慑心魄的力量。

约尼叫得越发响了，而我也有同感，尽管我没有像他那样叫出声。格兰佩犹豫片刻，转头对吵嚷的孩子说了些什么，在我听来就像两三声短暂的咳嗽：咳咳咳。但我猜她说的是：“好孩子，我看你就爬到那棵树上去，我去把那个坏蛋赶走。”

反正约尼就上了树，格兰佩也准备好了一场恶战。可约尼并不想错过好戏，他想看看会发生什么。所以他不满足于藏身在浓密的松枝间，而是爬到能支撑他的最高的枝头，既安全又能看得清楚。他头顶天空，兴奋地扭动身子，高声尖叫。小树枝被约尼压弯，并随着他的晃动而摇摆，我看它随时会折断。如果树枝在晃向我这边时断裂，约尼必然会砸到我身上，然后我和他母亲之间就会有麻烦了。但那树枝比看起来结实，要么就是约尼经验丰富，因为他既没有失足跌落，也没有折断树枝。

与此同时，格兰佩抖擞精神迎向灰熊。她高高昂起身躯，全身的毛根根奓起，然后直面灰熊，咆哮着亮出牙齿。

在我看来，灰熊并没有注意到她。他独自大步流星走向食物。当他行至十二英尺远时，格兰佩发出一连串短促的吼声，冲上前去，对准灰熊的耳朵重重一击。灰熊吓了一跳，但他立刻挥出左掌，将她像一袋干草似的甩到地上。

她并未气馁，反而越发怒不可遏，跳起来再次向他冲去。

然后他们扭打在一起，翻来滚去，重重捶打，怒吼咆哮，激起尘土飞扬。而在这一切喧闹之外，我还能清楚地听到小约尼的尖叫，显然是在鼓励他母亲速战速决，了结灰熊。

我不明白为什么灰熊没能把她劈成两半。我只看见尘土飞扬，拳影模糊，就这样搏斗了几分钟之后，两头熊分开了，仿佛达成了共识，也或许是规定时间已到。他们彼此怒视，格兰佩至少是气喘吁吁了。

灰熊本可以就此结束战事。他并不想打架，也没想到自己因为威胁到约尼而惹下了麻烦。他不过是想安安静静吃一顿。可是糟糕！他刚朝垃圾山迈出一步，格兰佩就认为他是冲着约尼去的，于是再次向他发起挑战。但这次灰熊有了准备，一挥掌就把她打翻，她一头撞上一截拱起的大松根。这回她被震到了。那记猛击，再加上松根狠狠一撞，似乎夺走了她全部战斗力。她爬开试图逃跑。但这时候灰熊发怒了。他要惩罚她，便转过树根冲上去。他们绕着树根躲闪追赶了一阵子；格兰佩脚下更敏捷些，总能设法让树根挡在她和敌人之间，而约尼安安稳稳躲在树上，继续兴致勃勃地看热闹。

最后，灰熊意识到这样抓不住她，便坐下来，酝酿新一轮进攻。格兰佩便瞅准机会，迅速从树根边跑开，攀上了约尼藏身的树顶。

约尼往下爬了几步来和妈妈会合，也可能是为了避免树因为负重增加而折断。我从藏身的地方给这几头有趣的熊拍了照片，又觉得必须不惜一切代价再拍一张更近的。于是，在这一整天中，我第一次从坑里跳出来，跑到树下。这次移动是个大错，因为我的视线被低处茂密的树枝挡住，完全看不到树顶的熊。

我靠近树干，四处张望，想找个机会用相机，这时候格兰佩开始从树上往下爬，咬牙切齿地对我发出威胁的低吼。我正在踌躇，忽然听见身后远远有人喊道："喂，先生！小心！那熊可能会伤到你。"

我转过身，看到旅馆的牛倌儿骑着马过来。他正赶着牛群，这时候碰巧路过。

"你认识这些熊吗？"见他渐渐走近，我问道。

"嗯，我想我认识，"他答道，"树上那个熊崽儿是约尼，是个小古怪。大的那个是格兰佩，是个大古怪。平常她还靠得住，可要是约尼那么叫起来，她就难对付喽。"

"我很想在她下来时拍张照片。"我说。

"我说呀，我就骑马等在旁边；如果她来攻击你，我就不让她靠近。"那个人说。

他果然站在一边；格兰佩慢慢地顺着树枝爬下来，嘴里威胁地咆哮着。但是，当她接近地面的时候，始终贴在树干另一侧，最后滑下来，跑进了树林，完全没有佯装要实施之前的威胁。于是约尼又落了单了。他向上爬到老地方，继续着一声声单调的哀嚎:“哇!哇!哇!”(哎哟哟!哎哟哟!哎哟哟!)

我调好相机，特意要把他最喜欢最奇特的哀嚎样子拍下来，但他突然伸长脖子高喊起来，就像之前观战时那样。

我顺着他面对的地方望去，原来是灰熊正径直朝我而来——并不是冲过来，而是大步走过来，仿佛是有意慢慢走完这段路。

我问牛倌儿说:“你认识这头熊吗?”

他回答说:“嗯!我想我认识。是老灰。公园里的熊属他个头最大。平常他不管闲事，但也是天不怕地不怕的。今天啊，你瞧见了，他动了手了，也是很难对付的。”

“我想给他拍张照片，”我说，“要是你能帮我，我愿意碰碰运气。”

“好吧，”他笑着说道，“我就骑马候着，如果他朝你冲过来，我就朝他冲过去。我能撞他一下，要两次可不行。你最好挑棵树预备着。”

可那儿只有一棵树，就是约尼躲的那棵——这可不太妙。我想象自己上了树，爬到约尼身边，然后约尼的妈妈上来抓我，要把我扔下去，老灰熊又在下面等我。

灰熊上来了。他离我四十码的时候我抓拍他一张，二十码的时候又拍一张，他继续一声不响地朝我逼近。我在垃圾上坐下，做好准备。十八码，十六码，十二码，八码，他越走越近，而约尼的呼喊一声比一声尖厉。最后，当他离我五码的时候，他站住了，将毛茸茸的大脑袋一甩，想看看树顶上那让人恼火的叫声是从哪儿来的。这正好给了我一个侧影，我立刻按下快门。咔嚓一声，他猛然对着我，雷鸣般地一声怒吼!我僵坐着浑身颤抖，心想死期到了。刹那间，他怒视着我，我都能看到他眼睛里射出的绿色光芒。然后他慢慢转身，捡起了一个——大番茄罐头。

“天哪！”我暗想，“他是要拿罐头砸我吗?”可他只是小心翼翼舔了个够，然后扔掉罐头，又捡起一个，再也不留意我和约尼了，分明是觉得我们通通不值得关注。

我毕恭毕敬地缓缓后退，留下这位高贵的胜利者独享垃圾山，而约尼则继续在栖身的树枝间哀嚎。

那天格兰佩后来做了些什么，我无从得知。至于约尼，哀叹了一阵子之后发现并没有同情他的听众，便非常明智地打住。没有母亲为他谋划，他便开始自己谋划，并立刻证明他远比看上去伶俐。小家伙一脸老谋深算的样子，观察良久，等老灰稍一走远，便悄无声息地从树干背面滑下，虽然只有三条好腿，却像兔子似的奔到另一棵树下往上爬，都没停下喘口气便直攀到树枝顶上了。因为他坚信老灰这辈子的使命就是杀他，而他似乎也很清楚敌人不会爬树。

约尼躲在高处继续观察了老灰好久——虽然对方完全不在意他——又伺机冲到另一棵树下，这一回还略施虚晃之计，企图误导敌人。就这样，他不断更换藏身的树，每次都爬到树顶，尽管每次逃奔的距离不过十英尺，而最后竟也消失在树林里。大约十分钟后，风中再次传来那熟悉的哼哼唧唧，我知道，他已经找到妈妈，又开始像往常那样向她撒娇了。

五

必要时把幼崽揍一顿，这对熊来说是常事，如果格兰佩能这样给约尼立规矩，那他们两个都能省掉很多麻烦。那年夏天，没有哪一天格兰佩不为约尼操心的。而在这数不清的麻烦中，最丢脸的一件事发生在“老灰事件”之后不久。

这件事最早是三个黑脸膛的登山者告诉我的。他们非常介意别人怀疑他们的话，三个人又都是神枪手，所以我相信他们嘴里的每一个字，尤其是后来公园当局证实了他们的说法。

看来在所有的罐头里，约尼最喜欢印着一颗紫色大李子的那种。这个结论是他经过详尽研究之后得出的。那气味一钻进约尼的鼻孔，就会立刻引燃狂喜。那一天，旅馆厨师烤了许多李子馅饼，这消息被好事的风吹进树林，吹进约尼的鼻孔，吹落到他心坎儿里了。

这时候约尼自然正哼哼唧唧的，而他妈妈正忙着给他“梳梳头洗洗脸”，他便愈加有理由哼唧了。但馅饼的香气让他一激灵，顿时跳起来；他妈妈试图按住他，他竟吼起来，怕是还咬了她一口。她应该给他一巴掌，但她没有，只是喝了一声表示反对，然后就跟在他后面，保证他不受伤害。

约尼靠着小黑鼻子搜寻风中的信息，直奔厨房。不过，他也很谨慎，不时爬到松树顶端眺望观察，格兰佩则在树下守着。

就这样，他们离厨房越来越近；当约尼爬上最后那棵树，竟迸发出领袖般的勇气，他高踞在树顶，一声哀戚的长啸倾诉起对馅饼的渴望。

可能格兰佩并不知道儿子长啸是为了什么，但可以肯定的是，只要她一打算返回松林，约尼就发出痛彻心扉的哀嚎，让妈妈不忍丢下他，而他却丝毫没有下来跟妈妈回家的意思。

格兰佩自己也爱吃李子果酱。这时候，那香气已经非常浓郁，也愈发诱人了。于是她跟着那香气，小心翼翼来到厨房门外。

这事儿并不出人意料。公园恪守的是“我要生存”和“让你生存”的原则，所以熊时常到厨房门外找些油水，一到手就立刻回到树林。这一回，约尼和格兰佩毫无疑问也能吃到馅饼，要不是出了点新状况。

那个星期，旅馆的人从东部新带回来一只猫叫小咪。她看着还小，却已经有了幼崽儿，当格兰佩来到厨房门口时，小咪一家子正趴在台阶顶上晒太阳。小咪一睁眼，就看到一头庞然大物矗在面前。

小咪从没见过熊——她新来乍到，竟不知道世上还有熊这种生物。她见过狗，可一到这儿，就有一条她做梦都想不到的大短尾狗气势汹汹冲到她面前。这时候，她的第一反应是逃命，第二反应则是保护小猫崽儿。她必须照顾他们，至少要掩护他们撤走。所以，这位勇敢的小母亲在台阶上展开脊背，亮出爪子，竖起尾巴，用尽一切力气对熊吼出一道明确无误的命令：站住！

她用的无疑是“猫语”，但其中的意思熊已经懂了，因为目击者都言之凿凿，格兰佩不仅停住了，还严格遵守这一带的规矩，举起前肢表示投降。

然而，这一姿势让她愈加高大，相比之下，小咪愈加渺小了。老格兰佩可是曾经和老灰对峙过的，难道此刻要被这么一只可怜兮兮一口就能吞掉的爹了毛的小臭鼬挡住吗？她为自己感到羞耻，尤其约尼的哀嚎直击她的耳膜，提醒她做母亲的责任，告诉她儿子正一如既往地支持她。

于是她放下前肢，逼近一步。

小咪又尖叫道：“站住！”但格兰佩置之不理。一只猫崽儿吓得喵喵直叫，这叫声让小咪紧张起来，她亮出了撒手锏，而这撒手锏就是她自己。小咪瞄准格兰佩最敏感最致命的弱点——毫无保护的鼻子，不顾一切地跳上去，十八道锋利的爪尖、满口尖锐的牙齿，齐齐上阵，然后又撤到熊爪扫不到的地方。格兰佩努力想甩掉这只满腔复仇怒火的花斑猫，一次、两次，毫无办法，最后她做了大多数动物此刻都会做的选择：掉头离开敌境，返回自己的树林。

但是小咪已经怒火中烧。敌人落荒而逃并不能让她满足，她要给敌人致命一击，让对方粉身碎骨。不管格兰佩跑得多快，都没有用，因为小咪始终盘踞在她头上，恶魔一般乱咬乱抓。向来喜怒无常的格兰佩这时候已经张皇失措。逃奔的足迹散落着一簇簇黑毛，甚至血迹斑斑（出血等级第五十级）。荣誉已经赢得，小咪却认为赢得不够。搏斗一轮接着一轮。格兰佩已经疯了；她尊严扫地，准备接受任何条件。可尽管她咳咳咳地告饶，小咪一概置若罔闻。没人知道那天小咪骑着熊跑出去多远，要不是躲在树上的约尼大喊大叫，无意间让格兰佩有了主意，她跑到儿子藏身的那棵树下，爬了上去。

显然这是敌人的地盘。看到约尼来增援，小咪明智地决定放弃追赶。她从爬树的熊身上跳到地面，在树下设了岗哨，高高竖着尾巴巡逻，谅熊也不敢下来。然后小猫崽儿也跟出来围坐在树下，看得乐不可支。登山者肯定地告诉我说，要不是厨师出来把他的猫唤走，格兰佩和约尼怕是要等到饥肠辘辘才会从树上下来——不过公园官方的说法里并没有这句话。

六

我最后一次看到约尼，他正躲在树顶，像往常一样悲戚呜咽，而他妈妈正在松林间狂奔，为了约尼的缘故，怒不可遏地寻找某一个——任何一个——仇家，当然，只要不是老灰或是母猫小咪。

那是八月初，而格兰佩看上去变化不小。她常常被认为“不稳定”，她对约尼全身心的爱仿佛因为她的个性而起了变化。或许正是这个原因，快到月底的时候，约尼偶尔会在树顶上躲上半天，孤苦伶仃的，无人过问。

他这一生的最后一章在我离开这个地区之后才结束。一天清晨，天刚蒙蒙亮，他跟在妈妈身后，悄悄在旅馆后面徘徊。一个新来的爱尔兰女仆已经在厨房里忙开了。忽然她往外一望，以为自己看到了一头误闯到这儿的小牛，就跑出去驱赶。那扇打开的厨房门依然让格兰佩惊魂未定，她吓得拔腿就跑，约尼也受到感染，却跟不上妈妈，便跑向最近的一棵树。不料那根本不是树，而是一根杆子。他没爬几下就到了离地七英尺的顶端，在凛冽的晨风中悲号不绝。而格兰佩显然觉得理应独自逃亡。那女仆走近一看，原来自己困住了一头野兽，和约尼一样吓得不轻。不过厨房里的其他人赶来，认出了号啕的约尼，便决定把他关起来。

有人找来一个项圈、一条锁链，一番搏斗之后，几个男人被狠狠抓伤，而约尼也被套上项圈，锁在那根杆子上了。

约尼发现自己成了囚徒，气得都忘了尖叫。他撕咬挣扎，直到精疲力竭。他再次高声呼叫妈妈。她确实远远出现了一两次，但始终下不了狠心来面对小咪，还是走了。约尼便只能听天由命了。

之后，他挣扎一会儿，哭喊一会儿，到傍晚时分，他用尽了气力，顺从地接受了诺拉送来的食物。诺拉觉得既然是她赶走了约尼的母亲，那么她就有义务承担母亲的责任。

夜晚降临，天气转冷，约尼几乎要在杆子顶上冻僵了，不得不下来接受给他准备好的窝。

之后几天，格兰佩经常来垃圾山，但显然很快就把儿子抛在脑后了。约尼每天由诺拉照顾，接受她送来的食物。他还从她那儿得到了另一样东西。有一天，诺拉给他送吃的，却被他抓伤了，于是她理所当然地揍了他一顿，揍得他嗷嗷直叫。这让他闷闷不乐了好久——他从没有被这样对待过。但饥饿将他压倒，从此他对新监护人有了恰当的敬意，而她也开始关注这个没妈的小可怜。不到两个星期，约尼就换了脾气，不那么吵闹了。尽管饿的时候他依然会“哦——哦——哦”地哀嚎，但已经极少尖叫，再也不无法无天，暴跳如雷了。

到了九月的第三个星期，约尼的变化更加明显。他已经被妈妈彻底抛弃，便把全副注意力集中在诺拉身上；而诺拉恩威并施，把他调教得规规矩矩。有时候她会给他少许自由，而他再不会去树林，却是偏爱厨房，因为诺拉在那儿。他用后腿站起，跟在诺拉身后转悠。他还在那儿见到了可怕的小咪，不过他现在有了一位强大的朋友，小咪也就对这个黑毛入侵者妥协了。

旅馆到十月份就会歇业，有人说要把约尼放走，也有人说要送他去华盛顿动物园。但诺拉说绝不会放弃他。

九月将尽，寒夜来临，约尼的举止改善了很多，但同时患上了严重的咳嗽。人们检查了他的跛腿，发现病根不在脚，应该埋得更深，说不定在臀部。这就意味着他是先天不足。

他没有像大多数熊那样在秋天积蓄脂肪，而是不断衰弱下去。小圆肚子渐渐平了，咳嗽越来越严重。一天早上，人们发现他病得厉害，缩在杆子旁的窝里瑟瑟发抖。诺拉带他进屋，屋里暖和，让他好转了不少。从此他就住在厨房里了。

他似乎好了几天，又像从前那样有了“想看看”的兴致。炉子里的熊熊火焰让他尤其着迷，每次开门带来这神奇的景象，他都会像从前那样坐起来张望。可一个星期之后，他却对火失去了兴趣，一天比一天颓唐下去。到最后，即便是再激动人心的声音或景象，都不会激起他昔日的兴趣，不会让他想看看在发生什么。

而且，他咳嗽得凶，显得难受极了，只有蜷在诺拉膝头的时候，他才会显得心满意足；当诺拉不得不把他放到篮子里去时，他便痛苦地呻吟起来。

到旅馆歇业前几天，他没去碰每天都吃的早餐。他轻声咕哝着，等诺拉把他抱到膝头，他便无力地依偎着她，那“哦哦”声越来越微弱，终于听不见了。半个小时之后，当诺拉把他放下准备去干活的时候，小约尼早已失去最后一丝想看看在发生什么的渴望。

（吴其尧 译）

小战马——一只长耳兔的故事

一

“小战马”是只兔子，他对镇子里几乎所有的狗都了如指掌。首先就是那条大棕狗，老是对他穷追不舍，不过，木栅栏上有个洞，只要钻进去就能脱身。还有那条好动的小狗，木栅栏这一招对他不管用，因为他体型比较小，也能从那个洞里钻进去，要想摆脱他，就得跳过一道足有二十英尺宽的灌溉渠。那道渠边缘很陡，水流湍急，小狗跳不过去。对付这个冤家，这招屡试不爽，因而那些男孩儿管这个地方叫“野兔跳”。不过有条灰狗比小战马还能跳，栅栏上的洞他是钻不进去，但他纵身一跃，能直接从栅栏顶上跳过去。他不止一次让小战马陷入苦战，只能靠快速躲闪勉力保命，最后逃入桑橙丛中，才虎口脱险。除此之外，镇上还有一群不入流的野狗，大大小小，十分难缠，但论越野跑，他们根本不是他的对手。

在乡下，家家户户都养狗，但是只有一条狗，让小战马真心害怕。那是一条长腿黑狗，十分狂躁，是个身手矫捷、死缠烂打的畜生，好几次都把小战马逼入绝境。

他倒没怎么把镇上的猫放在心上，他们也就找过他一两次麻烦。其中有一次发生在一个月朗星稀的夜晚，一只巨大的公猫爬到了他觅食的地方，这黑乎乎的家伙战绩彪炳，得意扬扬，一对照子闪闪发光，一副不可一世的样子。就在绝命奔逃前的一瞬间，小战马回神凛然直面，抻直后腿踮起脚尖站了起来，宽大的耳朵竖得足有六英寸高，随即发出响亮的颤鸣，竭尽全力地吼叫，接着又猛然向前跃进五尺，蹦到了大公猫的头上，尖利的后爪狠狠扎了进去。公猫被这诡异的双足巨兽吓破了胆，落荒而逃。这一招他试了好几次都很管用，但是有两次却铩羽而归：其中一次不巧碰到只母猫，她的猫崽子就在附近，可想而知，他毫无胜算，只得落荒而逃；另外一次，他犯了一个致命的错误，蹦到了一只臭鼬头上。

不过，要说真正危险的敌人，就非那条大灰狗莫属了。那次小战马九死一生，经历了一场惊心动魄的大逃亡，好在结局还不坏。

小战马通常都在晚上觅食，因为这时候敌人比较少，也便于隐蔽。不过也有例外。那是一个冬日的清晨，他一早出来在一大丛苜蓿里享用美食，逗留了好一会儿，然后准备穿过雪地前往他最爱的窝。但他很不走运，撞上那条灰狗在镇子外面四处觅食。雪地空旷，阳光灿烂，根本无处藏身。在软绵绵的雪地上跑，兔子明显比狗要吃力得多。

追逐就这样开始了，这是两个跑步健将之间的较量，双方都精神抖擞，实力不俗。他们在雪地上飞速掠过，每次轻捷点地都噗噗扬起一团雪雾。就这样东奔西窜，左突右闪，一追一逃，惊心动魄。狗占尽了优势——天寒地冻，雪地软绵，他又饥肠辘辘，而兔子却吃了一肚子的苜蓿，腹满身沉，不过他的腿脚却异常伶俐，霎时之间扬起雪雾翻飞，让人眼花缭乱。追逐在雪野中激烈地进行，附近没有便于躲藏的树篱，每次他想靠近篱笆钻进去，都被灰狗机智地拦住去路。小战马斗志受挫，加上寒风劲吹，原本坚挺树立的耳朵慢慢耷拉下来。可突然之间，他仿佛又精力勃发，耳朵猛地竖了起来，开始全力飞奔，不是冲向北面的树篱，而是转向东面的开阔草场。灰狗紧追不舍，在他近身不到五十码的地方，小战马折向躲闪，试图甩掉凶猛的敌人，随即又掉头往东跑去。他就这样一路转向躲闪，朝着下一座农舍直奔而去，那儿有道很高的木栅栏，上面有个供鸡出入的洞，不过那儿住着他的另一个仇敌——那条大黑狗。灰狗被一道外围的树篱绊住，给小战马争取了几秒钟时间。他一溜烟儿从鸡洞钻进了院子，躲到了一边儿。灰狗快速绕到矮门那儿，跳了过去，扑到了鸡群里。母鸡扑腾着翅膀咯咯乱叫，几只羊羔也咩咩大喊起来。大黑狗看守应声赶来，这时，小战马又从鸡洞里猛地钻了出来。鸡场里登时爆发出可怖的狗吠，满是仇恨与愤怒，不一会儿，又混入了人的叫骂声。至于这场混战是如何收场的，他无从知晓，也不想知道，不过从那以后，那条原本住在新楚森的矫健的灰狗再也没有找过他的麻烦，这可是件大好事。

二

多少年来，日子时好时坏，时间长了，大家也就习惯了。不过最近两年在卡斯卡多州，野兔们却经历了一连串非同寻常的大起大落。以前，无非就是和那些大鸟还有捕食者没完没了地缠斗，忍耐严寒和酷热，还有凶险的鼠疫，以及牛虻传播的该死的疾病。

这些，他们都挺过来了。可是自从农民们在乡下定居后，情况就完全不一样了。

大量的狗和枪支让郊狼、狐狸、狼、獾和鹰的数目大大减少，这些动物都是兔子的天敌，所以有好几年，兔子们疯狂地繁殖，数量激增，不过现在鼠疫暴发，兔子差不多都死绝了，只有那些一年能繁殖两季的强悍种群活了下来。有阵子，都很难看到长耳兔了，可同时，也发生了另一桩变故。如今到处都栽种了桑橙树，为野兔们提供了新的庇护所，所以保命这件事儿越来越多地倚赖脑子而不是腿脚，那些更聪明的兔子遭到狗和郊狼的追捕时，趁对方忙着寻找可过身的大洞时，从小洞钻过去，冲进最近的树篱躲避，从而逃脱追杀。针对兔子的这个花招，郊狼也调整了策略，采用了一种接力式的追猎。

一只郊狼负责一片区域，另一只负责另一片，要是兔子想施展“树篱计”，他们就两面夹击，通常都能得手。兔子当然也不会坐以待毙，他们的对策就是敏锐地锁定第二只郊狼的方位，避开其所在的区域，然后利用腿脚的优势甩掉第一只郊狼。

之前长耳兔家族一直人丁兴旺，后来遭遇变故，数量大减，然后又开始增长，再下降，现在又开始增长，就这样循环往复，那些经过千百次历练挑选出来的强者进化出了超凡的生存能力，能在祖辈都熬不过一季的地方生生不息地繁衍。

他们最喜欢的栖息地，不是开阔的大农场，而那些状况复杂的农庄，全是栅栏圈起来的一块块的地，又小又挤，就像一个寒酸的大村子。

新楚森火车站附近就冒出来一个这样的种植村。离村子一英里外的乡间，生活着大量经过自然挑选的新型野兔，其中就有一只名叫“亮眼”的小母兔，因为她是灰色的，坐在灰扑扑的灌木丛里眼睛显得特别亮，便因此得名。她是个跑步健将，在与郊狼玩栅栏把戏的时候表现尤其出色。她把窝安在一片开阔的牧场上，这是一片未经开发的古老草场，她就在这儿生儿育女。其中一个孩子和她很像，有一双明亮的眼睛，一身银灰色的皮毛，还遗传了一点她的机智，不过也就仅此而已；而另一个孩子却展现出一种罕见的特质，完美结合了他母亲的天赋和新型草原野兔优势品种最杰出的能力。

我们之前讲述的就是这个孩子的经历，他后来在赛场上赢得了“小战马”的名号，成为举世闻名的传奇。

他重振了很多古老的计谋，使之在新的领域大显身手，用来对付那些古老的天敌。

他在很小的时候就发明了一套策略，这套杰出的策略足以让他成为卡斯卡多最聪明的兔子。他当时被一条可怕的小黄狗追杀，正拼命在田地和农庄间躲闪，想要甩掉对方，却收效甚微，情况十分危急。这一招用来对付郊狼还不错，因为农场主和狗经常会联手对付郊狼，无意中帮兔子一把，可是眼下这一招却不灵了，因为这条狗体型很小，追着他穿过了一道又一道的栅栏，小战马那时候还很小，经验不足，不免感到紧张。他的耳朵不再高高竖起，而是向一旁倒去，时不时地耷拉下来。他飞快地钻过一个极小的洞，可他的对头也紧跟着钻了过来，一秒钟都没耽搁。

牧场中央有一小群牛，其中有一头小牛犊。野生动物有一种奇怪的冲动，会在陷入绝境时相信任何陌生的动物。对他们来说，身后的敌人就意味着死亡，只有一次机会，就一次，赌一把看看陌生的动物会不会为自己提供一线生机。就是这种孤注一掷的信念让小战马跑向了牛群。

可以肯定的是，对于一只兔子，牛肯定会事不关己地当个旁观者，但是他们对狗有一种根深蒂固的仇恨，当他们看到那条讨厌的黄狗朝着自己冲过来时，都翘起尾巴，仰起头，恼怒地吸着鼻子，然后收紧队列，在那头拥有牛犊的母牛带领下向狗发起进攻，小战马则顺势钻进一丛带刺的灌木中躲了起来。黄狗转向一侧攻击牛犊——至少那头老母牛是这么认为的，她歇斯底里地追攻黄狗，最后那条狗落荒而逃，勉强捡了条命。

这是一条优秀的策略，无疑来自遥远的过去，只不过那时候是牛和郊狼，现在是牛和狗。兔子从未忘记这古老的经验，它不止一次救了兔子的命。

小战马的毛色很少见，而论能力，他更是百里挑一的佼佼者。

动物的毛色各有不同，主要有两种功用：要么是与其生活的环境相匹配，帮助他们隐蔽——这被称作“保护色”；还有一种就是出于特殊的目的让他们特别显眼——这被称作“指示色”。长耳兔在这方面很特别，两种毛色兼而有之。他们蹲在灰色灌木或者土块里的窝中时，耳朵、头部、背部和身子两侧都呈浅灰色，和地面的颜色十分相似，不凑近根本看不清——这时候，他们呈现的是保护色。可是当兔子断定会被逼近的敌人发现时，他会跳起来逃跑。这时候，他就会抛弃所有的伪装，灰色似乎立时就消失了；他神速换装，耳朵变得雪白，耳尖呈黑色，四腿也变成白色，尾巴就像是一团白色上的一个黑点。他成了一只黑白兔子。这时候他的毛色就呈指示色。这是怎么回事呢？很简单。耳朵的正面是灰色的，背面是黑白相间的。他的尾巴是黑色的，镶着一圈白毛，他坐在那儿时，四条腿藏在下面，蓬松的灰毛垂坠下来，他就是一只灰兔子；他跳起来的时候，灰毛便收缩起来，现出了黑白鲜亮的毛。之前那只灰兔子轻声嘀咕：“我是个土坷垃。”而此时，黑白兔子则大声呼喊：“我是一只长耳兔！”

他为什么要这样做呢？为什么这么胆小的动物在逃命的时候要向全世界宣布自己的身份，而不是拼命躲藏呢？这其中肯定有它的道理，不然兔子不会这么做。

答案是这样的。如果惊扰他的是同类，也就是说，虚惊一场，那么只要亮出种群的本色，误会就立刻得到了澄清；另一方面，如果前来侵扰的是郊狼、狐狸，或者狗，看到指示色，就能立刻认出这是一只长耳兔，明白不需要浪费时间去追了。事实上，他们会说：“这是只长耳兔，我跑不过他。”然后就放弃了。这给野兔节省了大量的体力，避免了不必要的焦虑。黑白斑点是长耳兔的种群色，也是他们的标志。孱弱个体的黑白斑点颜色较为暗沉，而优质个体的黑白斑点不但面积大，而且特别鲜亮。小战马蹲在窝里的时候是灰色的，但是在对抗狐狸和郊狼的时候，就如雪地点炭般黑白分明，游刃有余地在这些危险的敌人面前起舞，先是一只黑白野兔，接着变成一个小白点，最后成了一羽蒲公英，消失在遥远的天际。

很多看家狗都得到了这样一条教训：“你有可能抓住一只灰兔子，但是绝对追不上一只黑白兔子。”事实上，他们也不是没试过，纯粹是为了搞事情，找点乐子。小战马日益强大，也常常会上门去寻点刺激，没事找事，而对于没什么禀赋的兔子来说，这都是些避之不及的风险。

和其他的野生动物一样，野兔也有家和领地的概念，他们很少在领地之外晃悠。小战马的领地从村子中央往东横贯三英里，上面散布着好多个“窝”，或者按照本地的说法，叫“床”，其实就是隐藏在灌木或者草堆下面的坑，里面光秃秃的，没垫什么东西，只有掉进去的枯草败叶。这些窝看起来简陋，其实是很有讲究的，充分考虑了舒适性。有些窝很浅，朝向北面，不过就是个乘凉的地方；有些窝则坐北朝南，挖得很深，用于冬日取暖；还有一些朝西的窝，口子上盖了草，是用来防雨的。他会选一个窝待上一天，晚上出来和他的同伴一起觅食。他们就像一群小狗崽，在月光下纵情地嬉戏打闹，却总是小心翼翼地在日出前散去，根据天气选择一张合适的“床”躺进去，安静舒适地度过一天。

对于野兔来说，最安全的地域莫过于农场，那里不但有桑橙树篱，最近还张起了带倒刺的铁丝网，阻止了潜在的天敌入侵。最优质的觅食地位于商品蔬菜农场里的那个村子附近，当然，最好的地方也潜伏着最致命的危险。那里没有草原上那些天敌，但是日益增加的人类、枪支、狗还有无法通过的栅栏，这些比天敌更加危险。而就是在某个菜农的瓜地中央，小战马做了一个窝，如果你足够了解他，就一点都不会感到意外。这里有数不清的危险，也有数不清的惊喜，栅栏上有数不清的洞可供危急时刻逃生，更有双倍的便利条件帮他脱离险境。

三

新楚森是一个典型的西部城镇，到处都在孜孜不倦地制造着丑陋的人类印记，到处都泛滥着人类的成功。街道都是横平竖直，一马平川，没有转角，没有风景。房屋都是用单薄的木板和沥青纸搭建的，看来廉价又寒酸，却又拒绝坦诚地对待这种确凿的丑陋：每座房屋都会被加以粉饰，伪装成更体面的样子。这座屋子搭了个假的外立面，假装是栋两层的小洋楼；那座屋子做成仿砖砌的样子，还有一座伪装成了一座大理石庙宇。

虽然这些建筑各有各的样子，但就像约好了一样，合力呈现出人类住宅最丑陋的模样。而且每一座屋子都透露出房子主人那隐秘的心思——将就个一两年，然后就搬走。这地方唯一的可爱之处倒并非有意为之，而是在无意中成全的。那就是一排排望不到头的手栽行道树。虽然树干被刷了大白漆，枝冠给剃得稀稀拉拉的，怎么丑怎么整，可它们仍然是无比可爱的生灵，生机盎然，蓬勃生长。

镇上唯一座谈得上有些美感的建筑是那架谷物升降机。它既没有伪装成希腊神庙，也没有装扮成瑞士教堂，它就是一台实实在在的谷物升降机，强健有力，粗陋质朴，老实可靠。每一条街道的尽头都是一派田园风光，一排排桑橙树篱间点缀着座座农舍，还有风车泵。这儿好歹还有些让人感兴趣的东西——那些灰绿色的树篱又高又壮，十分茂密，枝头点缀着金色的月橘果，这种果子没什么利用价值，但是在这儿，却比沙漠中的水源更加珍贵，它们是美丽的尤物，在修长粗壮的枝头迎风招展，与嫩绿的叶子交相辉映，成为这个丑陋世界中难得的一抹亮色，令人赏心悦目。

就是这么个镇子，让人毫无兴趣，巴不得尽快离开。那个旅人在这儿百无聊赖，深感无趣。当时正逢深冬时节，他在这儿困了两天了，到处打听值得看的景点。他在当地人的指点下去公共事务大厅看了一只装在盒子里的白色麝鼠、四十年前被印第安人剥了头皮的老巴西·布林，还有基特·卡森用过的烟斗。这些玩意儿都没什么意思，于是他就往白雪皑皑的草原走去，看看有没有什么乐子。

他在无数狗脚印中发现了一些特别的踪迹，那是一只大野兔的脚印。他问一个路过的本地人，镇上有没有兔子出没。

“没有，我觉得没有。我从来没见过。”那个本地人说。他又去问了一个磨坊的伙计，得到了同样的回答。不过有个送报纸的小男孩儿说：“肯定有，草原上有很多，到镇上来的也不少。真的，卡尔波的瓜田里住着一个大家伙，哦，真的是个超大的家伙，颜色跟棋盘一样黑白分明！”在他的指引下，旅人朝东追寻而去。

那个“很大很大，超级大的家伙”就是小战马本尊了。他不住在卡尔波的瓜田里，只是偶尔过去消遣一下。他这会儿并不在瓜田里，而是蹲在他那个朝西的窝——或者叫“床”里，因为这天东风劲吹，那个窝很适合避风头。窝的位置在麦迪逊大道的正东面，旅人一路逼近，小战马密切注意着他的动向，什么都没错过。那人一路走在大道上，小战马不动声色地观察着，接着，大道微微向北转向，那人却无意中脱离了正道，径直朝着小战马的窝走来。小战马见势不妙，就在那人离开大道的那一刻飞快地从窝里跳了出来，穿过草原，一路向东狂奔而去。

一般来说，长耳兔躲避天敌的时候，一步能跳八到九英尺远，每跳五到六步，他就会向上高高跃起，越过所有的树篱和灌木来观察状况，评估形势，称为“观察跳”。那些没脑子的年轻兔子跑四步就要跳起来观察，浪费了很多宝贵的时间；而聪明的兔子一般八九步才观察一次，小战马则边跑边观察，十几步才有一次“观察跳”，一步就能跳十到十四英尺远。他与众不同的超能力同时体现在他的足迹上。棉尾兔或者林兔奔跑的时候尾巴紧紧地贴在背部，不会接触到雪地，而长耳兔奔跑的时候尾巴下垂或者后伸，尾尖或卷或直，看各个兔子的习惯，有的兔子跑的时候尾巴尖垂直向下，就会在脚印后面扫出一溜淡淡的痕迹。小战马的尾巴特别长，尾尖黑得发亮，每次跳跃腾空都会在雪地上留下长长的痕迹，单凭这长得不寻常的扫痕，就能判断这是哪只兔子留下的踪迹。

有些兔子看到人没带狗就放松了警惕，但是小战马之前有过几次惨痛的教训，领教过枪弹的厉害，所以敌人走到七十五码远的时候，他就果断撤离。他压低身子急速狂奔，朝着东南方向一道东西向的栅栏冲过去。他钻到栅栏后面，像一只低飞的老鹰一般一路疾行，到达一英里外的另一个窝。他站起来仔细观察了一番后，终于安顿下来休息了。

可好景不长。二十分钟后，他那对贴在地上的扩音器般的大耳朵听到一阵十分规律的声响——嘎吱，嘎吱，嘎吱——这是人类的脚步声，他起身窥探，发现那个人手里拿着一根亮闪闪的棍子，正朝他逼近。

小战马从窝里跳了出来，又向栅栏冲过去。他埋头狂奔，一次“观察跳”都没有，径直钻到了铁丝网后面。那个人一路追踪着足迹，根本没有看到他，所以也没有必要冒险跳起来观察。

他压低身子，一路飞奔，同时留意着其他的敌人。他明白，现在那个人已经追踪到了他的足迹。他的祖先在与臭鼬斗智斗勇的过程中形成了这种古老的本能，在雪地上留下两道踪迹，混淆敌人的视听。他径直跑到一道很远的栅栏，钻过去先跑了五十码，又踩着原来的足迹折回来跑，然后又往另外一个方向跑到另一个窝。日头渐高，照在白花花的雪地上。他整夜都在外面活动，现在很想休息了，可没等他把窝焐热，外面又响起了嘎吱嘎吱的脚步声，他不得不再次迅速撤离。

跑了半英里后，他在一个小山包上停了下来，发现那人还在穷追不舍，便在足迹上巧妙地画花，搞出一连串歪歪扭扭的痕迹，足以迷惑大多数的追踪者，接着跑到一个他最称心的窝旁，又故意往前多跑了一百码，再从另一边折回来，钻进窝里休息去了。他很有把握，这下子敌人就彻底跟丢了。

这一招确实拖延了一点时间，可是最终，敌人嘎吱嘎吱的脚步声还是跟来了。

小战马惊醒过来，但他按兵不动，没有贸然行动。脚步声沿着他之前留下的足迹推进到离窝一百码的地方，趁着他继续往前走的当儿，小战马神不知鬼不觉地从窝里窜了出来。他意识到，这次的情况非同寻常，需要采用非常手段。猫鼠游戏已经绕着小战马的领地玩了一大圈，眼下离开那只大黑狗所在的农舍已经不到一英里了。

那儿有一道很给力的木板栅栏，上面有个很讨巧的鸡洞。关于这个地方的记忆十分美好，他在这儿屡战屡胜，和灰狗的那场决战尤其漂亮。

这无疑只是个粗略的设想，不是太成熟，算不上是以敌攻敌的计划，不过眼下也只有冒险一试了。小战马于是大喇喇地穿过雪野，往大黑狗家的栅栏跑去。

那个鸡洞没开，小战马一点都没有犹豫，立刻悄悄地绕过去看还有没有别的洞，却一无所获。最后他绕到前门那儿，发现门开着，那条大黑狗躺在几块木板上面呼呼大睡。母鸡们缩头缩脑地扎堆蹲在院子里最暖和的角落里。小战马在门廊那儿停下脚步，看着那只家猫小心翼翼地从谷仓往厨房走去。

追踪者那黑黢黢的身形正从远处白花花的草坡上往下爬。小战马悄无声息地跳到了院子里。一只长腿公鸡看到小战马往这儿跳，多管闲事地大叫起来。黑狗在太阳底下睡大觉，听到声响立刻抬起头站了起来。情况十分危急。小战马缩起身子蹲了下来，登时化为一坨灰色的土坷垃。他的伪装十分机智，可早晚是要露馅儿。多亏那只猫及时出现，无意之间老大不情愿地救了他的命。黑狗并没有意识到小战马就在那儿，他往那个方向走了三步，彻底堵死了逃离院子的生路。就在这万分危急的时刻，那只猫绕到屋子那头，跳上窗台，碰翻了一个花盆。这一失手打破了她和黑狗之间剑拔弩张的脆弱平衡。猫飞快地往谷仓逃窜。对狗来说，敌方逃窜便是战斗的信号，一场大战就此展开。他们飞奔而过，离蜷缩的小战马不过三十英尺。等猫和狗都不见了踪影，小战马转过身，沿着坑坑洼洼的通路奔向旷野，绝尘而去。

最后，农舍的女主人赶来救走了她的猫。等那人循着小战马的足迹赶到农舍，大黑狗已经回到他那堆板子上，懒洋洋地趴在那儿晒太阳了。原来，那人带的不是枪，而是一根结实的棍子，就是所谓的“打狗棒”，用来防止狗攻击猎物。

足迹似乎就在这儿中断了。不知道这是精密策划的方案，还是急中生智的计谋，不过这招十分有效，帮助小战马甩掉了那个讨厌的追踪者。

可这个陌生人并没有放弃，第二天又不依不饶地继续追踪。不过他只发现了小战马的踪迹，却并没能找到小战马。他发现，留下这独特踪迹的这只兔子跳得异常远，“观察跳”也比一般兔子要少，足迹上还有迷惑敌人的尾巴扫痕，一看就知道是他。不过这道踪迹旁还有另一只兔子的足迹，这只兔子体型比小战马小。他们就是在这儿相遇的，没有争斗的痕迹，所以肯定是在一起追逐嬉戏。他们在这儿一起觅食，一起晒太阳，然后并肩漫步，在雪地里尽情玩耍，形影不离。结合这些迹象，只可能得出一种结论：这是一对兔子，是小战马和他的伴侣，在这交配的季节如漆似胶，出双入对。

四

第二年夏天对长耳兔来说年成不错。政府通过了一项愚蠢的法案，悬赏捕杀老鹰和猫头鹰，从而引发了一场针对这些鸟类护卫的大屠杀。兔子没有了天敌，便大量繁殖，数量激增，对乡间野外的生态造成了毁灭性的影响。

农场主们促成了这项愚蠢的法案，如今却深受其害，于是决定对兔子们发动一场围剿绝杀。所有的县都受邀参加了这次行动，某天早晨在镇子北面的大路上集结，准备扫荡整个上风区域，最终把兔子逼进一个用密匝的铁丝网围起来的畜栏里。

因为狗不好控制，人多使枪又不安全，所以参加围剿的男丁每人都带了几根长棍子和满满一袋石块。女人们要不就是骑马，要不就是坐马车，很多人都带了响板、号角或者铁罐头，用来鼓噪助威；好些马车都在后面拖上一串破罐头或者在轮子上捆上板条子刮擦辐条制造声响。大队人马响声雷动，震耳欲聋。兔子的听力十分灵敏，人听来大不了是有点分神的声音，在兔子听来就已经很吓人了。

天气不错，早上八点，进攻的指令发出了。开始的时候，队伍也就是五英里长，每三四十码就有一个男人或者男孩儿。骑手和马车队伍齐整，沿着道路向前进发。助猎手们则要准备应对一切状况，力保前线固若金汤，这是事关颜面的大事。

大军基本是同时朝正前、左翼和右翼进发，每个人都尽其所能地弄出声响，用棍子敲打途经的每一丛灌木，轰出来不少兔子。有些兔子朝着进攻队列迎面冲来，石块如暴雨般砸落，砸死很多。有那么一两只突破重围逃了出来，但是大多数都被逼到了围剿大军的前方。开始的时候，兔子的数量还没那么多，但是还没走满三英里，就看到无数的兔子朝着四面八方逃窜。大军花了三个小时推进了五英里，这时候，上方下达了两翼包抄的指令。队列的间距急剧收缩，人和人之间的距离不过就十英尺的样子，围剿的队列朝着畜栏两侧长长的导引栅栏收拢，最后面的队列连接起畜栏的两翼，最终合围形成闭环。围剿大军迅速行进；靠助猎手太近的兔子立时被杀，死伤无数。

兔子尸横遍野，但是兔群的数量似乎还在增加，在把所有的兔子都堵进畜栏前的最后一攻中，区区两英亩的场地里，“兔”潮汹涌，满世界都是逃窜、跳跃的兔子。他们一圈一圈地绕着围场跑，高高跃起，寻找逃生的机会，但是围剿大军持续汹涌而来，人墙越来越厚，包围圈不断缩小，所有的兔子都顺着滑槽被逼进了狭小的畜栏，有些就这么傻乎乎地蹲在中间，有的沿着外侧的栅栏狂奔，有的企图在角落里躲藏起来，或者干脆躲到同伴的身子底下。

那小战马呢？在这场灾难中，他又在哪儿呢？他也没能幸免，被驱赶着随波逐流，第一批被逼入了畜栏。然而物竞天择，适者生存，自然早有它奇妙的筛选方式。对于兔子来说，围栏确实是死亡陷阱，但是对其中最强壮、最优质的个体来说则不然。这次被围剿的兔子中，有很多都很孱弱。那些把野生动物视为纯净完美生灵的人，看到这种情形一定会非常震惊，居然有那么多跛足的、残疾的、患病的个体，被围剿的五千只兔子中有四千只都是老弱病残。

这是一场罗马式的胜利——那些不入流的囚犯会被杀掉，而经过挑选的健壮的囚犯则留给了竞技场。什么？竞技场？没错，就是赛狗——狗追兔子比赛。

在那个提前为兔子准备好的畜栏里，沿栅栏摆着好多小盒子，一大排盒子，起码有五百个，每一个都能容纳一只长耳兔。

在围剿的最后阶段，跑得最快的兔子最先跑进了畜栏。有些跑得快但是脑子笨，他们一跑进畜栏就绕着栅栏狂奔，而有些跑得快脑子也很灵，他们迅速钻进盒子躲了起来。现在所有的盒子都满了。不需要什么特别高明的手段，人们就用这种最简单、最便利的方法挑选了五百只又快又聪明的兔子。这五百只兔子将被送去供赛狗使用。而剩下的那四千多只兔子将被无情地屠宰。

那一天，五百只眼睛明亮的长耳兔被装在五百个箱子里装上了火车，而小战马就是其中之一。

五

兔子心很大，不要以为盒子里的兔子会吓破胆，等那场大屠杀尘埃落定，他们来到了大城市附近的赛狗场，一个一个被温柔地放出来——没错，是很温柔，因为那些“罗马护卫”要对这些兔子负责，因而十分上心。这是一个巨大的围场，食物丰盛，也没有烦人的天敌，兔子们感到很满意。

第二天早晨，训练开始了。二十座闸门齐开，通往一片更广阔的场地，这里就是赛狗场。有一些兔子从闸门钻出来溜达，马上就有一群男孩儿跑过来吵吵嚷嚷地把他们往回赶，赶回那片名叫“避风港”的小场地。接连几天都是差不多的情况，于是长耳兔们学会了一件事儿，那就是要有人追的话，只要从闸门通道跑回“避风港”，就安全了。

学会了第一课，现在第二课开始了。所有的兔子都被人从一扇侧门里赶进了一条长长的小巷子，这条巷子绕着赛狗场的三边通往对面另一片围场。这里就是出发栏，有扇门敞开着，通往竞技场，也就是赛狗场。兔子们被驱赶着往前跑，这时候，埋伏在那儿的一群男孩儿和狗一拥而出，追着他们穿过这片敞地。人、兔、狗跑啊跳啊一哄而散，有些年轻的兔子习惯性地跃起“观察跳”，而在最前面闷头疾奔的，是只异常漂亮的黑白兔，他四肢矫健，眼睛明亮，十分出众。之前他在围栏里就很出挑，这会儿在场地上，他轻快地腾跃，一马当先，带领着整群兔子，把那群平庸的狗远远甩在身后。

“瞧瞧那只兔子，他难道不像一匹小战马吗？”一个长得凶神恶煞的爱尔兰兔童说。于是，“小战马”的名号就这么传开了。在赛兔场上跑到一半，兔子们想起了“避风港”，都朝那儿拥进去，就如雪堆上吹起雪雾，袅袅飞散。

这就是第二课——一从畜栏里被赶出来，就立刻径直往“避风港”跑。过了一个星期，所有的兔子都学会了。这样，便一切就绪，就等着赛狗俱乐部盛大的开幕式啦。

如今小战马在兔童和看客中已然声名远扬，他的毛色让他脱颖而出，而他的领导地位也得到了其他兔子的认可。人们在聊天、谈论狗的时候，多多少少都会提到他。

“不知道今年老狄格南会不会带着明奇首次参赛。”

“嗯，如果他让明奇参赛，我敢打赌，小战马一定会让她和她的队友们输得找不着北。”

“一赔三，我赌小战马都跑不过看台，我的简恩就能逮到他。”一名犬主叫道。

“那这笔赌金归我了，”米奇说，“我敢打包票，全场没有一条狗能让小战马转一次弯。”

他们就这样骂骂咧咧，争吵，下注，但是每天他们把兔子放出来评估的时候，看好小战马的人都会增加，他们觉得他实在太出色了，足以让最好的灵缇大长见识，逼着他们一路从起点经过看台追到“避风港”。

六

第一个比赛日，早晨生气勃发，充满了希望，大看台上坐满了从城里赶来的观众，熙熙攘攘，一派赛狗场上的热闹景象。场内到处都能看到驯狗师牵着一条或者几条灵缇。这些猎狗身上都披着毯子，只露出健壮的腿、细长的脖子和匀称有型的头部；他们的下巴如蜥蜴一般扁窄有力，一双黄莹莹的眼睛警惕而略显神经质。他们是自然力量与人类智谋的完美融合，是有史以来最杰出的活体奔跑机器。他们被视若珍宝，他们的主人像照料婴儿一

般对他们悉心呵护，随时提防他们捡食来历不明的食物，阻止他们嗅闻可疑的物品并防止陌生人靠近。人们在这些狗身上下的赌注大得惊人，因而比赛结果关系重大，也就催生了很多针对狗的下作勾当：一根精心布置的大头钉，一块做过手脚的肉——好样儿的，巧妙混合调配的香味……这些都足以把一名年轻的赛跑冠军变成迟钝孱弱的败将，而对于狗的主人来说，这可能是毁灭性的打击。狗经过评估，被分为不同等级，每个等级的狗都两两配对，进行淘汰赛。在第一轮比赛中胜出的选手会被再次配对。比赛开始，从起点围栏里赶出一只长耳兔；发令员牵着两条参赛的狗在起点等待。兔子跑出去一段距离以后，发令员把两条狗并排掐在起跑线上，然后同时放出。穿红色制服的裁判骑着马在场地中追踪赛况。训练有素的兔子在众目睽睽之下穿越赛场，往"避风港"飞奔而去，狗在后面穷追不舍。当兔子发现，前面的那条狗与他的距离短到构成威胁的时候，他就开始左突右闪，阻止他进一步逼近。兔子每转一次弯，狗就会得分；狗追上并咬死兔子，则宣告比赛结束。

有时候，狗追到离起点一百码的地方就能逮到兔子，这就说明那只兔子很孱弱；大多数情况下，狗会在大看台前方逮住兔子，但偶尔也会有兔子能在场上跑上半英里，灵活地闪躲，最终安全抵达"避风港"。比赛可能会出现四种结果：一、狗快速猎杀兔子；二、兔子快速到达"避风港"；三、如果天气很热，狗因为长时间奔跑，心脏无法承受巨大的运动强度，只能换替补的狗上场；四、有些兔子特别执着，坚持不懈地奋勇躲闪，拒绝就范却又不能迅速赢得比赛，这时候就不能由着他们把狗拖垮，只能用枪来对付他们了。

和赛马一样，赛狗也有作弊欺诈的勾当，很多人都竭力想收买裁判和发令员，所以在赛前对相关人员采取一些避嫌的措施十分必要。

第二个比赛日来临前的一天，一个珠光宝气的富商“撞见”了爱尔兰小伙儿米奇——我们姑且认为是碰巧撞见吧。一眼望去，似乎也就是递了根雪茄，但你要是仔细看，会发现雪茄上包了张绿色的纸（无疑是张钞票），米奇在点烟之前偷偷拽了下来。富商给了他个口信儿：“你要是明天当发令员，照应好狄格南的明奇，不让她赢，就会有另一根雪茄奉上。”

“嗯，明天要是我当发令员，会好好关照明奇，还有她的对手。”

“真的吗？”富商饶有兴趣地说，“好的——那就帮忙搞定，说好了，两根雪茄。”

大家都知道，发令员斯莱曼一向正直秉公，拒绝了很多贿赂，所以大多数人都很信任他，但总有些人对他怀恨在心，其中有个有权有势的人，收买了赛道检查员，编造了一套像模像样、有理有据的罪名，要对斯莱曼进行问询，于是他们不得不停了斯莱曼的职，让米奇·杜来顶替他。

米奇很穷，也没那么较真，现在有个天大的好机会，能让他在几分钟内把一年的钱赚到手，何乐而不为呢？况且这也不是多大事儿，对狗对兔子都没什么伤害。

长耳兔都长一个样儿，没人看得出来哪只是哪只，所以事情很简单，挑对兔子就行。

预赛已经结束了，总共有五十只兔子被捕杀。米奇出色地完成了任务，每一轮的起跑都很公平。紧接着就是决赛了，胜者将赢得奖杯和丰厚的奖金。决赛继续由米奇担任发令员。

七

矫健优雅的灵缇们在等待出场。明奇和她的对手第一轮出场。到目前为止，比赛都很公正透明，要说接下来的比赛不公平，那可真没什么道理。作为发令员，米奇有权挑选中意的兔子。

“3 号！”他对搭档说。

搭档打开门，小战马从围栏里一跃而出。他从容沉着地跃着他那一步五英尺的步子，一对大耳朵黑白分明；今天的赛场人头攒动，不同以往，小战马狂躁地打量着黑压压的人群，不禁高高地跃起，做了一次“观察跳”。

“喝——！”发令员大喊，他的搭档拿了根棍子在围栏上刮得咯咯作响，小战马的步幅增大到八到九英尺。

“喝——！”发令员又放声吆喝起来，小战马的步幅更大了，一跃足有十到十二英尺。等他跑出三十码开外，发令员两手松开缰绳，不偏不倚，同时放出两条狗。不过有些人觉得其实兔子跑到二十码的时候就应该放狗了。

“喝！喝！”小战马的步幅达到了十四英尺，一次“观察跳”都没有。

“喝！”这两条狗真是好样的！瞧瞧他们行云流水般的身姿。然而小战马却始终在他们的前方飘行，有如一只洁白的海鸟，又像一朵飞驰的云彩，一路冲过大看台。那两条狗追上去了吗？他们与小战马之间的距离拉近了吗？拉近？开什么玩笑！他们之间的距离拉开了！说时迟，那时快，那一朵黑白的蒲公英已经飘进了通往“避风港”的洞门。这扇门就像那个救命的鸡洞。在一片嘘声中，两条灵缇停了下来，看台上同时响起的还有为小战马喝彩的欢呼声。米奇纵情地欢笑，狄格南暴怒地咒骂，记者们奋力地记录——记录——记录，记录下这一激动人心的赛况！

第二天，所有的报纸上都出现了这样一条报道：“一只长耳兔的盖世功名。这只名叫小战马的兔子名不虚传，在赛狗场上让两条著名的赛犬一败涂地……”

狗的主人之间爆发了激烈的争吵。由于明奇和她的对手都一分未得，所以算是打了个平手，裁判允许他们重赛一轮。但是天气炎热，刚才的半英里让他们耗费了大量的体力，最终他们都没能夺冠。

第二天，米奇撞见了那位富商先生——这次是真的碰巧撞见。

“来根雪茄，米奇。”

“行，先生，嗯，不错。我想要两根，谢谢你，先生。”

八

从那时候开始，小战马就成了这个爱尔兰男孩儿的骄傲。发令员斯莱曼官复原职，米奇便降为了放兔员，但这只是让他彻底站到了兔子这边，或者说得明确一些，彻底站到了小战马这边。在五百只从大围剿中脱颖而出的兔子中，只有小战马成了明星。也有另外几只兔子穿越了赛场赢得了比赛，获得了再次参赛的资格，但是只有他全程一个弯都没转。

每周都有两场比赛，每场比赛都有四五十只兔子丧命，围栏里的五百勇士几乎都倒在了竞技场上。

小战马每场比赛都参加，每次都能安全回到“避风港”。米奇对这只心爱的兔子如痴如醉，疯狂地迷恋他的超能力。他对这位跑步健将产生了深深的爱恋，不顾一切坚定地认为对于一条狗来说，能败在这只兔子手下几乎算得上一种荣耀。

对于一只兔子来说，能穿越赛场已经相当难得，而小战马居然连赛六场，场场获胜，都不需要躲闪，这立刻就引起了媒体的注意，每次比赛后报纸都会出这么一条短讯：“小战马今日再次获胜；资深玩家称，这表明，我们的狗在退化。”

小战马连胜六场以后，兔童们都情绪高涨，米奇作为兔童的头头对他更是极尽所能地赞美。“公平地说，他有权获得自由。他像每个美国人一样，为自己赢得了自由之身。”他试图用爱国情怀打动赛事主办人，因为显然他才是这些兔子真正的主人。

“好吧，米奇，如果他连赢十三场，你就可以把他带回家乡去。”主办人回答。

“先生，那现在就比吧，您说话算话吗?”

“不，不急，我先要用他吓吓那些新来的狗，灭灭他们的威风。”

“连赢十三场，就给他自由，先生，就这么定了。”

这时候，正好新来了一批兔子，其中的一只毛色与小战马很相像，但是没有他跑得那么快。为了避免混淆，米奇把小战马赶进一个带衬垫的运输箱里，用看门人的打孔器给他做上记号。打孔器十分锋利，在小战马薄薄的耳膜上打出一个清晰的星形。米奇大叫起来：“哎，每场比赛都要给你打一颗星星。”说着他一口气打了一排六颗星。“好啦，小战马，等你攒足了十三颗星，你就是一只自由的兔子啦，就像我们国旗上的十三颗星星象征我们的自由一样。”

在一个星期之内，所有新来的狗就都成了小战马的手下败将，他的右耳已经打满了星星，开始往左耳上打了。又过了一个星期，小战马完成了全部十三场比赛，攒满了十三颗星，左耳上六颗，右耳上七颗。这下报纸又有新闻可报了。

十三历来都是个幸运数字！不可能会失灵。

九

“没错，我是说了，”主办人说，“但是我想让他再跑一场。来了一条新狗，我在小战马身上下了注。这对他也没什么坏处，他没问题的。哦，好了好了，米奇，别这么激动。今天下午再跑一场。狗一天都要跑两三场，兔子为什么就不能跑两场？”

“可兔子不是机器，他们也是生命啊，先生。”

“哦，米奇，别啰唆了，滚出去。”

畜栏里又来了很多兔子，大的小的，文静的张狂的。其中有一只大公兔生性十分残暴，早上瞅准了小战马冲进“避风港”的当儿对他发起了攻击。

要换了平时，小战马非把他的脑袋捶扁不可，不消一分钟，保管把他整得老老实实的，有只猫曾经尝过这滋味儿；但这会儿小战马刚结束比赛，有些疲惫，所以多花了几分钟才摆平，而且他自己也被折腾得不轻，身上有一两处伤口，不是很严重，却影响了他的速度。

比赛开始，开局的状况和之前没有什么两样，小战马压低身子轻快地奔跑，他的两只大耳朵高高竖起，微风从那十三颗星中嗖嗖吹过。

明奇和方戈，就是那条新来的狗，气势汹汹地穷追不舍，让斯莱曼和米奇大感意外的是，他们和小战马的距离在不断地缩小。小战马正逐渐失去领先的优势，跑到大看台前的时候，被明奇追逼不得不转弯躲闪。狗主们对于参赛的狗和兔子都十分了解，因而情不自禁地欢呼起来。追到五十码时，方戈又成功地逼迫小战马转弯躲闪，拿下一分，和明奇战成一比一，回到起点。斯莱曼和米奇就站在那儿。两条狗朝小战马猛扑过来，小战马慌忙躲避，却无路可逃，就在这千钧一发之际，小战马径直朝米奇扑了过去，一转眼躲进了他的怀里。米奇狠狠地踢着腿，驱赶那两条凶神恶煞的狗。倒不是小战马认识米奇，把他当朋友，他只是听从古老的天性，扑向可能中立也可能友好的第三方，来逃离确定的敌人。他运气不错，选对了对象，逃离了危险。当米奇抱着他最爱的兔子往回走的时候，观众席上响起了欢呼声。但是狗主们却提出了抗议："这不公平，他们有意结束了比赛。"他们向主办人提出申诉。主办人在小战马身上下了注，目前的结果让他损失惨重，于是他要求重新开赛。

米奇好不容易给小战马争取到了一个小时的休息时间，然后小战马就又出发了，方戈和明奇在后面穷追不舍。他现在感觉好一点了，多少恢复到了平时的水平，但是刚跑过看台，他又先后被方戈和明奇逼到转向躲闪，来来回回，这儿那儿的，他奋力跑跳，却没能甩掉他的敌人。这样的缠斗持续了好几分钟。米奇看到小战马的耳朵在往下垂。方戈跳了起来，小战马几乎是从他身子底下窜了出去，却遭到了明奇的堵截。现在，他的两只耳朵都垂到了后背上，但是那两条狗的日子也不好过，他们累得舌头都伸了出来，下巴和嘴角上沾满了口水泡沫。小战马的耳朵又猛地竖了起来，两条狗疲于奔命的痛苦给了他勇气，他径直朝着“避风港”冲去。但是狗也相当擅长直冲，所以没跑到一百码，他又被迫转弯躲闪，开始新一轮曲折躲闪的逃亡游戏。这时，狗主察觉到了危险，便又放了两条新的狗出去，这两条狗精神焕发，体力充沛，肯定能够快速地结束比赛。但是他们并没能结束比赛。方戈和明奇一败涂地，在那儿拼命地喘气，被小战马甩在了身后，但是新来的两条朝他逼来。小战马使出全身的气力朝避风港冲过去，差一点儿就到了，这时候，另两条狗赶到了。

眼下小战马已别无选择，只能不停地躲闪，以求获得一线生机。他的耳朵垂了下来，心脏在胸腔里怦怦乱跳，然而他的意志仍然无比坚强。他疯狂地左突右闪，四下狂奔，那两条狗勉力跟随，经常撞在一起，把对方绊倒，十分狼狈。一次又一次地，他们以为就要抓住他了，其中一只甚至还薅断了他那条长长的黑尾巴的尾尖，可最终他还是逃脱了。然而，他运气不太好，就是没法到达“避风港”，而是被逼到了离大看台更近的地方，台上有一千名女士在观看比赛。比赛时间到。替补的两条狗也已经疲惫不堪。米奇一路飞奔过来，像个疯子一样大喊大叫，高声咒骂：

“你们这些臭流氓，不要脸的狗杂种，孬种！”他暴怒地朝着那几条狗冲过去，想要狠狠地教训他们。

米奇声嘶力竭地用他所知道的或者临时发明的恶毒脏话咒骂狗和他们的主人，发泄自己的愤恨与不满，工作人员喊叫着冲上前去把他拖下场。

“公平竞赛！你们不是说公平竞争吗，你们这些不要脸的骗子，该死的孬种！”他们把他从竞技场上赶了出去。他看到的最后一幕是四条口吐白沫的狗狼狈地追逐一只筋疲力尽的兔子，裁判骑在马背上，示意枪手采取行动。

门在他身后关上了，赛场里响起砰砰两声枪响，一时间人声鼎沸，其中还混杂着狗叫声。米奇知道，小战马被施行了第四个方案。

米奇一直都很爱狗，然而此时此刻，公平竞赛的信念让他怒不可遏。他不能进入赛场，从他站的地方又什么都看不到。他飞奔着穿过巷子往“避风港”跑去，或许从那儿能看得比较清楚。他到得正是时候，正好看到小战马半垂着耳朵跳进了“避风港”。他立刻意识到，枪手打偏了，没有击中兔子，却打中了一条狗。那条受伤的狗在众目睽睽之下被两个人从大看台前抬过，另一条趴在地上大口喘着气，一个兽医蹲在旁边照料他。

米奇四下张望，发现了一只小小的运输箱。他把箱子放到了“避风港”的转角处，小心翼翼地把疲惫的小战马赶了进去，关上盖子。他用胳膊夹着箱子，趁乱翻过围栏，一溜烟儿就没影儿了。

“有什么大不了的，反正他的工作也丢了。”他走出了城区，在最近的车站搭上了火车。几个小时后，他回到了兔子之乡。太阳早就落山了，平原上夜色阑珊，星光璀璨。就在座座农场之间，在丛丛桑橙和苜蓿之中，他温柔地打开了箱子。

他笑着自言自语道：“没错，去吧，这是我们亲爱的老爱尔兰。能把我们的十三颗星重新放归自由，真的很让人骄傲啊。”

有那么一瞬间，小战马犹疑地左顾右盼一番，迈开腿跳了三四步，再来了一次观察跳，伸展了一下腿脚，恢复了往常的风度，然后亮出他的种群色和打满功勋的耳朵，朝着他千辛万苦拼争而来的自由天地奔去，矫健一如往常，慢慢消失在故土的夜色之中。

在卡斯卡多，小战马被目击了多次。当地经常会有针对兔子的围剿行动，但他似乎摸索到了应对的诀窍，因为在被围剿圈猎的成千上万只兔子里，他们从未发现那只耳朵上打满星星的小战马。

（蔡予超 译）

跋

二十世纪初，加拿大出现了几位世界上伟大的动物故事讲述家。马格丽特·马歇尔·桑德斯和“加拿大诗歌之父”查尔斯·G. D. 罗伯茨便是其中的两位。前者的小说《美丽的乔》(1894) 迄今仍然受人欢迎；后者的动物故事比他的诗歌还要畅销。然而，他们俩都没有赢得过类似欧内斯特·汤普森·西顿那样的国际声誉，西顿的作品《我所知道的野生动物》——也许除了吉卜林的《丛林故事》——是世界上最受人喜爱的描写自然界里动物的故事集。

西顿是个与众不同的人物。尽管许多传记作家都把他描写成这样一个人：在一意追求自己认为正确的东西时表现得虚荣、固执而又自私；然而这些传记作家也一致同意：他也能够做到豁达大度。西顿曾多面树敌，然而即便是他的敌人，也不得不承认他作为一名环境保护学家、社会活动家和作家的重要性。他是一个理想主义者，在社会正义问题上，他比大多数与他同时代的人进步得多。例如，他曾经极为担忧一些传教士的善意之举和把印第安人的孩子安置在寄宿学校里上学的做法会摧毁印第安人的文化和自尊。西顿在一个世纪以前就表现出了这种关切，后来的事实恰巧证明了他的远见卓识。

西顿崇尚印第安人的管理制度和社会组织，这就促使他成立了一个名叫“印第安人森林知识学习小组”的组织，主要为下层社会服务。它起初是专门为男孩子设立的，西顿很快加以扩大，也吸收女孩子。值得注意的是，这个组织并不提倡成员间的竞争，虽然他们期望每个孩子都各自努力，充分发挥自己的专长。学员自己设计自己的服装，工作起来也量力而行。西顿甚至还写了一本名叫“印第安人森林知识草案”的书，概述了他的组织规则。他的组织在美国收到了马到成功的效果，而试图引入英国时，成效却不那么显著。在让孩子们模仿印第安人这种事情上，英国人没有美国人那么热心。西顿与贝登堡①勋爵协同合作，因为当时贝登堡已经建立了一个组织训练童子军。贝登堡采纳了西顿的大多数观点和游戏方法，但同时引进了竞争机制、准军事机构和服装以及军事术语。两个人斗争了好多年，最后不幸的是，贝登堡的小小童子军战胜了西顿具有社会意识的印第安森林知识学习小组。

然而，人们将西顿铭记在心，主要并不是由于他在社会工程方面的成就，而是因为他作为一个博物学家所做的工作和那些描写野生动物的动人故事。可是，即使是在这两方面，他也总是极力突出生态学的关系，他的动物故事也总是在道德动机的激发之下写成的。

---

① 贝登堡（Baden-Powell，1857—1941），英国军人，童子军运动的创立者。

欧内斯特·汤普森·西顿原名欧内斯特·伊万·汤普森，一八六〇年生于英国的南希尔兹，在十四个孩子中排行第十二。一八六五年，他全家移居加拿大，欧内斯特先在安大略的林赛生活，随后又在多伦多长大。据说他小时候聪明过人，但是性情暴躁，爱慕虚荣，渴求赞美与荣耀。他很年轻的时候就开始研究多伦多以及周围地区的大自然——十五岁的时候，他开始汇编自己的加拿大鸟类索引，这一项目虽然必要，但也表现了西顿作为一个业余爱好者的自负。他开始了他的绘画生涯，在多伦多和伦敦学习。他非常憎恨父亲，一有机会就离开家，跑到已经在马尼托巴的卡伯里安家落户的哥哥阿瑟那里去。在去那里以前，就像另外一个出生在英国的博物学家格雷·沃尔夫一样，他改了名字。这样，他变成了欧内斯特·汤普森·西顿。“西顿”表明他的远祖是苏格兰贵族，也有助于满足欧内斯特高傲的意识。

也许正是西顿的命运感促使他完成了自己毕生的事业，他那些描述自然生物的详尽的笔记、他的插画、那些详细的说明，使他成为他那个时代最杰出的博物学家，虽然他并没有受过科学的训练。从一八八二年至一八八五年，他在马尼托巴的卡伯里群山中度过了几年最幸福的时光。在那里，他是个长发披散、衣衫褴褛的怪人，他带着画夹和笔记本出没于群山之中。趁农夫们干活儿的时候，他煞费苦心地数一只鸟身上的羽毛：总共四千九百一十五根。

马尼托巴那一段时期之后，他写了自己几部最有名的著作。他出版了四卷本的《猎物主传》，并配有一千五百多幅描绘细致而又准确的插图。他写了一篇题为《马尼托巴的鸟类》的论文，这篇论文为珀西·艾·塔弗纳的《加拿大的鸟类》提供了重要的参考依据。他还发表了一篇经典性的描述自然的文章《一只松鸡的一生》。一八九二年，马尼托巴政府任命他为“省博物学家”，这虽然是个虚衔，但是给了西顿以前的业余身份所不能给的名望。最重要的是，他凭借这些年的经验，写了几部极好的著作，如故事集《温尼伯的狼》和《沙丘牡鹿的踪迹》，还有集子《我所知道的野生动物》，此书奠定了他的声望，并且确立了他以后的人生道路。

《我所知道的野生动物》出版于一八九八年，获得了巨大的成功。它使西顿获得了一定程度的经济独立，并且为他赢得了西奥多·罗斯福的友谊。据说，鲁迪亚特·吉卜林正是受到此书的启发而写出了《丛林故事》。

西顿在他开宗明义的《序》里直截了当地声称：“这些故事都是真实的。”他接着声明，自己虽未能一贯坚持历史真实，却相信特定的个体细节更高的真实，也就是关于一只出色的动物的故事那更高的真实。他宣称自己这样做是赞成文学中的现实主义，其目的在于考察特定的、个别的、独特的细节，而不是创造“类型”。事实上，西顿是加拿大最早的现实主义文学家之一。现实主义运动仅仅在二十年代时通过弗雷德里克·菲利普·格罗夫、玛撒·奥斯坦索、罗伯特·杰·西·斯蒂德等人的作品才活跃起来。

西顿坚持自己集子的道德寓意。他说：“人类所具有的东西动物不会一点儿没有，动物具有的东西，在某种程度上也为人类所分享。既然动物都是有情有欲的生灵，只不过同我们在程度上有所差异而已，因此他们理所当然应有自己的权利。”正如他维护印第安文化一样，他也维护动物的权利，这充分表现了他的现代意识。即使在今天，他的见解也会被认为是极有远见的。

《我所知道的野生动物》里的故事之所以引人入胜，不仅仅是它们注意了逼真的细节，还因为那些动物富有英雄性格。每一只动物都有名字，这样就使他有了自己的个性。每一只动物都比原物高大，一只优越的动物在表演一幕悲剧，因为正如西顿所指出的：“野生动物的一生总是以悲剧告终。”

为了追求更高的真实，西顿并不怕夸大细节的真实。被老暴咬死的羊的数目显然有些夸大，跑侧对步的野马的技艺也牵强难信，然而尽管如此，这些故事中仍有使我们深深信服的东西。它们都是极富戏剧性的故事，因为生命本身就是冒险。

在西顿的故事里，作者与故事叙述者之间的距离并不大。显而易见，西顿想把他的动物连同他自己一起神话化，所以故事都采取了自传的形式。眼尖的人对于一只动物的生活一定可以讲得详尽细致，并且介入其中，还可想象出他所看不到的东西。他那些想象的样板就是他的这样的一个假定：人和动物同属一个家族，动物像人一样感觉和行动，只不过方式有限罢了。这就把西顿带到了拟人说的危险线旁边，但是他小心翼翼地踩在线上。他故事中的角色并不是像沃特·迪士尼的动物那样，仅仅是披着动物外衣的人。他们也不像多如牛毛的伤感故事中所述的那样，是传达基督教寓言的工具。相反，他们度过注定悲惨的动物的一生，十分接近我们自己的生活，其接近程度是我们不愿承认的。

西顿还能表现出动物有时比人还要优越。《喀伦泡之王老暴》中的故事叙述者完全丧失了对人类观点的同情。“白姐”的死是惨不忍睹的。故事讲述者轻微的内疚之情只能对他产生更严厉的控诉作用，而老暴被捕以后的尊严似乎是一种英雄的样板。

有人也许会指责西顿提出了一些伤感或明显错误的见解。研究者中还没有别的人发现过类似的令人信服的例子：自杀（《跑侧对步的野马》）、伤心而死（《喀伦泡之王老暴》）或者荒野里的安乐死（《泉原狐》）。巫利神秘的生活和邪恶之心正是许多噩梦的素材。然而，西顿个人观察如此仔细，给我们讲了那样深刻的故事，如果偶有过分之处也不加以原谅，那就未免太苛求了。

《我所知道的野生动物》问世很早，从此西顿便开启了一条漫长而杰出的事业坦途，他与人们开怀对饮，无论到哪里讲话都受到热烈的欢迎，成为人们心目中的偶像，这些荣耀对今天的博物学家来说是难以想象的。然而，他所做的一切，没有一件能胜过这部早期作品的。这本集子中的故事，是这种题材中的经典作品，它们成了衡量现在与未来的所有别的作品的尺子。

戴维·阿纳森

作者大事略

1860 年

8 月14日出生于英格兰。

1870 年

举家迁至加拿大多伦多。在那里接受了基础教育，并表现出对艺术的兴趣与才能。18岁 (1878) 之前即获得过艺术奖章。

1879 年

回到英格兰，就读于英国皇家艺术学院。

1881 年

因健康和经济条件所限，返回加拿大。在卡伯里附近的马尼托巴湖与兄弟一起务农。由此接触到大自然并深深为之吸引。他在此撰写了第一篇关于自然科学的文章，并和加拿大、美国的博物学者展开交流，其中包括西奥多·罗斯福。

1883 年

12 月，西顿第一次赴美。在纽约他结识了不少自然学家、鸟类学家和作家。到19世纪末的几年里，他一直往返于纽约和卡伯里之间。开始成为一名野生动植物画家，为一些出版物画插图，也为包括美国自然历史博物馆在内的一些机构服务。

1890 年代早期

西顿来到巴黎，继续学习艺术，并为他的第一本著作、后在英国出版的《动物的艺术解剖》做准备。在与英国出版商接洽期间，他与马克·吐温相识。同期，他的一些关于野生动物的绘画作品曾受到巴黎沙龙的拒绝，未能获得展出，原因是当时正是印象派潮流风行之时。

*1893*年

他的画作《狼群的胜利》作为马尼托巴湖地区的展品，在芝加哥首届世界博览会上展出。

*1896*年

西顿与上流名媛格蕾丝·加勒廷结婚。

因眼疾严重，西顿离开法国来到美国新墨西哥州，并参与当地人的捕狼行动。老暴的故事就是在此时成形的，最初发表于杂志，之后他的一系列野生动物故事也发表于同一刊物。从那时起，他成为一位著名作家、演讲家、艺术家和环境保护主义者，在欧洲和北美享有盛名。终其一生，西顿大约撰写了万余篇科普文章，并获得马萨诸塞州斯普林菲尔德学院人文学科名誉硕士学位。之后西顿在创作之余，还致力于环境保护、森林知识的传播，以及童子军建设等。

*1931*年

西顿成为美国公民。同年他在圣达菲建立了一座方圆一百平方英里的城堡，过上了“退休”生活，但仍乐于培养森林知识的领袖。

*1935*年

西顿与加勒廷离婚。同年与作家茱莉亚·摩西·巴特莉结婚。

*1946*年

西顿去世。

经典译林

Yilin Classics

书名	单价	书名	单价
癌症楼	78.00 元	艾青诗集	35.00 元
爱的教育	39.00 元	爱丽丝漫游奇境	29.00 元
安娜·卡列尼娜	65.00 元	安徒生童话选集	42.00 元
傲慢与偏见	36.00 元	奥德赛	92.00 元
八十天环游地球	32.00 元	巴黎圣母院	42.00 元
白洋淀纪事	39.00 元	百万英镑	35.00 元
包法利夫人	38.00 元	悲惨世界（上、下）	98.00 元
背影	28.00 元	被侮辱与被损害的人	39.00 元
边城	36.00 元	变色龙：契诃夫中短篇小说集	39.00 元
彼得·潘	35.00 元	变形记 城堡	38.00 元
草叶集：惠特曼诗选	39.00 元	茶馆	32.00 元
茶花女	35.00 元	查拉图斯特拉如是说	38.00 元
沉思录	29.00 元	城南旧事	29.00 元
吹牛大王历险记（插图版）	35.00 元	大卫·科波菲尔（上、下）	79.00 元
当代英雄	45.00 元	稻草人	29.00 元
地心游记	32.00 元	飞鸟集·新月集：泰戈尔诗选	39.00 元
飞向太空港	39.00 元	福尔摩斯探案集	58.00 元
复活	42.00 元	傅雷家书	49.00 元
富兰克林自传	36.00 元	钢铁是怎样炼成的	39.00 元
高老头	39.00 元	格列佛游记	35.00 元

书名	单价	书名	单价
格林童话全集	49.00 元	给青年的十二封信	38.00 元
古希腊悲剧喜剧集（上、下）	118.00 元	海底两万里	38.00 元
海蒂	35.00 元	红楼梦	69.00 元
红与黑	49.00 元	呼兰河传	35.00 元
呼啸山庄	39.00 元	基督山伯爵（上、下）	108.00 元
纪伯伦散文诗经典	42.00 元	寂静的春天	35.00 元
假如给我三天光明	32.00 元	简·爱	39.00 元
金银岛	35.00 元	经典常谈	29.00 元
荆棘鸟	45.00 元	静静的顿河	128.00 元
镜花缘	49.00 元	局外人·鼠疫	38.00 元
菊与刀	35.00 元	克雷洛夫寓言	32.00 元
快乐王子：王尔德童话全集	32.00 元	宽容	32.00 元
昆虫记	39.00 元	老人与海	32.00 元
理想国	45.00 元	聊斋志异	55.00 元
了不起的盖茨比	38.00 元	列那狐的故事	39.00 元
猎人笔记	38.00 元	林肯传	39.00 元
柳林风声	36.00 元	鲁滨逊漂流记	39.00 元
鲁迅杂文选集	36.00 元	绿野仙踪	32.00 元
绿山墙的安妮	36.00 元	论人类不平等的起源和基础	35.00 元
罗马神话	16.80 元	罗生门	39.00 元
骆驼祥子	32.00 元	美丽新世界	35.00 元
秘密花园	36.00 元	名人传	39.00 元
木偶奇遇记	35.00 元	拿破仑传	49.00 元
呐喊	29.00 元	牛虻	38.00 元

书名	单价	书名	单价
欧·亨利短篇小说选	36.00 元	欧也妮·葛朗台	32.00 元
彷徨	32.00 元	培根随笔全集	38.00 元
飘（上、下）	88.00 元	普希金诗选	42.00 元
骑鹅旅行记	36.00 元	乞力马扎罗的雪	39.80 元
热爱生命·海狼	38.00 元	人间草木：汪曾祺散文精选	49.00 元
伊索寓言：555 则	36.00 元	人性的弱点	39.00 元
人类群星闪耀时	36.00 元	儒林外史	42.00 元
日瓦戈医生	68.00 元	三国演义	59.00 元
三个火枪手	59.00 元	莎士比亚喜剧悲剧集	49.00 元
沙乡年鉴	42.00 元	神秘岛	48.00 元
少年维特的烦恼	28.00 元	十日谈	68.00 元
神曲（共三册）	128.00 元	双城记	45.00 元
世说新语（上、下）	89.00 元	受戒：汪曾祺小说精选	46.00 元
四世同堂（上、下）	78.00 元	水浒传	69.00 元
苔丝	39.00 元	宋词三百首	39.00 元
谈美书简	36.00 元	谈美	35.00 元
汤姆叔叔的小屋	45.00 元	汤姆·索亚历险记	32.00 元
堂吉诃德	78.00 元	唐诗三百首	39.00 元
童年	38.00 元	天方夜谭	42.00 元
瓦尔登湖	36.00 元	童年·在人间·我的大学	49.00 元
乌合之众	35.00 元	我是猫	39.00 元
雾都孤儿	44.00 元	物种起源	42.00 元
西游记	62.00 元	西顿野生动物故事集	38.00 元
悉达多	32.00 元	希腊古典神话	49.00 元

书名	单价	书名	单价
乡土中国	36.00 元	小妇人	45.00 元
小王子	29.00 元	星星离我们有多远	35.00 元
喧哗与骚动	58.00 元	雪国　古都	39.00 元
羊脂球	38.00 元	一个陌生女人的来信	39.00 元
一间自己的房间	36.00 元	一九八四	36.00 元
伊利亚特	82.00 元	尤利西斯	58.00 元
约翰·克利斯朵夫（上、下）	98.00 元	月亮和六便士	45.00 元
战争论	45.00 元	战争与和平（上、下）	108.00 元
朝花夕拾	22.00 元	中国民间故事	39.00 元
子夜	49.00 元	最后一课	36.00 元
罪与罚	66.00 元